MW01709004

Classée en tête des meilleures ventes du *New York Times*, Robyn Carr est célèbre pour ses romances contemporaines, un genre pour lequel elle a reçu le prix Romantic Times 2010 du meilleur auteur. Cette renommée, elle la doit au succès de sa série *Les chroniques de Virgin River*. Avec brio, elle a su créer une sympathique communauté au cœur de la Californie où fidélité et amitié sont les maîtres mots. Des personnages attachants que l'on retrouve d'un tome à l'autre, des histoires emplies de sensibilité et d'espoir, *Virgin River* nous offre une belle leçon de vie.

RÉVEILLONS À VIRGIN RIVER

Aux Éditions J'ai lu

LES CHRONIQUES DE VIRGIN RIVER

1 – Virgin River
N° 9308
2 – Refuge
N° 9361
3 – Murmures
N° 9406
4 – Nouveau départ
N° 10062
5 – Attirance
N° 10080
6 – Paradis
N° 10116
7 – Révélations
N° 11110
8 – Retrouvailles
N° 11274
9 – Un été à Moonlight Road
N° 11860

Noël à Virgin River
N° 10164

Virgin River 1 & 2
Virgin River 3 & 4
Virgin River 5 & 6
Virgin River 7 & 8
Virgin River 9 & 10

RÉVEILLONS À VIRGIN RIVER

Robyn Carr

J'AI LU

Titre original
UNDER THE CHRISTMAS TREE

Éditeur original
Harlequin Books SA

© Robyn Carr, 2009

Pour la traduction française
© Éditions J'ai lu, 2023

Titre original
MIDNIGHT CONFESSIONS

Éditeur original
Harlequin Books SA

© Robyn Carr, 2015

Pour la traduction française
© Éditions J'ai lu, 2023

Au pied du sapin

1

À l'époque des fêtes de fin d'année, un détour par Virgin River s'imposait : un sapin de Noël haut de dix mètres avait été érigé au centre de la petite localité, décoré en rouge, blanc, bleu et or, surmonté d'une grande et magnifique étoile. Il dominait fièrement la place centrale, et les gens venaient de plusieurs kilomètres à la ronde pour l'admirer. Le thème patriotique des décorations en faisait un arbre unique. Le propriétaire du bar local, Jack Sheridan, plaisantait en affirmant qu'il s'attendait à voir débarquer les Rois mages à tout instant, attirés par l'éclat de son étoile.

Annie McKenzie passait rarement par Virgin River. La ville ne se trouvait pas sur sa route lorsqu'elle se rendait de Fortuna, où elle habitait, à la ferme de ses parents près d'Alder Point. C'était un joli petit coin de Californie, et elle était heureuse d'y venir, surtout au bar-grill qui constituait pour ainsi dire le poumon de la localité. Il suffisait d'y rencontrer quelqu'un une fois, peut-être deux, et on était considéré comme un vieil ami.

En route pour la ferme familiale, elle décida au dernier moment de faire un détour par Virgin River. C'était la semaine après Thanksgiving, et elle espérait qu'ils avaient commencé à installer le sapin de Noël. C'était un lundi après-midi, calme et ensoleillé. Le froid était glacial, mais son cœur se réchauffa lorsqu'elle arriva en ville et découvrit l'arbre majestueux déjà décoré qui se dressait devant le Jack's Bar. Perché sur un escabeau, Jack arrangeait encore quelques guirlandes. Montant la garde à ses pieds du haut de ses six ans, Christopher, le fils de Vic, cuisinier de l'établissement, ne perdait pas une miette de ses faits et gestes.

Annie descendit de son pick-up et s'approcha.

— Salut, Jack ! lui lança-t-elle. C'est beau !

— Annie ! Je ne vous ai pas vue depuis un bail. Comment vont vos parents ?

— Très bien. Et la petite famille ?

— Tout le monde est en pleine forme.

Il jeta un regard inquiet alentour.

— David ? appela-t-il, descendant en hâte de l'escabeau. Chris, tu devais m'aider à le tenir à l'œil. Où est-il passé, bon sang ? David ?

— David ! David ! l'imita le garçon.

Tous deux firent le tour de l'arbre, allèrent voir sur la terrasse, puis dans le jardin derrière le bar sans cesser de l'appeler.

Annie resta plantée à côté du sapin, sans trop savoir si elle devait les aider ou plutôt éviter de se mettre dans leurs jambes. Soudain, les branches inférieures de l'arbre s'agitèrent, et un petit garçon d'environ trois ans en émergea à quatre pattes.

— David ?

Il tenait une boule de poils entre ses mains gantées. Elle s'agenouilla auprès de lui.

— Qu'est-ce que tu as là, mon bonhomme ? s'enquit-elle. Je l'ai trouvé, Jack ! cria-t-elle ensuite.

L'enfant serrait contre lui un très jeune animal au pelage noir et blanc. Les paupières closes, il ne semblait pas très vaillant, presque inanimé entre ses petites mains potelées. Annie espérait juste qu'il ne l'avait pas serré trop fort. Les gamins de cet âge n'étaient pas connus pour leur douceur.

— Laisse-moi regarder, d'accord ? dit-elle, prenant avec délicatesse la petite créature de ses mains.

Elle souleva l'animal pour l'observer de plus près, et sa minuscule tête ballotta sur le côté. Aucun doute, c'était un chiot. Un nouveau-né.

Jack contourna l'arbre au pas de course.

— Où était-il ?

— Sous le sapin. Et il en est sorti avec ceci, ajouta-t-elle, lui montrant très brièvement sa trouvaille avant de la glisser entre son pull-over en laine et son tee-shirt. Puis elle referma la fermeture Éclair de sa doudoune, afin de le garder autant que possible au chaud dans ce nid improvisé.

— La pauvre petite bête doit être frigorifiée. Ou pas loin.

— David, où as-tu trouvé cet animal ?

Le garçon pointa un index accusateur sur Annie.

— Bébé sien à moi !

— Il a raison, dit Annie. C'est bien un bébé sien, euh, chien. Il est très jeune. Pas assez grand en tout cas pour s'être échappé d'une maison ou d'un jardin. Il devrait être au chaud dans un panier, avec sa maman et le reste de la portée.

— David, tiens la main de Chris, ordonna Jack.

Ignorant les protestations du petit garçon qui réclamait son « sien », Jack se mit à plat ventre sur le sol gelé et rampa sous le sapin. Annie entendit un juron étouffé, puis il ressortit avec entre les mains un carton rempli de chiots noir et blanc.

Tous deux échangèrent un regard perplexe. Puis Annie réagit :

— On ferait mieux de les rentrer près du feu. Les chiots aussi jeunes sont très sensibles au froid. La situation pourrait mal tourner.

Jack souleva le carton.

— Ça va mal tourner, en effet ! Je vais trouver le salaud qui a osé abandonner ces pauvres bêtes et je vous jure qu'il va passer un sale quart d'heure !

Il se tourna vers les enfants.

— On rentre, les garçons !

Il monta l'escalier de la terrasse avec sa précieuse cargaison, et Annie se précipita devant lui pour lui ouvrir la porte.

— C'est vrai, bon sang, continua-t-il de maugréer. Les refuges, ça existe !

Une flambée crépitait dans le foyer, et deux hommes en tenue de chasse partageaient un pichet de bière au comptoir, occupés à une partie de cartes. Annie tapota le large rebord en pierre qui flanquait la cheminée et Jack y déposa le carton. Elle entreprit aussitôt d'examiner les chiots.

— Il va me falloir un peu d'aide, Jack. Pourriez-vous réchauffer quelques serviettes de toilette dans le sèche-linge ? J'aurais aussi besoin de plusieurs mains chaudes supplémentaires. Le manque d'agitation dans ce carton me tracasse un peu.

Soudain, elle se figea, et un large sourire éclaira son visage.

— Le mien semble retrouver un peu de vigueur, on dirait, annonça-t-elle, caressant la petite bosse sous son pull.

Annie s'agenouilla devant le carton. David et Chris se pressèrent à ses côtés. Elle sortit de ses vêtements le chiot qui se tortillait, le reposa dans la boîte et en prit un autre. Au moins, il y avait une couverture sous eux, et ils partageaient leur chaleur corporelle. Elle glissa l'animal amorphe sous son pull.

— Qu'est-ce que vous avez là ? demanda quelqu'un.

Elle jeta un coup d'œil par-dessus son épaule. Les chasseurs, qui avaient quitté le bar et s'étaient approchés, observaient avec curiosité le contenu du carton.

— Quelqu'un a abandonné une portée de chiots nouveau-nés sous le sapin de Noël. Ils sont à moitié morts de froid.

Elle en prit deux, s'assura qu'ils bougeaient et les leur tendit.

— Tenez, dit-elle à l'un d'eux, mettez-les sous votre chemise pour les réchauffer. Avec un peu de chance, ça leur fera du bien.

Elle en confia deux de plus à l'autre chasseur qui, comme son collègue, fit ce qu'elle demandait, tandis qu'elle en glissait un autre sous ses propres vêtements.

Alors qu'elle s'apprêtait à examiner le suivant, elle le sentit brusquement inerte dans sa paume.

— Aïe.

Elle le remua en douceur, mais il resta sans réaction. Sans perdre une seconde, elle couvrit son minuscule museau avec sa bouche et insuffla un peu d'air dans ses voies respiratoires. Puis elle lui massa le poitrail d'un index délicat, réchauffa le bout de ses pattes entre ses doigts, et lorsqu'elle pratiqua une deuxième fois le bouche-à-bouche, il se recroquevilla comme un ver dans sa paume.

— Voilà qui est mieux, murmura-t-elle avant de le glisser sous ses vêtements.

— Je rêve ! Vous venez de ranimer ce chiot ? s'exclama un des chasseurs, sidéré.

— J'avais déjà réussi cette manœuvre avec un chaton orphelin, alors je me suis dit, pourquoi ne pas tenter le coup. Ces petits gaillards sont à huit. Une sacrée portée. Au moins, ils ont leur pelage, mais ils sont si *jeunes*. Pas plus de deux semaines, je dirais. Et les chiots sont très vulnérables au froid. Il faut absolument les tenir au chaud.

— Bébés siens ! s'écria David qui voulut fourrer ses petites mains dans le carton.

— Oui, c'est toi qui as trouvé tous ces bébés chiens, David, répondit Annie qui sortit le dernier – le premier qu'elle avait réchauffé – et le tendit aux chasseurs. Encore une petite place pour celui-ci ?

Un des hommes enfouit le chiot sous son bras.

— Vous êtes véto ou quelque chose du genre ? s'enquit-il.

Elle rit.

— Juste une fille de la campagne. J'ai grandi dans une ferme, pas très loin d'ici. De temps en temps, pour diverses raisons, une mère se retrouvait dans l'incapacité de s'occuper de sa progéniture. C'est rare, mais ça arrive. En général, il ne vaut mieux pas se mettre entre une mère et ses petits, mais parfois... Bref, la priorité numéro un, c'est la température corporelle. Au moins, ces chiots ont déjà un bon pelage. Ensuite vient l'alimentation.

Elle tâta la couverture désormais vide au fond du carton.

— Mmh, c'est sec. Ni urine ni excréments – ce n'est pas bon signe. En plus d'avoir eu vraiment froid, les pauvres doivent mourir de faim. Ils sont peut-être déshydratés. Les chiots tètent beaucoup et, à l'évidence, ils ont été arrachés à leur mère sans avoir été sevrés.

Jack réapparut, Vic sur ses talons. De sa haute stature, le cuisinier jeta un coup d'œil dans le carton vide par-dessus l'épaule de Jack.

— Qu'est-ce qui se passe ?

— Papa ! David a trouvé un carton plein de chiots sous le sapin ! Ils ont très froid ! Ils pourraient même mourir ! l'informa Christopher, tout malheureux.

— Nous essayons de les réchauffer, expliqua Annie, montrant les bosses sous ses vêtements et ceux des chasseurs. La moitié d'entre eux sont plutôt vigoureux, et nous en saurons davantage sur les autres d'ici peu. Entre-temps, il faut les faire boire et manger. Du lait maternisé avec des céréales serait idéal, mais ils pourraient se contenter d'un peu de lait chaud et d'une bouillie d'avoine assez liquide.

— Du lait maternisé ? Ma femme, Mel, est sage-femme, répondit Jack. Je parie qu'elle en a en réserve au cabinet.

— Parfait. Et si elle a aussi un peu de céréales pour bébé, ce sera encore mieux. Crème de riz ou flocons d'avoine en poudre.

— Il faut des biberons ? demanda-t-il.

— Pas la peine. Quelques coupelles peu profondes feront tout à fait l'affaire. Ils sont encore petits, mais je parie qu'ils meurent de faim. Ils apprendront vite.

— Eh ! s'exclama un des chasseurs. J'en ai un qui se tortille !

— Moi pareil ! fit l'autre. Ça chatouille !

— Gardez-les encore contre vous un moment, ordonna Annie. Au moins jusqu'à ce que nous ayons les serviettes chaudes pour le carton.

À cause d'une portée de chiots frigorifiés et affamés, pour certains mal en point, Annie avait complètement oublié la raison de sa présence à Virgin River. Il restait trois semaines avant Noël, et ses trois grands frères débarqueraient à la ferme familiale avec femmes et enfants pour les fêtes. Aujourd'hui, c'était son jour de repos au salon de coiffure. La veille, dimanche, elle avait fait de la pâtisserie avec sa mère toute la journée et, ce matin-là, elle s'était levée tôt pour préparer deux gros plats mijotés que sa mère congèlerait en prévision des repas de fin d'année. Elle avait prévu de cuisiner encore avec sa mère, peut-être de faire une balade avec un de ses deux chevaux et d'aller dire bonjour à Erasmus, son taureau primé, aujourd'hui très âgé ; chaque fois qu'elle le voyait pouvait être la dernière. Ensuite, elle avait prévu de rester dîner avec ses parents, un rituel qu'elle perpétuait au moins une fois par semaine. Benjamine et dernière célibataire de la fratrie McKenzie, elle était aussi la seule à vivre dans les parages, et c'était à elle qu'incombait la mission de veiller discrètement sur eux.

Et voilà qu'elle se retrouvait à s'occuper d'une portée de chiots au coin du feu, dans un bar. Jack se hâta de lui apporter du lait avec des céréales et quelques serviettes chauffées dans le sèche-linge. Vic revint avec des coupelles et prépara le mélange. Chris et elle nourrissaient deux chiots à la fois, les incitant à laper la nourriture. Elle envoya chercher un compte-gouttes au cabinet médical, de l'autre côté de la rue, pour les plus faibles qui n'avaient pas la force de s'alimenter seuls.

Jack téléphona au vétérinaire du coin. Il s'avéra qu'Annie le connaissait. Depuis qu'elle était toute petite, le vieux Doc Jensen faisait des visites régulières à la ferme. Quand il était plus jeune, son père possédait un troupeau de vaches laitières. La ferme n'était pas immense, mais prospère. Beaucoup de vaches, quelques chevaux, des chiens et chats, des chèvres et un vieux taureau belliqueux. Le Dr Jensen était surtout spécialisé dans les soins au bétail, mais l'examen qu'il pratiquerait permettrait déjà de poser un premier diagnostic.

Annie demanda aussi à Jack de prévenir sa mère et de lui expliquer la raison de son retard. Connaissant sa fille par cœur, celle-ci s'en amuserait forcément. Rien ne pouvait éloigner Annie d'une portée de chiots en détresse.

Tandis que l'heure du dîner approchait, elle ne put que remarquer l'attention grandissante suscitée par la présence de ses petits protégés. Les gens s'arrêtaient près de la cheminée où elle était assise, voulaient savoir de quoi il retournait, caressaient le doux pelage des chiots dans le carton ou même en prenaient un dans leurs bras. Annie n'était pas persuadée que toutes ces manipulations fussent indiquées, mais tant qu'elle pouvait empêcher les jeunes enfants, le petit David en tête, de les maltraiter involontairement, elle avait gagné, sinon la guerre, au moins une bataille.

— Ce bar a besoin de mascottes depuis bien longtemps, déclara quelqu'un.

— Ils sont huit, comme les rennes du père Noël. Tonnerre, Danseur, Comète, Furie et... les autres.

— C'est lequel, Comète ? demanda Chris. Papa ? Je peux avoir Comète ?

— Ici, c'est un restaurant, tenta d'argumenter Vic. Un chien, ce n'est pas possible.

— Allez, papa ! Dis oui ! S'il te plaît ! Je ferai tout ce qu'il faut. Il dormira avec moi. Je prendrai bien soin de lui !

— Christopher...

— S'il te plaît, papa ! Je n'ai encore jamais rien demandé.

— Ah oui ? Tu n'arrêtes pas, le corrigea Vic. Et la plupart du temps, tu as gain de cause.

— Un enfant ne devrait pas grandir sans un chien, fit remarquer un client.

— S'en occuper enseigne la responsabilité et la discipline, commenta un autre.

— Il suffirait de lui interdire la cuisine, à ce toutou.

— Je suis propriétaire d'un ranch. Quelques crins dans les patates ne m'ont jamais dégoûté, s'exclama un consommateur au bar, provoquant l'hilarité générale.

Quatre des huit chiots de la portée semblaient en forme : après avoir lapé un peu de lait épaissi de céréales, ils gigotaient en tous sens avec un regain de vigueur. Deux autres s'efforçaient de se remettre de la faim et de l'hypothermie. Annie parvint à leur faire ingérer un peu de nourriture grâce au compte-gouttes. Les deux derniers respiraient, et elle sentait leurs petits cœurs battre timidement sous ses doigts, mais ils étaient chétifs et sans énergie. Elle fit couler un peu de lait dans leurs gueules minuscules, puis les glissa au chaud sous son tee-shirt. Quand le vieux Dr Jensen allait-il enfin se décider à arriver ? s'impatienta-t-elle avec une pointe d'angoisse.

Une nouvelle bourrasque s'engouffra par la porte qui venait de s'ouvrir. Annie en oublia brusquement les chiots. L'homme le plus séduisant qu'il lui ait été donné de voir depuis bien longtemps venait de faire son apparition au Jack's Bar. Un vrai régal pour les yeux. Il lui paraissait aussi vaguement familier. Se pouvait-il qu'elle l'ait vu dans un film ou à la télé ? Il s'avança droit vers le comptoir où Jack le salua avec enthousiasme.

— Salut, Nate ! Comment ça va ? Alors, vous avez votre billet d'avion ?

— Je m'en suis occupé il y a déjà un bout de temps, répondit l'homme en riant. J'attends ces vacances avec impatience. D'ici peu, je me dorerai la pilule sur une plage de Nassau, au milieu d'une nuée de bikinis brésiliens. Le rêve !

— Un séjour au Club Med ? s'enquit Jack.

— Non, le détrompa le dénommé Nate, amusé. Je pars avec quelques amis de la fac. Pour la plupart, je ne les ai pas revus depuis des années. Nous sommes à peine restés en contact. Mais l'un d'eux a organisé ces vacances pour le groupe, et comme j'étais disponible, je me suis laissé tenter. Il a trouvé une offre avantageuse de séjour tout compris dans un bel hôtel. Quand je ne serai pas sur le sable à mater les jolies nanas presque dévêtues, j'ai bien l'intention de faire un peu de plongée sous-marine ou de pêche en haute mer.

— Quelle chance, je me réjouis pour vous, dit Jack. Une bière ?

— Ce n'est pas de refus.

Puis, comme en réponse à une prière qu'Annie n'avait pas même conscience d'avoir formulée, il s'avança avec sa bière jusqu'à l'endroit où elle se trouvait.

— Bonsoir.

La gorge nouée, elle leva les yeux vers lui. De sa position assise, difficile d'évaluer la taille du nouvel arrivant. Certainement plus d'un mètre quatre-vingts. Annie remarquait ce genre de détail, car elle était plutôt grande elle-même. Il avait les cheveux châtain foncé et des yeux d'un beau brun chocolat, rehaussés de cils noirs fournis, un brin enjôleurs – un « regard de chambre à coucher », selon l'expression de la mère d'Annie. Il haussa les sourcils, un peu surpris.

— Bonsoir, insista-t-il avec un sourire qui révéla une charmante fossette sur une joue.

Elle s'arracha à sa stupeur, toute gênée.

— Euh... bonsoir.

Il resta songeur un instant.

— Dites-moi si je me trompe, mais il me semble que vous m'avez coupé les cheveux une fois.

— Possible. La coiffure, c'est mon métier.

— Oui, je m'en souviens maintenant. Votre salon est à Fortuna, n'est-ce pas ?

— En effet. Quel était le problème avec la coupe ? voulut-elle savoir.

Il eut l'air perplexe.

— Je ne me rappelle pas qu'il y ait eu un problème.

— Alors pourquoi n'êtes-vous pas revenu ?

Il se mit à rire.

— Si ma mémoire est bonne, nous avons eu un léger désaccord sur le gel. Je n'en voulais pas, mais vous avez insisté. J'ai fini par céder et je suis sorti du salon avec les cheveux tout hérissés et poisseux comme de la meringue.

— Le nom précis, c'est « produit coiffant », le corrigea-t-elle. C'est à la mode, vous savez.

— Ah oui ? Je ne dois pas l'être, alors. Désolé d'être un peu ringard, mais j'ai horreur du *produit coiffant.*

Il s'assit sur le bord en pierre de la cheminée, de l'autre côté du carton, et prit un chiot.

— Vous avez les mains propres ? s'inquiéta-t-elle.

Il lui glissa un regard un peu sidéré, puis ses yeux dérivèrent de son visage sur son buste, et un léger sourire se dessina au coin de ses lèvres.

— Hum, c'est bizarre, ça s'agite sous votre pull. Ou peut-être êtes-vous juste très excitée de me rencontrer, ajouta-t-il avec un sourire taquin.

Annie sortit le chiot qui gigotait contre elle.

— J'ai affaire à un comique, à ce que je vois, ironisa-t-elle. Vous avez trouvé cette réplique tout seul ?

Il inclina la tête sur le côté et lui prit le petit animal des mains.

— Je dirais qu'il s'agit d'un croisement avec un border collie. Ce sont en tout cas les caractéristiques de cette race qui prédominent pour l'instant, même si cela peut changer au fur et à mesure de la croissance. Il est mignon, commenta-t-il. Les chiens de berger sont monnaie courante dans la région.

— Ces deux-là sont les plus faibles de la portée, alors s'il vous plaît, faites attention. J'attends le vétérinaire.

Il cala les deux chiots, tête en bas, dans une seule de ses larges paumes et sortit une paire de lunettes de la poche de son blouson en daim.

— Le véto, c'est moi.

Il ajusta ses lunettes et entreprit d'examiner leurs yeux, gueules et oreilles avant de leur tâter délicatement l'abdomen d'un doigt.

Annie en resta sans voix un instant.

— Vous n'êtes pas le vieux Dr Jensen.

— Nathaniel junior, se présenta-t-il. Nate, pour les intimes. Vous connaissez mon père ? demanda-t-il, toujours concentré sur les chiots.

Il les reposa dans le carton et en prit deux autres.

— Euh... Mes parents ont une ferme à Alder Point, pas très loin de la clinique Jensen. J'ai grandi là-bas. Ne devrais-je pas vous connaître ?

Il l'observa par-dessus le bord de ses lunettes.

— Je ne sais pas. Quel âge avez-vous ?

— Vingt-huit ans.

— Et moi, trente-deux. Ces quelques années d'écart sont sans doute l'explication. Où étiez-vous scolarisée ?

— À Fortuna. Et vous ?

— À Valley. Je suppose que, vu mon âge canonique, c'est moi qui mérite le titre de « vieux Dr Jensen » désormais, ajouta-t-il en riant.

À nouveau ce sourire charmeur. Impossible qu'il ait pu grandir non loin de chez elle. Même à cinquante kilomètres, elle aurait forcément fini par le remarquer. Il était bien trop craquant.

— J'ai trois frères aînés, dit-elle. Beau, Brad et Jim McKenzie. Tous plus âgés que vous.

Il fut d'abord surpris par cette nouvelle, puis afficha un large sourire, comme si un déclic s'était fait dans son esprit.

— Vous ne seriez pas, par hasard, la petite peste rouquine et maigrichonne, à la bouche pleine de bagues, qui suivait toujours Beau et Brad partout où ils allaient ?

Elle plissa les yeux et le foudroya du regard.

— Non, je dois me tromper, s'esclaffa-t-il. C'était sûrement quelqu'un d'autre. Sinon, vous auriez les cheveux couleur citrouille. Et vous ne seriez pas si… Enfin, à ce que je constate, vous n'avez plus votre superbe appareil dentaire.

À la mine furibonde d'Annie, il comprit qu'il n'avait pas marqué de points avec ce commentaire.

— Où est votre père ? Je veux un deuxième diagnostic !

— Vous n'êtes plus si maigrichonne non plus, lui lança-t-il avec un air de défi amusé.

— Les compliments fusent, dites donc. C'est un florilège.

— Pas de chance. Mes parents ont fini par réaliser leur rêve et sont partis s'installer en Arizona, où ils ont des chevaux et paient moins d'impôts. Une de mes sœurs aînées vit aussi là-bas avec sa famille. J'ai une autre sœur en Californie du Sud et une troisième au Nevada. Je suis le nouveau « vieux Doc Jensen ».

La mémoire revint à Annie : le Doc Jensen de sa connaissance avait des enfants, tous plus âgés qu'elle. Bien trop grands, en tout cas, pour qu'elle les ait connus à l'école. Elle se souvenait vaguement de celui qui accompagnait parfois son père lors de ses visites. Elle esquissa un demi-sourire.

— Vous ne seriez pas, par hasard, ce petit gringalet boutonneux, avec une voix éraillée, qui venait de temps en temps avec son père à la ferme ? Je crois me rappeler que vous aussi, vous aviez un superbe portail en inox dans la bouche.

Nate se renfrogna.

— J'ai eu une puberté tardive, bougonna-t-il.

— C'est le moins qu'on puisse dire ! ironisa-t-elle, hilare.

Nate examina son troisième duo de chiots en silence, peut-être un peu vexé.

— Pourquoi est-ce que je ne me souviens pas mieux de vous ? réfléchit-elle à voix haute.

— En première et terminale, j'étais scolarisé dans un lycée catholique à Oakland. Je n'aurais pas réussi à intégrer une bonne université sans un sérieux soutien académique, et les Jésuites vivent pour s'attaquer à un défi tel que moi. Ils m'ont remis sur les rails. Et la première année à l'université, j'ai pris presque quinze centimètres.

Il reposa les chiots et reprit le premier du lot. Sa mine se fit grave. Annie remarqua une indéniable douceur dans son expression.

— Annie, c'est ça ? Ou est-ce Anne maintenant ?

— Annie. McKenzie.

— Eh bien, Annie, celui-ci est vraiment faible. Je ne sais pas s'il va tenir le coup.

Une peine immense se peignit sur le visage de la jeune femme qui lui reprit le chien des mains et l'enfouit à nouveau sous son pull-over.

— C'est une aide utile à la survie, mais je ne sais pas si cela suffira. Combien de temps sont-ils restés dehors avant que quelqu'un les trouve ?

— Personne n'en sait rien. Ils étaient sans doute déjà là avant le lever du soleil. Jack est entré et sorti toute la matinée pour décorer le sapin sans voir personne. Son petit garçon s'est glissé sous l'arbre et est ressorti avec un chiot. Voilà comment ils ont été découverts.

— Et quel est le plan maintenant ?

Annie secoua la tête.

— Je ne sais pas.

— Voulez-vous que je les dépose dans un refuge ? Comme ça, vous n'aurez pas à encaisser la mauvaise nouvelle si un ou deux ne s'en sortent pas.

— Non ! s'exclama-t-elle. Je veux dire, c'est sans doute une mauvaise idée. Certains refuges de la côte ouest sont excellents, mais vous savez comment c'est à cette époque de l'année. Tous ces gens qui adoptent d'adorables chiots en cadeaux de Noël, puis les rendent en janvier. Et encore, c'est le scénario le plus optimiste. Trop souvent, les pauvres bêtes sont victimes de négligence ou de mauvais traitements. Ne vaudrait-il pas mieux en prendre soin jusqu'à ce qu'on leur trouve des foyers fiables ?

— D'accord, mais qui ?

Elle haussa les épaules.

— Je travaille toute la journée et je n'ai pas vraiment de place chez moi, à Fortuna.

— Et à la ferme ?

— Impossible, répondit-elle, catégorique. Mon père souffre d'arthrose si sévère qu'il a déjà dû vendre ses vaches, et ma mère court partout comme une folle pour le décharger de tout ce qui le fatigue.

— C'est Hank McKenzie, n'est-ce pas ? Il est encore plutôt actif pour quelqu'un qui souffre d'arthrose.

— Il a sa fierté et ne laisse rien paraître. Mais en fin de compte, la charge de travail retombe sur ma mère. Je ne peux pas lui demander, en plus, de s'occuper de huit chiots. Et puis, toute la famille vient à la ferme pour Noël. Treize personnes en tout.

— Je ne vois pas beaucoup d'options, réfléchit Nate. Parmi les collègues que je connais dans les villes environnantes, je n'en vois pas un seul qui s'en chargerait lui-même. Ils les placeraient dans un refuge qui ne pratique pas l'euthanasie.

— Et vous ? Votre femme, peut-être ?

Il lui sourit.

— Je ne suis pas marié. J'ai une assistante vraiment sympathique, qui jettera un coup d'œil aux écuries durant mon absence pendant les fêtes, mais c'est la seule aide que j'ai au cabinet, et elle ne peut pas ajouter huit chiots à son emploi du temps déjà bien chargé.

Annie se leva.

— Jack ! Vous pouvez venir un instant ?

Jack arriva de son pas nonchalant, s'essuyant les mains dans un torchon.

— Nous avons un problème. Le Dr Jensen ne peut pas prendre les chiots en charge, et ils ont vraiment besoin d'aide pour passer ce cap difficile. Il propose de les confier à un refuge, mais franchement, ce n'est pas une bonne idée.

Une ou deux personnes s'étaient approchées et écoutaient la conversation sans s'en cacher.

— J'ai été bénévole dans plusieurs de ces refuges, continua Annie. Ils font de l'excellent travail, mais à l'époque des fêtes, ils sont vraiment débordés. Beaucoup d'animaux sont adoptés pour être offerts en cadeaux, surtout les plus jeunes et les plus mignons comme ceux-ci. Vous n'imaginez pas combien de gens sont convaincus qu'une petite boule de poils est le cadeau idéal pour Susie ou Billie – jusqu'à la première fois où le nouvel arrivant confond le tapis avec le gazon.

— Ah ? fit Jack, troublé.

Quelques personnes supplémentaires avaient délaissé le comptoir pour suivre l'exposé.

— Il est déjà assez dramatique que des animaux soient rendus, reprit Annie. Mais il y a pire : mauvais traitements, négligence ou absence de soins médicaux parce que le vétérinaire coûte trop cher. Parfois, les gens sont gênés de les ramener au refuge et d'admettre leur erreur. Alors ils se contentent de les déposer à la fourrière, où les pauvres bêtes ont trois jours de sursis avant d'être... Enfin bref, s'interrompit-elle, ça peut très mal tourner.

— Que comptez-vous faire, alors ? demanda Jack. Ils méritent quand même mieux que de mourir de froid sous un sapin de Noël.

— Nous pourrions nous en occuper ici, suggéra-t-elle.

— Nous ? répéta-t-il, haussant les sourcils. Je vous vois à peu près quatre fois par an.

— Je viendrai ici chaque soir après mon travail. C'est plutôt chargé au salon, en ce moment, mais je vous expliquerai précisément quoi faire, et vous pourrez...

— Minute, papillon. Je ne peux pas garder des chiens dans mon bar !

Une femme âgée posa une main rassurante sur le bras de Jack.

— Nous leur avons déjà donné un nom à chacun. Ceux des rennes du père Noël. Tout au moins ceux dont nous nous souvenions. Le petit Christopher a déjà demandé à son père s'il pouvait adopter Comète. Bien sûr, personne ne sait encore lequel est Comète, mais bon...

— Ils n'ont pas de mère pour les nettoyer, précisa Nate. Cela implique donc des déjections. Fois huit.

— Génial, grommela Jack.

— Pas de panique, intervint Annie. Voilà ce que vous allez faire. Commencez par trouver une belle caisse en bois ou un grand panier à linge en plastique. Vous pouvez même installer une simple bordure en bois autour d'un vieux tapis de sol pour bébé, puis étaler dessus une vieille couverture ou quelques serviettes-éponges que vous pourrez changer régulièrement, au moment des repas par exemple. À propos, il y en a au moins deux qui auront besoin d'encouragements pour se nourrir – le compte-gouttes sera bien utile. Je pourrais emmener les plus faibles chez un véto, mais franchement, Jack, ils seront bien mieux auprès de leurs frères et sœurs.

— Par pitié, Annie, gémit Jack.

— Vous trouverez bien quelqu'un au bar qui acceptera de consacrer quelques minutes de son temps à faire manger un pauvre petit chiot souffreteux, insista-t-elle, pleine d'espoir.

— Bien sûr, intervint une vieille dame qui remonta ses lunettes sur son nez. Je veux bien me porter volontaire pour en nourrir un ou deux par jour.

— Annie, je ne peux pas laver les serviettes souillées dans la machine que nous utilisons pour le linge de table et de cuisine.

— Ah bon ? À la ferme, c'est ce qu'on faisait. Ma mère stérilisait tout. Je parie que vous laviez le linge de bébé souillé dans la même... Enfin, bref. Si c'est un problème, vous n'avez qu'à me donner les serviettes sales dans un sac, et je m'en chargerai. Je vous en donnerai des propres chaque soir, quand je viendrai vous relayer après mon travail.

Jack secoua la tête sans conviction.

— Je ne sais pas...

— Vous plaisantez ? Les gens vont adorer les regarder se remplumer et grandir. D'ici Noël, ils seront tous casés. Et chez des gens qui savent s'occuper d'animaux. Ces petits deviendront sans doute d'excellents chiens de troupeau dans les environs.

— Nathaniel, c'est vous qui lui avez mis cette idée en tête ? demanda Jack.

Les mains levées, Nate fit non de la tête. Il n'en dit rien, mais Annie venait de marquer un point. Adoptés par la communauté, ces chiots seraient entre de bonnes mains.

— Je ne peux pas donner de réponse sans en discuter d'abord avec Vic, dit Jack qui s'en alla en cuisine.

Annie ne put retenir un petit sourire triomphant en entendant les clients qui s'étaient rapprochés murmurer que ce plan pouvait marcher. Cela ne les dérangerait pas de câliner l'un ou l'autre des chiots de temps en temps, peut-être de donner une couverture, d'aider pour les repas ou le nettoyage.

Lorsque Vic revint en compagnie de Jack, son fils de six ans n'était pas loin sur ses talons. Jack fit de son mieux pour parler à voix basse de la charge de travail qu'impliquerait la présence des chiots, mais Christopher n'en perdit pas une miette. Il tira son père par la manche.

— S'il te plaît, papa, dis oui. J'aiderai tous les jours. Je leur donnerai à manger et je nettoierai leur caisse. Je te jure, papa, je ferai tout ce qu'il faut sans rien oublier !

Vic fronça ses épais sourcils bruns, affichant une mine sévère, puis il laissa échapper un soupir exaspéré et s'accroupit pour se retrouver à hauteur d'yeux avec son fils.

— Pas question qu'un seul de ces chiots mette une patte dans la cuisine. Tu m'entends ? Et nous devons déjà commencer à leur chercher un foyer, parce que certains seront prêts à être adoptés plus tôt que d'autres. C'est temporaire, d'accord ? Nous préparons à manger, ici.

— D'accord, approuva Chris. Sauf Comète. Comète va rester.

— Je dois encore y réfléchir. Et aussi regarder sur l'ordinateur comment s'occuper d'une portée de chiots orphelins, ajouta-t-il.

Annie pouffa et reposa le chiot le plus faible dans le carton.

— Bon, mon travail ici est terminé, dit-elle avec une pointe d'humour dans la voix. J'essaierai de finir ma journée le plus tôt possible. À demain, Jack.

— Annie, vous n'êtes pas responsable de ces chiens. Vous avez déjà été d'une immense aide. Je n'attends pas de vous que...

— Je ne vais pas les abandonner maintenant, déclara-t-elle. Vous pourriez paniquer et les emmener à la fourrière.

Elle lui décocha un large sourire.

— À demain.

2

Les chiots avaient été découverts le lundi. Nate réussit à éviter le Jack's Bar le mardi, mais dès le mercredi, il était de retour à l'heure du dîner. Il se tenta de se convaincre que cette visite s'imposait d'un point de vue professionnel – ces animaux étaient peut-être bien plus petits que ses patients habituels, mais il les avait quand même rapidement auscultés. Il s'était tout au moins assuré que les soins qu'entendait leur prodiguer Annie étaient appropriés. En d'autres termes, il n'avait pas vraiment besoin de venir les examiner à nouveau. Mais le Jack's Bar était un endroit convivial pour prendre une bière en fin de journée et profiter du feu agréable, après des heures passées à arpenter les fermes et ranchs pour soigner chevaux, vaches, chèvres, moutons, taureaux ou autres animaux d'élevage dont l'état réclamait son intervention.

Et puis, il y avait Annie.

Elle n'avait plus rien à voir avec la petite maigrichonne disgracieuse avec sa tignasse rousse et son appareil dentaire. Cette pensée lui revenait en boucle depuis plus de vingt-quatre heures. Le jury délibérait toujours sur la question de savoir si, à l'époque, c'était une gamine pénible. Son petit doigt lui soufflait que oui.

Elle était grande pour une femme, au moins un mètre soixante-quinze sans talons, et avait de belles jambes interminables. Sa chevelure n'avait plus rien d'orange vif – peut-être un miracle capillaire dû à une très efficace coloration. En tout cas, elle était désormais d'un bel auburn foncé, coupée en un carré simple, mais élégant, qui encadrait son adorable minois. Lisses et soyeux, ses cheveux ondoyaient joliment à chaque mouvement de tête. Ses yeux possédaient un charme presque exotique – des prunelles brun chocolat, mises en valeur par des cils noirs fournis et des sourcils au galbe harmonieux. Une nuée de discrètes taches de son parsemait ses joues et les ailes de son nez, juste assez pour la rendre encore plus craquante. Mais c'était surtout sa bouche – pulpeuse, fraîche et rosée, au dessin parfait – qui menaçait de le rendre fou. Il n'avait pas vu de lèvres aussi sublimes chez une femme depuis très longtemps. Elles étaient spectaculaires.

Annie avait un petit côté directif, mais il appréciait un peu d'autorité chez une femme. Il se demandait même s'il ne devrait pas consulter à ce sujet. Il oublia aussitôt cette idée saugrenue – c'était le genre de défi qui lui réussissait bien. Pour avoir grandi auprès de trois sœurs aînées à fort tempérament, il avait appris depuis toujours à se défendre. Les femmes douces et dociles n'avaient jamais exercé aucun attrait sur lui, et c'était à Patricia, Susan et Christina qu'il le devait.

Le tout premier détail qu'il remarqua à son entrée dans le bar était l'absence d'Annie. Il ne put réprimer un sourire supérieur. Ha ! Il le savait. Elle avait convaincu Jack et Vic de s'occuper de huit chiots en bas âge – un travail prenant – en promettant d'apporter son aide, et pas d'Annie en vue. Il s'approcha du carton et les compta. Sept. Il alla au bar.

— Salut, Jack. Vous en avez perdu un ?

— Hein ? fit celui-ci, passant un coup de lavette sur le comptoir. Non, non, répondit-il en riant. Annie l'a emporté dans la buanderie de Vic pour un petit brushing. Il a sali sa couche, si vous voyez ce que je veux dire. C'est le plus faible du lot.

— Ah, fit Nate, presque gêné par sa supposition. Il tient le coup ?

— Oh, oui. Et vous ne devinerez jamais – Christopher a décidé que c'était celui-là, le sien. Comète. Annie a bien tenté de le convaincre de s'attacher à un autre plus costaud, mais ce garçon est irrésistiblement attiré par celui qui a le moins de chances de s'en sortir.

Nate fut obligé de rire.

— J'étais pareil, à un âge quand même un peu plus avancé. Nous avions le plus magnifique des kelpies australiens – une femelle avec une robe brun chocolat très douce, affectueuse et pleine d'énergie, toujours en éveil, comme le veut cette race de bergers. Mon père lui a fait faire des petits et m'avait promis un chiot. Sur la portée de six, j'ai choisi le plus malingre. Il était si faible qu'il a pratiquement fallu que je le nourrisse au biberon pendant des semaines. Les autres n'arrêtaient pas de l'éjecter du panier. J'avais quinze ans à l'époque et, ce n'était sans doute pas une coïncidence, j'étais aussi plutôt petit pour mon âge. Je l'ai appelé Dingo. C'est devenu un grand costaud qui ne ménageait pas sa peine au travail. Nous l'avons perdu il y a quelques années. Il est mort à quinze ans. Bien sûr, il a passé ses dernières années à la retraite près du feu.

— On imaginerait qu'un garçon choisirait le plus costaud de la portée.

— Il faut croire que non, ricana Nate. On ne se sent pas si costaud que ça, alors on compatit. Je peux vous demander une bière ?

— Désolé, où avais-je la tête ? En fait, j'ai pour ainsi dire couvé le nid une grande partie de la journée. J'ai une toute nouvelle admiration pour votre métier.

— C'était difficile ?

— Pas vraiment, c'est juste que ça prend du temps. Ils mangent toutes les trois heures environ. Ensuite, il faut changer les serviettes au fond de la caisse. Ils dorment un peu, puis ça recommence. Repas, nettoyage. Presque comme des bébés, à la différence près qu'ils sont huit et qu'en prime, il faut encourager certains à se nourrir. Il faut aussi s'assurer très régulièrement qu'ils n'ont ni trop chaud ni trop froid. Je ne veux pas qu'ils tombent malades. Et il y a plus de clients au bar dans la journée – les chiots deviennent une attraction. Et tant qu'à être venus, les gens en profitent pour boire un verre ou manger, ce qui implique plus de travail que d'habitude en salle et en cuisine. À part ça, tout roule. Si jamais je trouve le salaud qui a abandonné ces pauvres bêtes sous l'arbre, je vous jure, je le pends par les...

— Bonsoir, Doc Jensen, chantonna une voix féminine.

Nate se retourna et aperçut Annie qui arrivait par la porte du fond, Christopher sur ses talons, si près que si elle s'arrêtait brusquement, il la percuterait. Elle portait une petite boule de poils noire et blanche, qui tenait parfaitement dans le creux de sa paume. En la regardant approcher, Nate réalisa qu'il n'avait pas mémorisé son apparence avec encore assez de précision. Ses pommettes altières, le soyeux de sa chevelure qui caressait la ligne de sa mâchoire, ses longs doigts fuselés… Elle était tout bonnement sublime. Sa silhouette élancée et voluptueuse, dans un sweat à capuche turquoise à encolure en V sur un jean moulant, lui coupait le souffle.

Où diable cette fille s'était-elle cachée tout ce temps ? Et depuis quand, lui qui savait apprécier un décolleté sexy et les bikinis brésiliens, reconnaissait-il soudain le merveilleux pouvoir de séduction d'un sweat à capuche sur un jean et des bottines ?

Puis il se souvint où elle se cachait. Dans un petit salon de coiffure à Fortuna, sous une blouse rose.

Il prit sa bière et retourna près de la cheminée. Christopher et Annie étaient assis de part et d'autre de la caisse, ce qui ne lui laissait pas de place. Il resta debout devant eux.

Annie tendit le chiot à Chris.

— Tiens, câline-le quelques instants, puis tu le remettras avec ses frères et sœurs, dit-elle au garçon. C'est bien pour lui de se sentir proche de sa fratrie. Elle lui offre plus de réconfort que nous ne pouvons lui en donner pour l'instant.

— Un petit accident, d'après ce que j'ai entendu dire ? demanda Nate.

Annie leva les yeux vers lui avec un sourire.

— C'est la partie qui va devenir la plus embêtante. Sans leur mère pour les garder propres, ils sont un peu moins présentables en fin de journée. Certains avaient vraiment besoin d'une toilette. D'après mon père, un peu de caca n'a jamais fait de mal à un chiot, mais si on le laisse trop longtemps mariner dedans, son pelage se retrouve tout crotté. Et le souci n'est pas purement cosmétique : l'animal finit par tomber malade.

— Vous lui avez donné un bain ?

— À quatre d'entre eux, mais pas vraiment un bain. Juste une petite toilette. Je ne veux pas qu'ils attrapent froid. La femme de Vic m'a prêté son sèche-cheveux pour la bonne cause. C'est bon, Chris, il a été assez longtemps hors du nid.

Elle déplaça plusieurs chiots pour lui faire de la place, et Christopher le reposa délicatement dans la caisse.

— Il faudra recommencer à les nourrir dans une heure environ. Entre-temps, tu pourrais aller terminer tes devoirs, dîner ou faire ce que tes parents ont en tête pour toi.

— D'accord.

Nate réprima un sourire attendri, tandis que Chris libérait la place près de la cheminée.

— Je peux vous offrir une bière ? Ou autre chose ? demanda-t-il à Annie avant de s'asseoir.

Elle inclina la tête sur le côté, avec son adorable sourire.

— Je ne suis pas contre une bière, merci.

Il revint quelques minutes plus tard, avec une chope bien fraîche, et prit place de l'autre côté de la caisse.

— J'ai l'impression qu'ils vont bien, lui dit Annie.

Nathaniel était loin d'avoir un cœur de pierre, mais il força un peu le trait, prenant les chiots l'un après l'autre, faisant mine d'être tout attendri par leurs petites bouilles. Il aurait préféré se perdre dans le regard envoûtant d'Annie, mais ne voulait pas dévoiler un intérêt trop évident.

— Vous étiez ici, hier ? s'enquit-il sans quitter les chiens des yeux.

— Bien sûr, confirma-t-elle, savourant sa bière. Ah, c'est trop bon. Merci.

— Vous prévoyez de venir tous les jours ?

— Si j'arrive à caser cette visite dans mon emploi du temps. Je me suis plus ou moins engagée : Jack ne les confie pas à un refuge et, en échange, je fais ma part. Ces petites bêtes sont trop adorables et vulnérables. Elles pourraient vite se transformer en cadeaux de Noël qu'on offre sur un coup de tête, malgré la sélection minutieuse des adoptants potentiels à laquelle procèdent les bénévoles. À leur pelage, je dirais qu'il s'agit d'un croisement entre kelpie australien et border collie, l'une et l'autre race étant de remarquables chiens de berger. Ils devraient trouver de bons foyers dans le coin et ils seront heureux de gagner leur pitance par leur travail.

Nate haussa les sourcils.

— Bien vu, approuva-t-il. Vous finissez votre journée avant cinq heures ? s'entendit-il demander.

— En principe, non. Le salon de Fortuna m'appartient. Ce n'est pas très grand, juste six fauteuils, et j'ai la chance d'avoir du personnel fiable, mais je suis responsable de sa bonne gestion. Et puis, à l'époque des fêtes, les clients se bousculent. Je réorganise mes rendez-vous du mieux que je peux – quelques clientes fidèles acceptent d'être coiffées exceptionnellement par quelqu'un d'autre. Et je forme une gérante qui, du coup, se retrouve jetée dans le grand bain avant l'heure, à cause de ces chiots. En fin de soirée, quand je rentre, je m'occupe de la lessive et des tâches administratives.

— Il y a tant que ça de paperasse ?

— Vous n'imaginez pas – la comptabilité, les factures des fournisseurs, les salaires. Jack et Vic gèrent très bien la situation avec les chiots dans la journée, quand c'est assez calme. Mais à l'heure du coup de feu, au moment du dîner, ils ont besoin de renfort. Et vous avez entendu

Jack : il ne veut pas mélanger le couchage des chiots avec le linge de son établissement. On devrait lui en savoir gré, je suppose, ajouta-t-elle avec un sourire malicieux.

— J'imagine, répondit-il en lui rendant son sourire. Comment êtes-vous devenue propriétaire d'un salon de coiffure ?

— Oh, ce n'est pas intéressant. Je préférerais que vous me racontiez votre parcours. Figurez-vous que vous avez réalisé mon rêve d'enfant. J'ai grandi auprès des animaux et j'ai toujours voulu être vétérinaire.

— Pourquoi ne vous êtes-vous pas engagée dans cette voie ?

— Eh bien, pour commencer, mes notes au lycée étaient juste au-dessus de la moyenne. Nous savons tous les deux qu'il faut avoir des résultats bien plus brillants pour entrer en école vétérinaire. On dit même que c'est encore plus dur que médecine, non ?

— C'est ce que j'ai entendu dire. Alors, et après les deux années de fac ?

Annie laissa échapper un petit rire et sirota sa bière.

— Un de mes petits boulots à temps partiel était toiletteuse pour chiens. J'adorais littéralement ce job. La seule chose qui me déplaisait était de rentrer toute sale le soir et de gagner des clopinettes. Mais je voyais le potentiel et j'avais besoin de gagner ma vie. Je ne pouvais pas me consacrer à un cursus plus long à l'université, alors j'ai fait une école de coiffure. J'ai travaillé quelques années, puis mes parents ont accepté de me prêter de l'argent pour financer un petit salon. Et voilà. Maintenant, je pomponne des clients à deux pattes et ça marche très bien.

— Et votre passion des animaux ?

— Je passe dans ce bar tous les soirs, pour faire office de baby-sitter durant quelques heures à des chiots orphelins. J'ai encore deux chevaux à la ferme. Mon père a vendu son troupeau de bovins il y a plusieurs années, à l'exception d'Erasmus, un taureau très vieux, très paresseux et au tempérament très colérique qui, selon mon père, nous survivra à tous. Il leur reste deux chiens et le petit poulailler de ma mère, plus un potager incroyable. Mais plus rien à voir avec la ferme laitière prospère d'avant, avec ses champs d'alfalfa[1] et autres fourrages pour les bêtes.

— Qu'est-il arrivé ? s'enquit-il.

— Il n'y avait personne pour reprendre l'exploitation.

— Vos frères ne voulaient pas d'une vie à la ferme ?

— Non. L'un d'eux est enseignant dans un lycée et entraîneur de foot, le deuxième est kiné en médecine sportive, et le troisième expert-comptable. Tous mariés avec des enfants et des épouses qui travaillent. Tous installés dans de plus grandes villes. Et le plus proche habite à quelques heures de route d'ici.

— Et vous ?

— Moi ?

— Oui, vous donnez l'impression d'être très attachée à cette ferme. Et vous adorez les animaux.

Annie sourit avec un soupir.

— Je serais vraiment heureuse de reprendre l'exploitation, mais ce n'est pas une bonne idée. Ce n'est pas le meilleur endroit pour moi.

— Pourquoi ? Si vous vous y plaisez.

Elle inclina la tête sur le côté avec un sourire en coin.

1. Également appelée luzerne. *(N.d.T.)*

— Une femme de vingt-huit ans, encore célibataire, qui vit avec maman et papa à la ferme, qui s'occupe du troupeau et des cultures. Imaginez un peu le tableau.

— On peut toujours se faire aider, suggéra-t-il. Engager des ouvriers agricoles pour les tâches les plus lourdes.

Elle rit.

— Les lourdes tâches ne me font pas peur, mais à mon avis, c'est le meilleur moyen pour moi de m'assurer un avenir de vieille fille. Ma vie sociale est déjà assez morne comme ça, merci bien.

— Il y a des façons d'y remédier, fit remarquer Nate. Partir en voyage, voir du monde, histoire de rompre un peu l'isolement.

— C'est vrai, il me semble que vous vous y connaissez. L'autre jour, je vous ai entendu parler à Jack de vacances au Club Med dans les Caraïbes et de jolies filles en bikinis brésiliens. C'est bien ça ?

Pour une raison qu'il ne put s'expliquer, ce commentaire provoqua chez lui un léger embarras.

— Non, non. Il n'y a pas d'histoire de Club Med. C'est un copain à moi, de l'école vétérinaire, Jerry, qui a organisé ces retrouvailles à Noël, avec notre ancien groupe d'amis. Depuis notre diplôme, nous ne sommes en contact que par mails et n'avons plus rien fait ensemble. Je vais à Nassau, c'est vrai, mais les bikinis relèvent du fantasme. Je prévois de faire un peu de plongée, de pêche. Je n'ai pas pris de vacances à l'étranger depuis un bon moment. Au point que je ne sais même plus ce que c'est d'avoir chaud, ajouta-t-il en riant.

— Vous ne retrouvez pas votre famille pour les fêtes ? s'étonna-t-elle.

— Ils ont eu la gentillesse de m'inviter à me joindre à eux pour une croisière. La famille *entière*, précisa-t-il. Mes parents, mes trois sœurs et leurs maris, quatre neveux et deux nièces. Imaginez un peu. Je vais avoir un mal fou à m'en dépêtrer, mais j'y réussirai d'une façon ou d'une autre.

— Est-ce qu'ils reviennent ici ? Je veux dire, dans le giron familial où vous avez grandi ?

— Oui. Régulièrement, ils débarquent à la maison. Ils prennent la direction des opérations, et moi, je me réfugie dans le logement de l'auxiliaire vétérinaire.

— Vous devez être en très bons termes avec elle.

Il lui décocha un large sourire.

— Elle est mariée et vit à Clear River, mais nous avons ce petit studio pour les cas où des animaux malades nécessitent une surveillance la nuit. Elle secondait déjà mon père, avant qu'il prenne sa retraite. Elle est comme un membre de la famille.

Était-ce du soulagement qu'il discernait sur son visage ?

— Toute la famille était réunie à la maison pour Thanksgiving, poursuivit-il. J'étais content de les revoir tous, mais quel soulagement quand ils sont repartis ! C'est de la folie. Cependant, j'ai vraiment des beaux-frères sympas, je dois reconnaître au moins ça à mes sœurs.

Annie but une gorgée de bière.

— Vous devez avoir hâte d'être en vacances. Quand partez-vous ?

— Le vingt-trois décembre. Jusqu'au deux janvier. J'ai la ferme intention de revenir à la maison bronzé et reposé.

« Et avec un peu de chance, songea-t-il, avec une libido assouvie. »

Il se sentit aussitôt rougir.

Pourquoi diable est-ce que j'ai pensé à ça ?

D'ordinaire, il n'était pas aussi désinvolte en ce qui concernait la sexualité. En fait, c'était plutôt pour lui un sujet très sérieux.

Annie lui glissa un regard intrigué.

— Vous rougissez, docteur Jensen ?

Il s'éclaircit la gorge.

— Rien ne vous oblige à être aussi formelle, Annie. Je préférerais Nate. Et on pourrait peut-être se tutoyer, non ? Il fait un peu chaud près de ce feu, tu ne trouves pas ?

— Je n'ai pas remarqué, mais...

— Tu as mangé ?

— Non. Je n'y ai même pas songé.

— Asseyons-nous à cette table toute proche avant que quelqu'un la prenne. Je vais dire à Jack que nous voulons manger un morceau. Qu'en dis-tu ?

— Bonne idée. Le temps que nous dînions, Chris sera prêt pour nourrir Comète.

Tout au long de cette première semaine, les chiots semblaient aller mieux chaque jour qui passait. À l'évidence, leur séjour au Jack's Bar leur réussissait. Et Annie s'y plaisait de plus en plus, elle aussi. Elle espérait juste que cette satisfaction ne se lisait pas trop sur sa figure. Nate n'avait aucune raison particulière de venir chaque soir après sa journée : les chiens n'étaient pas malades, et il ne s'était pas engagé à venir s'en occuper comme elle. Et pourtant, il revint le jeudi, le vendredi et le samedi. Elle se plaisait à croire qu'il était là pour la voir, même si cette supposition lui paraissait des plus farfelues. L'idée qu'elle puisse susciter l'intérêt d'un homme tel que lui, à cause d'une histoire de chiots recueillis dans un bar, était à ses yeux si hautement improbable qu'elle ne s'autorisait même pas à l'explorer.

Pourtant, il était là vers dix-huit heures chaque soir, juste après les soins qu'elle prodiguait à ses petits protégés. Il lui offrait toujours une bière, puis Jack leur servait le dîner qu'ils mangeaient ensemble, à la table la plus proche de la cheminée. Ils bavardaient et riaient de bon cœur, échangeant sur leurs familles et les gens du coin, apprenant à mieux se connaître. Même si Annie savait que cette nouvelle amitié aurait sans doute tôt fait de retomber comme un soufflé dès que les chiots auraient été adoptés, et malgré la fatigue de cette excursion quotidienne jusqu'à Virgin River, elle appréciait la compagnie de Nate plus qu'elle n'osait se l'avouer.

— Tu avais prévu de longue date de revenir t'installer ici et de reprendre le cabinet de ton père ? lui demanda-t-elle un soir.

— Non, ça ne faisait pas du tout partie de mes plans. Pour commencer, je préfère les pur-sang aux vaches. Je projetais de consacrer toute mon activité aux chevaux : soins vétérinaires, reproduction, concours, courses. Dans cette optique, j'ai fait deux ans d'internat en médecine équine dans une clinique spécialisée. Ensuite, j'ai travaillé pour un grand cabinet vétérinaire dans le Kentucky, puis un autre très lucratif dans les environs de Los Angeles. Jusqu'au jour où mon père a décidé de prendre sa retraite. Il considérait avoir assez longtemps payé de sa personne – il avait soixante-quinze ans, à l'époque. Quelques années plus tôt, ma mère et lui avaient acheté un ranch dans un joli coin du sud de l'Arizona, mais ils tenaient à conserver dans la famille la maison et les écuries, sans parler du cabinet vétérinaire. As-tu idée de la difficulté qu'il y a à développer une affaire avec les durs à cuire que sont les vieux fermiers et éleveurs de la région ? Le nom de Nathaniel Jensen jouit d'une honorable réputation par ici, ajouta-t-il en pouffant, même si je ne suis que l'humble héritier.

— Du coup, tu es revenu t'installer sur les terres familiales.

En prononçant ces mots, Annie pensait aux gros bonnets du monde hippique qu'il devait fréquenter. Des gens de la haute société qu'il lui avait été donné d'observer de loin, à certains concours ou autres exhibitions et que, bien sûr, elle ne connaissait pas. Elle pratiquait l'équitation depuis qu'elle savait marcher, avait pris des leçons et participé à des compétitions de dressage. De ce fait, elle était plus qu'un peu familière du genre de fortunes associées à l'élevage des pur-sang et aux courses hippiques. Les riches propriétaires envoyaient leurs filles suivre des cours en Europe, transportaient leurs chevaux à Churchill Downs en jet privé, et investissaient des millions dans leurs haras. Une fille de fermier du comté de Humboldt ne pouvait pas rivaliser. La gorge d'Annie se noua : elle ne jouait pas du tout dans la même catégorie.

— J'ai décidé d'essayer un an ou deux. Mon projet consistait à mettre un peu d'argent de côté, peut-être former un nouvel assistant polyvalent capable de s'occuper aussi des écuries. Mais depuis deux ans, je n'en ai pas encore trouvé le temps.

— Je vois, dit-elle. Tu envisages toujours de partir ?

— Je n'ai pas besoin de t'apprendre les atouts de cette région. Et pas non plus ce qui manque, ajouta-t-il avec un sourire. Ici, l'existence est plutôt tranquille, pour un célibataire. Tu as toi-même parlé de vie sociale morne, tu te souviens ?

— Comment pourrais-je l'oublier ?

— Tu as quelqu'un dans ta vie ? demanda-t-il à brûle-pourpoint, la prenant au dépourvu.

— Euh... non. Pas pour l'instant. Et toi ?

— Non. Tu acceptes souvent des rendez-vous ?

Interdite, elle fit non de la tête.

— C'est rare. De temps en temps.

Elle réfléchit un instant.

— Ces vacances, c'est une façon pour toi d'échapper au quotidien ? Une tentative de relancer un peu ta vie sociale ?

— Je me suis dit qu'un petit séjour au soleil ne pouvait pas faire de mal. Ce sera sympa de retrouver de vieux amis. Nous étions vraiment proches, à l'école vétérinaire. Nous nous sommes toujours serré les coudes à chacun des nombreux examens que nous avions à passer.

— À combien partez-vous ? demanda-t-elle.

— Neuf en tout. Cinq hommes, dont deux sont mariés et viennent en couple, et deux femmes.

— Elles sont mariées ?

— Une est encore célibataire et l'autre est divorcée.

— Je vois. Je parie qu'il y a une ancienne petite amie dans le lot.

— Pas du tout.

— Allez, tu as sûrement essayé de sortir avec l'une ou l'autre, je me trompe ?

— Je crois que j'ai tenté ma chance avec les deux. Brièvement. Ça marchait mieux entre nous comme potes que... enfin, quelque chose de plus sérieux.

Il but une gorgée.

— Sincèrement, j'ai juste envie de pêcher.

Annie avala la dernière bouchée de son plat.

— La région de Virgin River est un endroit idéal pour la pêche.

— Je sais. Je lance régulièrement mes lignes dans les rivières du coin. Mais quelques sorties en haute mer me semblaient une bonne idée. Un peu de soleil ne me fera pas de mal non plus. Et j'ai des clubs de golf, ajouta-t-il en riant. Je jouais beaucoup à L.A[2]. Oui, décidément, réfléchit-il, quelques UV ne seront pas du luxe.

— Un peu de patience, lui dit-elle avec une lueur taquine dans les yeux. Bientôt, tu paresseras sur la plage, entouré d'une kyrielle de belles nanas en bikini.

— Tu as peut-être raison en me conseillant Virgin River, admit-il avec un clin d'œil. Je ferais peut-être mieux de pêcher davantage dans les eaux locales, si je veux faire la prise du siècle.

Le dimanche suivant, Annie était de retour à la ferme pour une journée pâtisserie avec sa mère, en prévision des fêtes qui approchaient à grands pas. Elles enchaînaient la préparation de pains, gâteaux et biscuits qui seraient ensuite congelés pour la nombreuse famille et les amis. Annie était arrivée tôt, afin de passer en fin d'après-midi au bar, où elle dînerait. Pour le bien de ses petits protégés, bien sûr.

— Tu es bien silencieuse, Annie, fit remarquer sa mère. Je pense que tu laisses cette histoire de chiots t'occuper trop l'esprit. Tu as toujours eu un cœur si tendre.

2. Abréviation de Los Angeles. *(N.d.T.)*

— Je suis fatiguée, admit-elle, étalant au rouleau la pâte d'une nouvelle fournée de sablés. J'ouvre le salon en avance le matin, afin de pouvoir partir plus tôt, et je veille plus tard pour boucler mes journées. Sans oublier la maison : comme tu peux t'en douter, je m'occupe des décorations de Noël dès que j'ai un moment, avant et après le travail.

— Alors tu ne devrais pas venir ici deux jours par semaine, dit Rose McKenzie. Sincèrement, j'apprécie ton soutien, mais je ne suis pas encore trop vieille pour confectionner les gâteaux de Noël.

— Je compte en offrir quelques-uns, répondit Annie. Alors, je suis heureuse d'aider. Je n'avais pas réalisé que nous avions un nouveau Dr Jensen, continua-t-elle, changeant brusquement de sujet. Je croyais que c'était encore le père qui venait pour les chevaux et Erasmus. Mais au Jack's Bar, quand le vétérinaire est arrivé pour les chiots, j'ai eu la surprise de rencontrer le fringant Nathaniel Junior. Vous ne m'en aviez jamais parlé.

— Bien sûr que si, ma chérie. Son retour a alimenté toutes les conversations. Il était revenu avec une petite amie qui a fini par prendre la poudre d'escampette. Si je me souviens bien, nous n'avons parlé que de cette histoire pendant des semaines.

— Une petite amie ? Quand ça ?

— Les premiers temps après son retour, il y a deux ans, je dirais. Une jolie pin-up de Hollywood, du genre sophistiqué, précisa Rose avec un rire indulgent, tout en pétrissant sa pâte. Il nous arrivait de les croiser ici ou là, au marché ou à la foire. Tu sais, on ne tombe pas si souvent sur les gens, par ici. Ils vivaient peut-être dans le coin depuis un an sans que personne la remarque. En tout cas, Nathaniel lui faisait connaître le coin, sans doute pour qu'elle s'acclimate. La tentative n'a pas trop bien marché, apparemment.

— Si tu m'en avais parlé, je suis sûre que je m'en souviendrais, maman. Pas une seule fois tu n'as évoqué le sujet.

Les yeux au plafond, Rose fouilla brièvement sa mémoire.

— C'était peut-être à l'époque où tu avais d'autres soucis en tête. L'achat du salon. Et puis, il y a eu cette terrible histoire avec Ed.

Ed. « Terrible » était le mot.

Ils n'avaient pas été vraiment fiancés, Dieu merci, mais à l'époque, ils étaient ensemble depuis un an environ, et elle espérait l'officialisation de leur relation. Ils avaient même évoqué le sujet du mariage. Annie laissa échapper un rire sans joie.

— Il est possible que j'aie été quelque peu distraite, en effet, approuva-t-elle.

— Ce sale parasite, bougonna Rose McKenzie qui se mit à pétrir sa pâte avec davantage d'agressivité que nécessaire. C'est un porc, doublé d'un imbécile et d'un menteur. Et... et un parasite !

Annie pouffa, amusée d'entendre sa mère se lâcher ainsi.

— Parasite ? Comme tu y vas. Il faut quand même reconnaître qu'il travaille dur et gagne bien sa vie. Une nécessité pour lui, à l'évidence, vu toutes les conquêtes qu'il multiplie. Mais tu n'as pas tort, et je reconnais que c'est un porc, un menteur et un imbécile. Il ne me manque pas, c'est sûr. Le salopard. Je ne me souviens pas, ajouta-t-elle, soudain songeuse. Comment se fait-il que nous n'ayons pas laissé les garçons lui régler son compte ?

— Aucune idée, répondit Rose. Je savais juste depuis le début que ce type n'était pas le bon.

— Tu rigoles ? Tu me faisais essayer ta robe de mariée au moins une fois par mois et tu me demandais sans cesse si nous avions réfléchi à une date. Tu espérais qu'il me demande en mariage.

— J'envisageais l'hypothèse, rien de plus...

Vendeur de matériel agricole, Ed était chargé d'un secteur très vaste en Californie du Nord et passait le plus clair de la semaine sur les routes. Jusqu'au jour où elle avait appris que, depuis le début de leur relation, Ed avait une liaison avec une autre femme à Arcata. Six mois plus tôt, il avait décidé que le moment était venu de faire un choix. Et il avait choisi l'autre.

L'amour-propre d'Annie en avait pris un coup, mais pire encore que l'humiliation, c'était surtout la stupeur qui prédominait. Comment cela avait-il pu se passer sous son nez sans qu'elle ait le moindre soupçon ? Lorsqu'il était absent, elle lui parlait chaque jour au téléphone. Jamais il n'avait trahi le moindre indice qu'elle n'était pas la seule femme dans sa vie. Elle avait été folle de rage à l'idée qu'il l'ait trompée. Elle avait pris sa voiture et s'était rendue à Arcata pour jeter discrètement un coup d'œil à sa rivale, mais sur la seule base de son physique, elle n'avait pas réussi à comprendre ce qui avait valu à celle-ci de décrocher la timbale.

Avant qu'elle ait eu le temps d'y réfléchir plus longtemps, la femme d'Arcata l'avait repérée, *elle*, et était venue à sa rencontre. Elle l'avait informée qu'elles n'étaient pas les seules dans la vie d'Ed. Il s'avérait que celui-ci était en réalité un vrai Casanova : il avait au moins une autre copine régulière pour réchauffer ses nuits.

Les larmes de chagrin s'étaient muées en larmes de colère. Annie avait jeté tout ce qui lui rappelait ce salaud d'Ed. Elle avait renouvelé toute sa literie et son linge de toilette. Par précaution, elle était même allée chez le médecin faire un bilan de santé. Cependant, au final, c'était moins Ed lui-même qu'elle pleurait que *l'idée* d'Ed. Elle avait investi une année dans leur relation qui, avait-elle naïvement espéré, lui offrirait un amour durable, la stabilité du mariage, une famille. Quand elle pensait à ce traître, il lui prenait des envies de meurtre. Elle mourait d'envie que ses frères aillent lui flanquer la raclée de sa vie. Non seulement elle ne voulait plus entendre parler de lui, mais si elle le croisait dans la rue, elle traverserait pour l'éviter. Sa mère avait peut-être raison – sans doute savaient-elles l'une et l'autre confusément que ce mufle ne pouvait pas être l'homme de sa vie.

L'homme de sa vie, pour l'instant, ce n'était ni lui ni un autre. Elle n'avait pas dû accepter plus de cinq invitations à dîner depuis sa rupture, six mois plus tôt. Et le nombre de petits copains qu'elle avait eus avant Ed était trop faible pour mériter d'être comptabilisé. Elle sortait régulièrement avec ses copines, mais le plus clair de son temps libre, elle le passait à la ferme à monter ses chevaux, cuisiner ou préparer des conserves avec sa mère.

La maison possédait une large terrasse couverte qui s'étendait sur toute sa longueur. De là, on pouvait observer l'alternance immuable des saisons. La luminosité joyeuse du printemps, la luxuriance de l'été, les teintes flamboyantes de l'automne, la blancheur de l'hiver sous la neige. Depuis qu'elle était petite, de cette terrasse, elle regardait les années défiler. Or, ces derniers temps, il lui semblait qu'elles passaient trop vite à son goût, et elle se demandait si elle trouverait un jour le compagnon qui l'arracherait à sa solitude et admirerait le paysage à ses côtés.

Une pin-up de Hollywood ? Voilà qui expliquait les vacances dans les Caraïbes. À l'évidence, Nate était attiré par les jeunes coquettes sexy. Sans doute comme ces mondaines qui minaudaient dans les loges VIP aux courses et autres compétitions hippiques. Annie avait regardé assez de retransmissions à la télévision pour connaître le genre – des physiques de top models, toilettes haute couture et chaussures de luxe cousues main, « bling-bling » à l'extrême. Ou alors le style sophistiqué de ces femmes qui s'affichaient dans les événements huppés du grand monde hippique – épouses, filles ou sœurs de richissimes éleveurs, dont les pur-sang participaient aux compétitions de la Triple Couronne américaine[3]. À moins qu'il n'ait un penchant pour les diplômées du milieu médical, des vétérinaires comme lui, capables d'apprécier ses centres d'intérêt – et qui, en raison de leur activité, côtoyaient aussi les nantis de cet univers.

Sans doute une fille ordinaire de la campagne, qui préférait les chaussures pratiques à talons plats, n'avait-elle rien de spécial pour un homme tel que Nate.

Les pensées d'Annie furent interrompues par l'arrivée de son père dans la cuisine. Il se resservit un café, puis

---

3. La Triple Couronne (qui existe dans plusieurs pays, France, Grande-Bretagne, Irlande, États-Unis...) consiste en une série de trois courses pour les pur-sang de trois ans, sur trois distances différentes. Les remporter toutes les trois est le sommet du classicisme. Les trois épreuves de la Triple Couronne américaine sont : le Kentucky Derby (2 000 m), les Preakness Stakes (1 900 m) et les Belmont Stakes (2 400 m). *(N.d.T.)*

s'étira en arrière, faisant rouler les épaules, une main plaquée au creux des reins.

— Tu boites, papa ?

— Bien sûr que non, tout va bien. J'ai juste été un peu coupé dans mon élan, c'est tout.

— Dès que j'aurai fini de m'occuper de ces chiots, je m'arrangerai pour venir aider plus souvent.

— Le docteur dit que le meilleur traitement, c'est l'activité physique, intervint Rose. Tu aides déjà suffisamment comme ça.

— Tu ne te souviens pas de la petite snob de Hollywood ? demanda Hank avec étonnement, revenant à la conversation qu'il avait surprise. Un coup de vent l'aurait fait s'envoler, tellement elle était maigrichonne, continua-t-il sans attendre la réponse. On lui voyait les os. Pas du tout une fille pour Nathaniel.

Il but une gorgée de café et avec un haussement de ses sourcils broussailleux, observa Annie par-dessus le bord de sa tasse.

— Tu serais beaucoup plus son genre, si tu veux mon avis. Et Nathaniel vaut mille fois mieux que ce salopard qui t'avait mis le grappin dessus.

— Je n'ai rencontré Nate qu'il y a quelques jours, rappelle-toi. Et avant, j'étais avec le salopard en question, et Nate était pris de son côté.

— Ouais, tu aurais été obligée de régler son compte au tas d'os, mais je ne donnais déjà pas cher de sa peau, de toute façon.

Sur ces mots, il lui décocha un large sourire et quitta la cuisine.

— Nathaniel va recevoir sa famille à Noël ? s'enquit Rose.

— Il m'a dit que ses parents, ses sœurs et leurs familles partent en croisière pour les fêtes. Au commentaire un peu ironique qu'il a fait, j'ai l'impression qu'il sauterait par-dessus bord s'il les accompagnait.

— Alors, tu dois absolument l'inviter à se joindre à nous pour le réveillon, Annie. Si ma mémoire est bonne, il était ami avec un de tes frères quand ils étaient gamins.

— Il ne sera pas là. Il part en vacances dans un coin branché des Caraïbes avec d'anciens amis de son école vétérinaire. Apparemment, il n'a qu'une envie : se dorer la pilule au soleil sur la plage et reluquer les jolies filles en bikinis sexy. Ses goûts n'ont pas l'air d'avoir beaucoup changé, on dirait.

— Ah oui ? s'étonna Rose. Voilà qui me semble terriblement ennuyeux comme genre de vacances.

— Pas si tu es un célibataire trentenaire, maman.

— Bon, eh bien, offre-lui quelques-uns de ces cookies.

— Il n'a sans doute pas grand-chose à faire de biscuits faits maison, tu sais.

« Pas si sa préférence va aux belles nanas riches et branchouilles », songea-t-elle.

— N'importe quoi. Je ne connais pas un seul homme qui résiste aux biscuits maison. Ça leur rappelle leurs mères.

— Exactement l'image que je souhaite donner de moi, soupira Annie.

3

Rose McKenzie insista pour qu'Annie emporte une assiette de biscuits de Noël pour le Dr Jensen. Celle-ci se sentait si bête avec ce cadeau un peu gnangnan qu'elle les laissa dans la voiture à son arrivée à Virgin River, cet après-midi-là.

Lorsqu'elle franchit le seuil du Jack's Bar, elle ouvrit de grands yeux ébahis : l'endroit avait été décoré pour Noël. Un sapin se dressait fièrement dans l'angle opposé à la cheminée, des guirlandes paraient le comptoir et les murs, les tables étaient ornées de charmantes compositions en houx et la tête de cerf au-dessus de la porte arborait une couronne sur ses bois. Le tout conférait au lieu, déjà chaleureux en temps ordinaire, une atmosphère festive et encore plus conviviale, sublimée par l'odeur de pin qui se mêlait à celle du feu de bois et aux délicieux fumets de cuisine.

Il lui fallut moins de deux secondes pour constater l'absence de Nate, ce qui la rendit doublement contente de ne pas être arrivée la bouche en cœur avec les cookies. Peut-être ne se montrerait-il pas, aujourd'hui. Ce n'était pas comme s'il avait l'obligation de venir. En fait, à part jeter un vague regard aux chiots et lui demander s'il y avait un problème avec l'un ou l'autre, il ne faisait rien du tout.

Annie adressa un salut de la main à Jack et alla directement voir ses protégés. C'était incroyable comme les bébés border collies avaient grandi en une semaine – ils appartenaient forcément à cette race, ou elle n'y connaissait rien aux chiens. Dodus et duveteux, ils faisaient penser à d'adorables peluches. Comme tous ceux qui passaient près de leur panier, elle ne put résister à l'envie d'en prendre un dans ses bras et de le presser doucement sous son cou.

Jack la rejoignit. Elle lui sourit.

— Le bar est superbe, Jack. Tout est prêt pour Noël.

— C'est le club féminin qui s'en est chargé. Elles organisent leur bourse aux gâteaux de Noël ici, demain à midi. Vous êtes la bienvenue.

— Zut, je serai au salon. Mais dites-leur que les décorations sont magnifiques.

— D'accord. Euh… Annie, nous avons un problème.

D'instinct, elle prit Comète et jaugea sa taille, sa force. Il se tortilla avec vigueur.

— Quoi donc ?

Jack paraissait embarrassé.

— Notre arrangement ne peut pas se poursuivre plus longtemps. Je peux accepter encore une journée, maximum deux, le temps que vous trouviez un plan B, mais ces chiots doivent être hébergés ailleurs. Ils grandissent vite, ont plus d'appétit, et l'odeur de leurs déjections devient problématique. On est dans un établissement de restauration, ici.

— Il y a des plaintes ? s'inquiéta Annie.

Jack dodelina du chef.

— C'est tout le contraire. Avec le sapin, les mignons petits bébés chiens attirent une belle clientèle. Mais vous savez comment sont les chiots, Annie. Les gens les prennent et les câlinent, et se retrouvent avec les genoux mouillés. C'est mignon et drôle un moment, mais leur présence va vite poser un gros problème.

— Oh, fit-elle, prise au dépourvu.

Elle comprenait, bien évidemment. Ce n'était pas pareil quand la portée se trouvait à votre domicile dans la salle d'eau du rez-de-chaussée ou sous l'évier de la buanderie. Ou quand la mère était là pour s'occuper de ses petits. On ne réalisait le travail colossal qu'elle fournissait qu'à partir du moment où on devait s'en charger soi-même. Tant que les bébés n'étaient pas sevrés, même à huit, la courageuse chienne s'appliquait avec méthode à les lécher de la tête au bout de la queue, les laissant toujours propres et secs. Mais dès qu'ils commençaient à recevoir de la nourriture solide, elle mettait fin à ce traitement de faveur et l'hygiène des chiots ne tardait pas à s'en ressentir – en temps normal dans les six semaines, quand les petits étaient presque en âge de quitter leur mère, de toute façon.

Dans le cas présent, en l'absence de la mère, le lait épaissi de céréales entrait d'un côté et ressortait de l'autre. Impossible de changer leur couchage assez vite ou de laver assez souvent leurs jolis petits derrières pour éviter les désagréments olfactifs.

— Comment vais-je faire ? se demanda-t-elle à voix haute.

— C'est encore un peu tôt pour une adoption, mais nous avons déjà trouvé un foyer à quelques-uns, annonça

Jack. Il y a Christopher, bien sûr. Il ne veut pas renoncer à Comète.

— Comète ne peut pas être confié à la responsabilité d'un gamin de six ans, fit remarquer Annie. De toute façon, il a encore besoin de quelques semaines. Et ensuite, même si Chris est très gentil avec lui, il aura besoin d'être supervisé.

— Je sais. Et je suis fichu aussi. David n'arrête pas de parler de son « bébé sien ». J'envisageai de prendre un chien de toute façon – ne serait-ce que pour nettoyer la nourriture que mon fils fait tomber partout par terre, ajouta-t-il avec un clin d'œil, conscient que ce genre d'argument agacerait Annie.

Comme il s'y attendait, celle-ci démarra au quart de tour.

— Jack, vous ne pouvez pas confier un chiot de cet âge à un gamin de trois ans. En plus, il risque d'avaler certains aliments toxiques pour les chiens, comme les œufs et les tomates.

Il lui sourit.

— N'ayez aucune inquiétude. Le moment venu, nous ferons attention. Sinon, Buck Anderson, l'éleveur de moutons, m'a dit qu'il était grand temps pour lui d'avoir deux nouveaux chiens de troupeau. Ses grands fils pourront aider à les dresser avant de commencer à les faire travailler avec les autres chiens. Mais il les voudrait pour Noël. Je sais que vous vous méfiez des gens qui offrent des chiots en cadeau à Noël. Il veut juste faire plaisir à un de ses fils encore en bas âge et ses sept petits-enfants. Je sais qu'on peut compter sur Buck ; il connaît la musique. J'espère juste que ces nouvelles recrues seront douées pour garder les moutons, car pour lui, c'est quand même le but, ajouta-t-il avec un froncement de sourcils.

— D'accord, en voilà déjà quatre de casés.

— Une ou deux personnes réfléchissent encore, mais jusqu'à présent, nous en sommes là. Avez-vous remarqué que tout le monde en ville a adopté les noms des rennes du père Noël ?

— Oui, c'est mignon, hein ? Jack, je n'ai pas de solution immédiate. Je pourrais les emmener chez moi, j'imagine, et rentrer entre deux coupes m'assurer qu'ils ont à boire et à manger, mais pour être franche, le temps me manque. À l'époque de Noël, tout le monde veut se faire beau. Et j'essaie de passer autant de temps que possible à la ferme pour les préparatifs – toute la famille vient.

— Nous devrions peut-être reconsidérer l'idée du refuge. Nous pourrions leur confier les chiots une semaine ou deux et récupérer ensuite ceux à qui nous avons trouvé un foyer...

À cet instant, Nathaniel fit son entrée dans une bourrasque. Il ôta ses gants qu'il claqua dans sa paume et jeta un regard à la ronde au bar tout décoré avec un sifflement admiratif. Il salua Annie et Jack.

— Alors, comment va ?

Le silence qui accueillit sa question le troubla.

— Un problème ?

Annie s'avança vers lui.

— Jack ne peut plus garder les chiots. Ils commencent à sentir comme des adultes. C'est quand même un restaurant ici.

Nate rit.

— Bravo, Jack, vous avez tenu plus longtemps que je ne l'imaginais.

— Désolé, Nate. Si Annie n'avait pas été aussi convaincante, ces petits gaillards auraient filé direct dans un refuge. Ou pire encore. Au moins, nous en avons casé quelques-uns – il faut juste attendre qu'ils grandissent un peu.

— Je comprends, dit Nate, bon enfant. Eh bien, si Annie promet de ne pas me laisser en plan, je vais les prendre à la maison. Je suis plutôt occupé, la plupart du temps, mais mon assistante me donnera un coup de main. Et ils n'ont plus autant besoin d'attention que la semaine dernière – au moins, ils peuvent tous se nourrir seuls maintenant. Je les installerai dans la buanderie. La porte fermée, ils ne me dérangeront pas.

— Ils auront assez chaud ? s'inquiéta Annie.

— Tout se passera bien, la rassura Nate. Jack, quel est le menu ce soir ?

— Chili con carne et pain au maïs. Sérieusement, vous allez les embarquer ?

Nate rit.

— On peut manger un morceau, avant ? Je suis célibataire – il n'y a jamais grand-chose dans mon frigo. Et puis, cette demoiselle est gâtée maintenant, ajouta-t-il, enveloppant les épaules d'Annie de son bras. Elle a pris l'habitude d'être récompensée par un bon repas pour ses efforts. Et deux bières.

— Ça marche, répondit Jack avec un haussement de sourcils intrigué.

— Après le dîner, tu n'auras qu'à me suivre en voiture, dit Nate à Annie, comme si la question était réglée.

Annie savait à peu près où se trouvait la clinique vétérinaire Jensen, mais ne se souvenait pas s'y être jamais rendue. On emmenait son caniche ou son épagneul chez le véto, mais dans une ferme, c'était lui qui se déplaçait à domicile, à moins qu'une intervention chirurgicale ou une surveillance rapprochée avec des soins fréquents ne soient nécessaires. L'écurie attenante au cabinet accueillait aussi des chevaux en pension de courte durée. Elle était également équipée pour la reproduction. Si l'insémination se pratiquait le plus souvent sur place, dans les fermes ou les ranchs, certains propriétaires de chevaux de valeur préféraient confier au vétérinaire leurs juments prêtes à pouliner.

Nathaniel transporta les chiots sur la plate-forme couverte de son pick-up. Les couvertures supplémentaires dans lesquelles ils avaient été emmitouflés les empêcheraient d'avoir trop froid durant le court trajet. Annie le suivit dans son propre véhicule. Sur la grand-route, ils ne tardèrent pas à bifurquer sur la gauche, à un panneau signalant la clinique vétérinaire Jensen. La route était pavée, un luxe dans la région. Elle était bordée d'arbres, et les taillis couverts de neige étaient dégagés avec soin. La large allée, qui devait mesurer sept ou huit cents mètres, débouchait sur une vaste enceinte bien éclairée. L'écurie se trouvait sur la gauche, avec un corral sur un côté et l'arrière. Le cabinet vétérinaire en lui-même flanquait l'autre côté. Une guirlande de lumignons rouges et verts clignotait à une des fenêtres. Sur la droite se dressait une imposante maison moderne de plain-pied, avec une allée en brique qui menait à une double porte d'entrée en bois sombre et aux vitres biseautées. Aucune décoration de Noël n'était visible de ce côté. Annie se demanda si c'était l'auxiliaire vétérinaire qui avait décoré la clinique. Sur l'espace de parking entre la maison et l'écurie étaient garées deux remorques à chevaux rutilantes. L'une d'elles permettait d'en accueillir six, et l'autre, deux. Les deux luxueux vans étaient aussi équipés d'une cabine, sûrement très confortable.

La porte du garage, à une extrémité de la maison, s'ouvrit automatiquement, et Nate y fit entrer son pick-up. Annie se gara à l'extérieur et le rejoignit dans le garage. Elle portait le lait et les céréales, tandis qu'il se chargeait de la caisse avec les chiots. Du coude, il ouvrit la porte qui menait aux pièces d'habitation et alluma la lumière. Il traversa la cuisine et disparut. En découvrant la pièce, Annie ralentit le pas, impressionnée. Sa mère aurait rêvé d'avoir une cuisine pareille : électroménager de qualité et de grande contenance, plaque de cuisson six feux, four double, un bel îlot avec plan de travail et évier. L'ensemble était sublime et, à l'évidence, récent.

Elle passa devant un long bar avec d'élégants tabourets, puis découvrit une spacieuse pièce de vie familiale avec des canapés confortables et une belle cheminée, flanquée de part et d'autre de rayonnages de bibliothèque qui montaient jusqu'au plafond, remplis de livres reliés en cuir.

— Annie ? Où es-tu ?

Elle arrêta de gober les mouches et suivit la voix, admirant au passage une longue table ancienne en chêne, placée devant deux larges fenêtres en saillie qui donnaient sur l'arrière de la propriété. Elle s'engagea sur la gauche dans un petit couloir qui la fit passer devant une salle de bain et une chambre à coucher, puis la mena jusqu'à une buanderie meublée de placards blancs et équipée d'un évier avec deux bacs profonds, à côté d'une machine à laver et d'un sèche-linge grande capacité en inox. Rien à voir avec une vieille ferme de sa connaissance, assurément.

— J'utiliserai le linge de la clinique pour garnir leur caisse, expliqua Nate. Ils seront bien installés, ici. Écoute, je sais que tu as signé pour cette mission, mais je ne veux pas que tu te sentes obligée de réaménager ton emploi du temps pour venir ici tous les jours dès que tu peux te libérer un moment. Virginia, mon assistante, m'aidera pendant la journée. Je suis parfois appelé à l'extérieur, mais en cette saison, il n'y a pas de naissances, alors ce n'est pas trop chargé. Alors, si tu veux bien...

— D'accord, le coupa-t-elle. Je ne viendrai pas. Je laisserai juste mon numéro au cas où, si jamais tu as besoin de moi.

Il rit.

— Rassure-moi, tu viendras quand même de temps en temps ? Si tu me donnes un coup de main, je préparerai un rôti. Rien d'extraordinaire comme Vic, mais mangeable. Préviens-moi juste quand tu peux te libérer.

— Et ton assistante ?

— Je n'aime pas demander à Virginia de rester après cinq heures, à moins que nous n'ayons des patients qui ont besoin d'une surveillance rapprochée – elle a envie de rentrer chez elle et de dîner avec son mari. Je te laisserai une clé, si jamais tu arrivais avant moi, au cas où je serais retenu à l'extérieur en consultation.

— Euh... d'accord. Sois franc, dis-moi précisément ce que tu veux. J'avoue que je suis un peu perdue.

Il se cala les mains sur les hanches.

— Et moi, je veux savoir ce qui ne va pas. Pourquoi fronces-tu les sourcils ainsi ? Tu fais cette tête depuis mon arrivée chez Jack.

Mentalement, Annie s'efforça de lisser ses traits, sans grand résultat. Elle l'imaginait avec une belle nana à son bras, voilà pourquoi elle faisait la grimace. Ou une cavalière d'une prestigieuse écurie qui concourait dans le monde entier. Ou peut-être encore une collègue de son âge, aussi intelligente et brillante que lui. Bref, il n'avait que l'embarras du choix. Et il était si diablement séduisant que l'imagination n'avait guère de mal à suivre.

— D'où vient cette bonne humeur ? C'est *précisément* ce que tu voulais éviter, et pourtant, tu sembles presque emballé à l'idée d'héberger les chiots. Qu'est-ce que tu mijotes ?

— Rien du tout, la détrompa-t-il avec un large sourire. Je savais juste qu'on en arriverait là, c'est tout. Je suis content que Jack et Vic se soient occupés d'eux la première semaine, pour deux raisons : d'une part, parce que c'était beaucoup de boulot ; et d'autre part, parce que j'aimais bien m'arrêter au bar tous les jours, sur le chemin du retour. Je ne me souviens pas avoir jamais si bien mangé, ajouta-t-il, passant une main sur son ventre plat. Maintenant que, selon toute vraisemblance, tes petits protégés vont tous s'en sortir, il suffit de les nourrir et les surveiller à quelques heures d'intervalle. Virginia et moi arriverons à gérer dans la journée. Je suis d'accord avec toi au sujet du refuge : les chiots y seraient certainement très bien – les bénévoles sont dévoués et très attentifs au choix d'un adoptant avant de laisser partir un petit orphelin. Mais pourquoi prendre des risques ? Si nous devons avoir recours à un refuge, nous y penserons après les fêtes.

— Alors, comme ça, tu savais depuis le début que tu te retrouverais avec les chiots sur les bras ?

Il rit de plus belle.

— Allez, viens, je vais te faire visiter la maison où j'ai grandi, nous allons prendre un bon café, puis nous nous occuperons de nourrir et installer les chiots pour la nuit. Qu'en dis-tu ?

— Tu n'es pas obligé de me faire visiter. Je ne compte pas fouiner en ton absence.

Il la prit par la main.

— Je n'ai aucune crainte à ce sujet. Viens, insista-t-il en la ramenant vers la cuisine.

Il lui fit traverser la spacieuse salle familiale.

— Ici, c'était l'endroit favori de mes sœurs pour leurs nombreuses escarmouches. De vraies furies. Quand j'étais enfant, il y avait de vieux canapés à fleurs un peu miteux, mais une fois que chacun d'entre nous a eu fini ses études et n'a plus été à la charge de papa et maman, la déco a commencé à évoluer. De nouveaux meubles sont peu à peu apparus dans la maison, plus jolis et modernes.

Il s'engagea dans le couloir et lui montra où se trouvaient la suite parentale et trois autres chambres.

— Moi, j'avais ma chambre avec salle de bain de l'autre côté de la cuisine, tranquille, à l'écart des filles.

Puis il lui montra une autre pièce, à droite de la grande salle familiale.

— Là, c'est le salon plus formel, qui sert seulement pour les grandes occasions comme Noël, quand toute la famille est réunie, et la salle à manger pour les dîners de fête, qui permet de caser tout le monde à table.

Ils étaient maintenant de retour dans la vaste cuisine.

— C'est immense, fit remarquer Annie, impressionnée. Et très beau. Qu'est-ce que ça t'a fait de grandir dans une maison aussi grande ?

— Je considérais que c'était normal, je suppose, comme n'importe quel autre enfant l'aurait fait, répondit-il avec un haussement d'épaules. C'est toujours la maison de mes parents, même si je doute qu'ils reviennent s'installer ici un jour. Viens, je vais préparer le café.

— Tu n'as pas à me recevoir comme une invitée, tu sais.

— Ça me fait plaisir. Je n'ai pas trop l'habitude d'avoir de la compagnie.

Au moment où il servit le café, un détail revint à Annie.

— Attends, ne bouge pas. J'ai quelque chose pour toi.

Elle courut à sa voiture par la porte du garage et récupéra les biscuits. Comme c'était l'habitude à la campagne, ils étaient disposés en toute simplicité sur une assiette en plastique transparente, protégés par du film alimentaire.

— Tiens, c'est pour toi. Ils étaient encore chauds, mais maintenant ils doivent être gelés. Ma mère a insisté.

— Elle les a faits pour moi ? s'étonna-t-il, acceptant le cadeau.

Il ôta le plastique et l'invita à se servir.

— Si on veut.

— Comment ça ?

— Nous avons fait de la pâtisserie ensemble toute la journée. C'est notre habitude pour les fêtes. Nous en congelons une partie, et le reste, ce sont des cadeaux pour les voisins, ou mes employées au salon. J'y consacre toutes mes journées libres jusqu'à Noël, pendant des semaines.

— Tu fais de la pâtisserie ? demanda-t-il avec de grands yeux, fasciné, presque choqué.

— À la campagne, toutes les filles font de la pâtisserie, répondit-elle avec un sourire en coin. Je sais aussi faire du patchwork, jardiner, préparer des conserves et trancher la tête d'un poulet. Je ne serais pas capable d'équarrir un bœuf toute seule, mais je sais comment on fait et j'ai déjà donné un coup de main.

— Mazette.

Annie ne fut pas très flattée par la réaction de Nate. La vie qu'elle menait était loin d'être glamour, et elle aurait largement préféré lui apprendre qu'elle avait fait ses études dans un pensionnat helvète et appris l'équitation en Angleterre.

— Avec ces biscuits, je parie que je te rappelle ta mère, hein ?

Il pouffa.

— Pas vraiment. Tu pêches aussi ? Tu chasses ?

— Ça m'est arrivé, oui, mais je préfère le travail à la ferme. Enfin, j'ai abattu un cougar une fois, mais c'était il y a longtemps et pas à la chasse. Cette sale bête en avait après les poules de ma mère, et les garçons avaient déjà quitté la maison, alors...

— Quel âge avais-tu ?

Elle haussa les épaules.

— Je ne sais plus – treize ou quatorze ans. Mais je ne raffole pas de la chasse. Par contre, j'adore monter à cheval. Et les vaches me manquent. J'adorais le vêlage. La glace fabriquée avec la crème fraîche. Les œufs encore chauds ramassés dans la paille du poulailler. Je suis celle qui a décroché le plus grand nombre de récompenses dans ma famille. Tu te souviens d'Erasmus, le taureau ombrageux dont je t'avais parlé ? Il m'appartient. Ruban bleu à la foire agricole de l'État. Quand on l'a eu, j'avais quinze ans. C'est un vieux monsieur, aujourd'hui, qui a une descendance de plusieurs centaines de têtes. Sinon, j'ai les pouces verts comme ma mère : il suffit que je plante n'importe quoi dans la terre, et ça prend. Une fois, j'ai même réussi à faire pousser un buisson à cailles.

Nate la dévisagea d'un air ébahi. Elle leva les yeux au ciel, et il se reprit.

— Je suis juste une fille de la campagne comme les autres. Je chausse du quarante-deux et j'étais plus grande que tous les garçons de ma classe jusqu'à la terminale. Mon père me décrit comme solide et sérieuse. Pas vraiment le genre de fille qui attire les hommes. Moi, tout ce que j'attire, ce sont... les *chiots en détresse*.

Il lui décocha un large sourire qui dévoila ses belles dents blanches et fit apparaître cette horripilante fossette.

— Vraiment ?

— Pas les hommes dans ton genre, en tout cas. Je n'ai jamais possédé un bikini brésilien. Je ne saurais pas quoi en faire. À part comme fil dentaire, peut-être ?

Il s'esclaffa.

— Il existe des choses bien plus sexy que les bikinis brésiliens, assura-t-il.

— Ah bon ? Depuis l'instant où je t'ai entendu décrire tes vacances de rêve sur une plage des Caraïbes, entouré d'une myriade de jolies filles en maillots de bain sexy, je n'arrive plus à me défaire de cette image, un peu comme une mauvaise chanson qui vous trotte sans cesse dans la tête.

— Mince alors, qu'est-ce que tu es coincée ! lui lança-t-il, amusé.

— Je ne vois pas du tout ce que tu veux dire.

Mais Annie savait *exactement* ce qu'il entendait par là. Elle faisait une piètre menteuse.

— Je n'avais même pas idée que c'était toi le véto, et non ton père, jusqu'à ce que tu débarques chez Jack. Et aujourd'hui, pendant qu'on cuisinait à la maison, mes parents m'ont raconté qu'à ton retour ici pour reprendre le cabinet, les langues allaient bon train à ton sujet. Tu avais ramené ta petite amie, paraît-il. Une jolie nymphette de Hollywood.

Sous le choc, Nathaniel en resta bouche bée, les yeux écarquillés.

— Je rêve ! s'exclama-t-il avant d'éclater de rire. Une nymphette ? C'est ce que les gens disaient ?

Annie haussa les épaules, un peu gênée.

— À l'époque, sans doute. Plus maintenant. Et en dehors de mes parents, j'ignore qui voyait les choses ainsi.

Il mit un long moment à retrouver un semblant de sérieux.

— Bon, écoute. C'était ma fiancée, d'accord ? J'ai commis une grosse bourde en l'amenant ici, en premier lieu parce qu'elle était beaucoup trop jeune. Je devais avoir perdu la tête. Elle n'avait pas la moindre envie de se marier, Dieu merci. Et ce n'était pas une nymphette de Hollywood, même si ce genre de choses ne lui aurait pas déplu. Elle l'est peut-être devenue, d'ailleurs, pour autant que je sache. Susanna était originaire de Van Nuys, dans la vallée de San Fernando. La seule chose qu'elle savait sur les chevaux, c'est qu'ils ont quatre pattes et de grandes dents. Elle avait vingt-quatre ans quand j'en avais vingt-neuf, n'avait jamais vécu dans une petite bourgade comme Virgin River, ce qui ne la tentait pas du tout.

— Et elle était maigre comme un clou, à ce qu'il paraît, ajouta Annie.

Nate fourra les mains dans ses poches et se balança d'avant en arrière sur ses talons, avec un sourire malicieux.

— Pas partout, si tu vois ce que je veux dire.

— C'est du joli ! s'offusqua Annie, la mine réprobatrice.

— Eh bien, ça ne se fait pas non plus de critiquer le physique d'une ancienne petite amie, rétorqua-t-il, amusé.

Annie ricana.

— Je parie qu'elle était superbe en maillot de bain.

— Tu ne peux pas imaginer.

À l'évidence, il prenait un malin plaisir à la taquiner.

— Pourquoi cette jalousie ? s'étonna-t-il. Tu ne connais même pas la pauvre petite Susanna. Pour autant que tu saches, c'est peut-être une fille adorable et sincère, et j'étais horrible avec elle, suggéra-t-il avec un sourire matois.

— Je ne suis pas jalouse ! Curieuse, mais pas jalouse !

— Tu rigoles ! Tu es littéralement verte comme une grenouille taureau !

— Oh, par pitié ! Écoute, je suis crevée. La journée a été longue. Je dois y aller.

Attrapant son sac à main et sa veste, elle se précipita hors de la cuisine. Et s'égara. Elle se retrouva dans le grand couloir qui menait aux chambres. Après avoir rebroussé chemin jusqu'à la grande salle familiale, elle revint jusqu'à la cuisine.

— Où diable est la sortie ? lança-t-elle à Nate d'un ton peu aimable.

D'un grand geste, il désigna la porte qui conduisait au garage, sans se départir de son sourire supérieur. « Quel égomaniaque », se dit Annie qui s'empressa de prendre la poudre d'escampette dans la direction indiquée.

Une fois réfugiée dans sa voiture, elle s'avoua combien la situation était épouvantable. Nate l'avait percée à jour. Elle éprouvait de l'attirance pour lui, et parce qu'elle savait qu'il avait sans doute eu son lot de jolies femmes dans sa vie, elle s'était laissée aller à dévoiler sa jalousie grotesque sur la seule du lot dont elle avait entendu parler, la fameuse Susanna, femme enfant à la plastique de rêve. Qu'est-ce qui lui avait pris, pour tomber aussi bas ? Qu'est-ce que ça pouvait bien lui faire ?

Ce n'était sans doute pas sans rapport avec la visite d'une certaine maison de plus de trois cent cinquante mètres carrés, aménagée avec goût, située sur une vaste propriété avec de spacieuses écuries et deux luxueuses remorques à chevaux qui auraient fait l'envie de son père. Mais qu'attendre d'autre d'un cabinet vétérinaire qui couvrait un secteur aussi large ? Et ce n'était pas une entreprise récente, mais bien établie, depuis au moins quarante ans – et donc, lucrative.

De son côté, elle avait grandi dans une vieille ferme de cent ans comprenant trois chambres en tout et pour tout. Ses frères s'en partageaient une à trois et ne s'étaient jamais privés de lui faire payer l'addition. Et il n'y avait jamais eu *pour eux quatre* qu'une toute petite salle de bain. Mais elle adorait ses belles années d'enfance et n'avait jamais été jalouse un seul jour de sa vie. Alors pourquoi l'aurait-elle été, aujourd'hui ? Était-il possible, par-dessus le marché, qu'elle éprouve un étrange ressentiment de n'avoir jamais fréquenté un lycée privé réputé, ni pu se permettre les meilleures leçons d'équitation et les compétitions les plus prestigieuses ? Sans compter qu'elle avait les hanches un peu trop larges, de grands pieds et un buste loin d'être mémorable.

Par pitié, depuis quand te préoccupes-tu de ces choses aussi superficielles ?

Combien de temps avait-elle passé assise à son volant ? Assez, en tout cas, pour être frigorifiée. Le moment était venu de ravaler sa fierté. Elle allait retourner à l'intérieur et lui dire qu'elle était juste un peu grognon ; qu'avec son statut de fille rustique, qui possédait en tout en pour tout une paire de talons hauts avec lesquels elle pouvait à peine marcher, elle avait été quelque peu agacée d'entendre parler du genre de femme capable d'attirer l'attention d'un des rares célibataires du comté. Non qu'elle ait envie d'attirer son attention, mais bon... Elle présenterait ses excuses et promettrait de ne plus se comporter ainsi. D'habitude, elle n'était pas aussi émotive. Ni irrationnelle.

Elle retourna dans le garage encore ouvert et frappa un coup sec à la porte de communication. Celle-ci s'ouvrit à la volée. Nate l'agrippa par le poignet et l'attira à l'intérieur avant de l'enlacer et de lui plaquer le dos contre le mur de la cuisine.

Et là, sans autre forme de procès, il l'embrassa à pleine bouche !

Ses lèvres se pressèrent contre les siennes avec tant de fougue et d'assurance qu'Annie écarquilla les yeux de sidération. Tandis qu'il promenait ses mains fébriles sur les côtés de son buste jusqu'à ses hanches, elle était comme tétanisée, incapable de lever les bras, de fermer les yeux, ni même de lui rendre son baiser. Elle retint son souffle. Qu'est-ce qui lui prenait ?

Il finit par décoller la bouche de la sienne.

— Je te plais. Je le savais.

— Pas tant que ça. Ne recommence jamais, compris ?

— Tu as envie de moi, insista-t-il avec un sourire conquérant. Et je suis prêt à me laisser faire de bonne grâce.

— Quelle vanité ! Je n'ai pas envie de toi.

En guise de réponse, il l'embrassa à nouveau. Cette fois, Annie libéra ses bras et repoussa son torse avec vigueur.

— Arrête, tu prends trop la chose à la rigolade. Je suis revenue te présenter mes excuses pour m'être montrée désagréable. Je n'ai rien à faire de ton ex-fiancée. Je suis juste fatiguée de ma journée.

— Tu n'es pas obligée de t'excuser, Annie. Je trouve ta réaction plutôt mignonne. Mais tu n'as pas besoin d'être jalouse de Susanna. Elle est partie depuis longtemps et elle ne m'a, pour ainsi dire, pas manqué. Nous n'étions pas faits l'un pour l'autre, voilà tout.

— C'est ce que mon père a dit.

— Ah bon ?

Elle hocha la tête.

— Qu'a-t-il raconté d'autre, exactement ? voulut savoir Nate.

Elle n'aurait pas dû répondre, mais ne s'en priva pas.

— D'après lui, je serais davantage ton genre, mais il aurait d'abord fallu que je règle son compte à ta petite amie. À ses yeux, elle était déjà au seuil de la mort de toute façon, tellement elle était maigrichonne. Il l'a même comparée à un tas d'os.

Nate éclata de rire, sans cesser d'enlacer Annie.

— C'est bien qu'elle soit partie, alors. La pauvre n'aurait pas fait le poids lors d'une confrontation. C'était une petite chose fragile qui fondait en larmes quand elle se cassait un ongle.

— Je parie qu'elle n'en était qu'une parmi tant d'autres.

Il se recula un peu, mais l'amusement ne quitta pas son regard.

— Tu me prends pour un tombeur ?

— Pourquoi ? Ce n'est pas le cas ? Les riches propriétaires de chevaux, je connais. Et tu es vétérinaire ! Bien sûr, tu as dû avoir un millier de copines !

Le sourire de Nate finit par s'évanouir.

— Non, je ne suis pas comme ça. Pas du tout. Ce n'est pas parce que j'ai fréquenté ce milieu que je suis comme eux.

— Et ces filles vétérinaires avec qui tu pars en vacances ? lui rappela-t-elle.

— Tina et Cindy, dit-il en riant. Écoute, je ne suis pas du genre fanfaron, mais j'ai trente-deux ans, et il y a eu quelques femmes dans ma vie. Je parie que tu as un passé, toi aussi. Tina et Cindy sont juste des amies. Allez, viens finir ton café, l'invita-t-il, amusé de sa moue sceptique.

— Il faut que j'y aille. Je dois aller retrouver Achab.

— Achab ?

— Mon chat. Je l'ai appelé comme le capitaine unijambiste, dans *Moby Dick*, parce qu'il lui manque une patte.

— Que lui est-il arrivé ?

— Je n'en sais rien. Je l'ai adopté au refuge, quand il est devenu évident que personne n'en voudrait. Il a un sale caractère, mais il m'adore. Il est très indépendant et aussi très gourmand. Je dois aller le nourrir.

— Tu reviendras demain, après le travail ?

— Tu te comporteras en gentleman ?

Nate haussa un sourcil.

— Tu y tiens ?

Non.

— Absolument. Ou je te laisse les chiots sur les bras, et tu seras bien embêté.

— Viens demain après ta journée, d'accord ? Et passe d'abord chez toi nourrir ton chat. Comme ça, tu ne seras pas pressée de partir.

Il lui donna un très chaste baiser sur la joue, avec un soupçon à peine perceptible de charme suggestif.

— À demain, alors.

4

L'époque de Noël dans un salon de coiffure était toujours très chargée, et celui d'Annie ne faisait pas exception à la règle. Il restait moins de deux semaines avant le réveillon du vingt-quatre décembre, et toute la clientèle s'y pressait pour être en beauté à l'occasion des retrouvailles en famille, soirées entre amis et voisins ou autres réceptions. Les rendez-vous s'enchaînaient non-stop. Il y avait beaucoup de potins, de bavardages animés. Le lendemain de sa visite chez Nate, Annie resta plutôt silencieuse, mais sa réserve passa inaperçue au milieu de l'effervescence générale.

Son aînée de quelques années, et mariée depuis dix ans, Pam était l'assistante d'Annie et se formait pour devenir gérante. Le grand carnet de rendez-vous entre les mains, elle s'approcha de sa patronne occupée à poser des feuilles de papier aluminium afin de réaliser des mèches.

— Nous avons trois options. Refuser certaines de nos clientes les plus régulières, rester ouvert jusqu'à neuf heures quelques soirs, ou travailler les deux lundis qui viennent pour caser tout le monde.

— Pourquoi les gens n'anticipent-ils pas davantage ? soupira Annie.

— Comme tu me l'as appris, les clients s'attendent à ce qu'on leur trouve un rendez-vous coûte que coûte. Nous n'avons pas le choix, sinon ils risquent d'aller voir ailleurs.

— Travailler tard, ce n'est pas évident pour moi en ce moment, et, de ton côté, tu as une famille. Je ne veux pas t'imposer cette obligation. Je devrais peut-être m'y coller, reprit Annie après réflexion. Ça réglerait mon problème.

— Quel problème ? demanda Pam qui serra le grand carnet contre sa poitrine, les bras croisés.

— Tu sais, ce type. Le véto.

— Oui, eh bien ?

— Le patron du bar qui héberge les chiots m'a annoncé qu'il ne peut plus les garder. Ils se portent très bien et poussent à vue d'œil, ce qui signifie qu'ils seront bientôt crottés jusqu'aux yeux. Pas très ragoûtant pour un bar-restaurant. Bref, Jack a mis son holà. Le Dr Jensen accepte de les prendre chez lui, et comme je me suis engagée à donner un coup de main, il compte sur moi pour venir après le travail.

— Chez lui ? Tu veux dire, à son domicile ?

— Oui, la maison est juste en face de la clinique et des écuries. Il m'a même proposé de rester dîner.

— Écoute, c'est toi qui vois. C'est ton salon. Mon mari est dispo pour aller chercher les enfants à l'école, s'occuper du dîner et surveiller les devoirs. Tu sais que quelques heures supplémentaires sont toujours les bienvenues...

— Alors, la décision te revient.

Pam abaissa le carnet sur sa cuisse.

— Il n'est pas utile que tu restes plus tard ou que tu viennes deux lundis. Deux des filles sont d'accord pour faire quelques heures supplémentaires, histoire de payer Noël. Mais je tiens à ce que tu te sentes à l'aise pour me confier cette responsabilité. Pas question pour moi de bousculer les choses avant que tu sois vraiment prête. Jusqu'à présent, tu as toujours tenu les rênes de la boutique en solo.

— Vraiment ?

Pam hocha la tête.

— Ce n'est pas un reproche. C'est ton salon, ton investissement, ta responsabilité. Dès que tu me jugeras prête, je serai heureuse de t'assister.

— Il m'a embrassée, figure-toi.

Le silence se fit brusquement dans le salon. Pam était bouche bée.

— Flûte, lâcha Annie entre ses dents.

Malgré le bruit des séchoirs et de l'eau qui s'écoulait dans les bacs à shampooing, personne n'était plus doué d'une prodigieuse ouïe supersonique que les clientes d'un salon de coiffure. Le salon n'était pas très grand – seulement trois fauteuils de part et d'autre de la pièce, plus deux casques et deux bacs au fond. Sur l'arrière, il y avait la salle de repos, avec la machine à café et le micro-ondes, ainsi que le petit bureau d'Annie.

Tous les visages s'étaient braqués sur elle. Ceux des clientes sous les séchoirs, avec des bigoudis sur le crâne ou un balayage en train de poser. Et ceux des employées, les mains immobilisées en l'air, qui avec sa brosse, son peigne, qui son sèche-cheveux ou son fer à friser.

— Je vous en prie, poursuivez vos conversations, leur demanda Annie.

— Bonne chance, s'amusa Pam. Ce véto, c'est un beau mec ?

Les joues d'Annie rosirent.

— Alors, il est mignon ? insista sa première coiffeuse.

Annie se pencha vers elle.

— Il te ferait de l'effet, tu peux me croire.

Ce fut au tour de Pam de rougir.

— Parlez-nous de lui, demanda une cliente.

— Oui, quel genre d'homme est-ce ?

— Du genre pour lequel il faut appeler la police ou mettre un décolleté plongeant ?

— Quel âge a-t-il ? Combien de fois a-t-il été marié ? Parce que c'est la clé, croyez-moi !

— Écoutez, je ne peux rien vous dire, répondit Annie. Je connais cet homme depuis à peine une semaine ! Et seulement à cause d'une portée de chiots abandonnés dont je m'occupe. Franchement, sans eux, on ne se serait jamais rencontrés. C'est un vétérinaire de campagne. Il rendait juste service au patron du bar qui a recueilli les chiens.

— Vous avez des animaux de ferme, non ? souligna une cliente. Qui est votre vétérinaire ?

— Euh, c'est lui, mais je l'ignorais. Je veux dire, ce sont mes parents qui surveillent la santé des chevaux et d'Erasmus. Mon taureau, précisa-t-elle devant les regards perplexes dans le salon. Quand ils me disaient qu'ils avaient fait passer Doc Jensen pour lui, je les remerciais et je payais la facture sans poser de question. J'imaginais que c'était ce même Doc Jensen qui soignait nos animaux depuis que j'étais toute gamine. Mais en réalité, j'ai découvert qu'il s'agissait de son fils. Nathaniel Jensen Junior.

Elle s'éclaircit la gorge.

— Il a trente-deux ans. Et n'a jamais été marié.

Face à la réaction de surprise – il y eut même un sifflement –, Annie s'empressa d'ajouter qu'il avait déjà eu pas mal de petites amies.

— Pas de la région, précisa-t-elle. Quand il est revenu prendre la suite de son père au cabinet, il y a deux ans, il a ramené une jeune bimbo blonde. Il y a vite eu de l'eau dans le gaz, mais...

— Décolleté plongeant, conseilla quelqu'un.

— Plus un jean moulant. Et je vous donne ce conseil en toute gentillesse : si vous pouviez penser à un peu de maquillage – un trait d'eyeliner et de crayon à lèvres, ajouta une autre cliente.

— Tu n'en as pas besoin, lui souffla Pam.

— Je me disais que me rendre indisponible serait peut-être une bonne...

Trois femmes coupèrent Annie en chœur.

— Pourquoi ferais-tu une chose pareille ? s'étonna Pam.

— Ce monsieur est bien trop sûr de lui, bougonna Annie.

— Tu devrais peut-être faire un effort de ce côté-là, suggéra sa coiffeuse.

Annie réfléchit un instant.

— Vois-tu, répondit-elle, un brin sceptique, c'est là que le bât blesse.

En temps ordinaire, Annie ne manquait pas d'assurance. Elle se savait intelligente : elle dirigeait une petite entreprise et s'en sortait bien. Elle tenait à son indépendance et doutait d'y renoncer un jour, même en couple.

Quant à ses origines modestes, elle n'avait encore trouvé personne avec qui échanger sa place. La vie à la ferme était enrichissante par bien des côtés. Elle avait peut-être eu un bref accès de jalousie futile au sujet de la fameuse Susanna qui non seulement avait réussi à attirer l'attention de Nathaniel, mais s'était aussi vu offrir une bague de fiançailles. Une idylle qui appartenait désormais au passé.

Cependant, il y avait un domaine de sa vie où son assurance en avait pris un coup : elle était à peine remise de son histoire avec Ed, cet homme en qui elle avait placé toute sa confiance et qui, à l'évidence, avait abusé de sa naïveté. Si Nathaniel était sérieux dans ses intentions envers elle, il allait devoir se montrer convaincant. Pas question de se faire berner une deuxième fois.

Plus tard, après sa journée de travail, elle rentra nourrir Achab, puis fit le tour de son frigo, prépara une belle salade verte et sortit des brownies du congélateur qu'elle emballa sur une assiette.

À son arrivée chez Nate, une femme quittait la clinique, fermant la porte à clé derrière elle. Elle était toute menue, avec des cheveux poivre et sel coupés très court. Au lieu de se diriger vers la seule voiture encore garée sur l'espace de parking, elle s'arrêta et attendit Annie, un sourire aux lèvres.

La jeune femme la rejoignit.

— Bonsoir, vous devez être Virginia.

— Et vous, Annie McKenzie, répondit la femme plus âgée. Enchantée de faire votre connaissance. J'ai rencontré vos parents, il y a quelques années, mais je crois que tous les enfants étaient soit à l'école, soit avaient peut-être déjà quitté la maison pour certains. Nate n'est pas encore rentré, mais vous avez la clé, n'est-ce pas ?

— Oui. Merci pour votre aide avec les chiots. Tenez, c'est pour vous, ajouta-t-elle sur une brusque inspiration en lui tendant l'assiette de brownies.

— Vous n'auriez pas dû, mais je les accepte avec grand plaisir, merci. Annie, dites à Nathaniel de vous donner le numéro de la clinique et mon numéro personnel. Si jamais une urgence le retient à l'extérieur, nous pourrons nous organiser à deux. J'habite à Clear River, et il m'a dit que vous vivez à Fortuna. Nous avons à peu près la même distance à parcourir jusqu'ici.

— D'accord. Et je lui demanderai de m'appeler en premier. Je n'ai pas de mari qui pourrait trouver à redire au fait que je parte m'occuper d'une portée de chiots.

Virginia inclina la tête et l'observa.

— Il ne parle pas de femmes, vous savez.

— Votre mari ? s'étonna Annie, perplexe.

L'auxiliaire vétérinaire rit.

— Nathaniel. Je n'arrive jamais à lui tirer un mot sur sa vie amoureuse. Et je le connais depuis l'époque où il était encore en culottes courtes. Par contre, depuis une semaine il ne parle que de vous. Et Annie par-ci, et Annie par-là.

Annie fit les yeux ronds, un peu paniquée.

— Qu'est-ce qu'il peut bien avoir à raconter ?

Virginia sourit.

— Je crois qu'il vous trouve charmante. Peut-être même extraordinaire. Vous saviez exactement comment vous y prendre avec ces chiots, grâce à l'éducation que vous ont donnée Hank et Rose. Et vous êtes grande. Depuis des années, il ne cesse de me demander si j'ai toujours été aussi petite. Je crois qu'il aime les femmes d'une certaine stature. À ce qu'il m'a raconté, quand vous étiez plus jeune, vous étiez une poil-de-carotte toute bouclée. À l'évidence, ce n'est plus le cas. Je sais aussi que vous avez abattu un cougar, aidé à équarrir un bœuf, et que vous possédez un taureau médaillé à la foire agricole de l'État. Ah oui, il m'a avoué également qu'il vous trouve très jolie. Et il aime bien votre côté bougon.

Elle dodelina du chef.

— Nathaniel aime se mesurer à des femmes de caractère. Être le petit dernier avec trois grandes sœurs à fort tempérament n'a pas dû être facile pour lui tous les jours. Il ne peut pas s'en empêcher, alors ne baissez pas votre garde.

Annie rit. Rien à craindre de ce côté-là.

— C'est sympa que vous vous soyez retrouvés, tous les deux, ajouta Virginia.

— Euh... Nous n'avons jamais été amis. Nous nous rappelons à peine nous être croisés durant l'enfance. Il connaissait mes frères aînés, mais sans qu'ils soient proches. Nous fréquentions des établissements scolaires différents et nous sommes à peine croisés, dans des foires agricoles ou des trucs comme ça. Et franchement, ça fait un bail. Presque une vingtaine d'années.

L'assistante se contenta de sourire.

— N'empêche, c'est sympa que vous ayez tant à partager.

« Partager quoi ? » se demanda Annie.

Ils n'avaient pas grand-chose en commun.

— Dans notre vie d'adultes, nous ne nous connaissons pas du tout, fit-elle remarquer.

Virginia rit.

— Eh bien, ce sera la partie la plus amusante de l'histoire. Bon, je file. Appelez-moi en cas de besoin, dit-elle en se dirigeant vers sa voiture. Et merci pour les brownies ! Mon mari va être aussi ravi que moi !

— De rien.

L'auxiliaire vétérinaire marqua un temps d'arrêt à sa portière.

— Surtout, n'hésitez pas à me passer un coup de fil. Pour les chiots ou autre, ajouta-t-elle avec un clin d'œil.

— Merci.

Après sa conversation avec Virginia, Annie n'eut pas à attendre longtemps l'arrivée de Nate. Elle entendit son pick-up pénétrer dans le garage. Lorsque, un instant plus tard, il fit son apparition sur le seuil de la cuisine, son visage s'éclaira.

— Salut, je pensais être le premier.

— Je viens juste d'arriver, l'informa-t-elle. Ça sent drôlement bon.

— J'espère que ce sera aussi savoureux que l'odeur. Virginia m'a donné un coup de main, j'avoue.

— Il n'y a pas de honte, Nate, répondit Annie qui lui sourit.

Attendre dans la cuisine qu'il rentre du travail avait un côté très agréable, devait-elle reconnaître.

« Ne te fais pas de films, se réprimanda-t-elle. Inutile de s'emballer, prends un jour après l'autre. »

Ils nourrirent les chiots, puis, tandis que le rôti mijotait dans le Crock-Pot[4], accompagné de pommes de terre, carottes, oignons et champignons entiers, les laissèrent

---

4. Marque de mijoteuse électrique. *(N.d.T.)*

vagabonder en liberté dans la grande salle familiale. Assis par terre avec eux, un rouleau d'essuie-tout à portée de main, ils rirent comme des idiots à tenter de ne pas perdre la trace des petites boules de poils qui ne cessaient de disparaître sous le canapé ou derrière les meubles. Ils les rattrapaient, les comptaient, partaient à la recherche de ceux qu'ils avaient égarés. Nate estimait leur âge à un peu plus de quatre semaines, parce qu'ils commençaient à aboyer, tombant à la renverse chaque fois ; le spectacle était des plus divertissants.

Quand les chiots eurent réintégré la buanderie, ils dînèrent tranquillement. Une fois la vaisselle faite, Annie laissa entendre qu'elle allait rentrer. Nate la convainquit de rester un moment au salon.

— Il est encore tôt. On pourrait juste regarder un peu la télé.

Elle se laissa choir sur le canapé.

— Ne me laisse pas prendre mes aises, soupira-t-elle sans conviction. Je dois vraiment regagner mes pénates. Tu n'imagines pas à quelle heure matinale ma journée commence.

— Vraiment ? As-tu huit chiots qui fichent le boxon dans ta buanderie dès potron-minet parce qu'ils sont affamés ? Je me lève aux aurores, moi aussi. Et puis, j'ai envie que tu prennes tes aises. Ce canapé est génial pour les câlins.

— Comment le sais-tu ?

Il haussa les épaules comme s'il s'agissait d'une question stupide.

— Parce que j'ai déjà expérimenté.

— Tu m'avais promis de te comporter en gentleman !

— S'il te plaît, Annie, laisse-moi ma chance. Il n'y a pas plus gentleman que moi. Ne me force pas à te supplier.

Elle lui décocha un sourire provocateur.

— Vas-y, prépare-toi à supplier. Je crois que ce sera le prix à payer.

Le regard de Nathaniel se fit enjôleur. Il glissa les doigts sous sa ceinture et l'attira à lui contre les coussins moelleux.

— Viens par ici. J'ai très envie de faire rosir ces jolies joues.

Le lendemain soir, Annie apporta huit longueurs de ruban de couleurs différentes chez Nate. Ils confectionnèrent de petits colliers qu'ils mirent au cou des chiots, afin de pouvoir les identifier. Ils les pesèrent et notèrent les résultats dans un tableau. Après le dîner, Nathaniel fut plus qu'heureux de faire à nouveau rosir les jours d'Annie.

Soir après soir, elle rentrait nourrir Achab juste après le travail, afin d'avoir ensuite tout son temps pour – un alibi en or ! – aider Nate à prendre soin de leurs petits protégés. Après le dîner, ils se mettaient à l'aise sur le canapé, un moment privilégié lors duquel elle s'émerveillait de leur intimité naissante, blottie entre ses bras. C'était vite devenu le meilleur moment de leurs soirées ensemble. Et l'occasion aussi d'apprendre peu à peu à mieux le connaître, de créer un lien dont elle s'étonnait elle-même. Pressée de retrouver Nate, elle avait vite décidé de confier à Pam le soin de faire la fermeture deux soirs par semaine, plus une demi-journée le lundi. En compensation, elle insista pour que sa coiffeuse arrive un peu plus tard, quelques jours par semaine, pour ses courses et préparatifs de Noël.

Nathaniel avait envie de travailler avec les pur-sang depuis l'enfance. Il possédait deux chevaux de course à la retraite, qu'il montait régulièrement.

— Un seul bon étalon peut contribuer à développer une activité annexe passionnante, expliqua-t-il, même si l'investissement de départ peut être important. J'ai l'intention de me lancer d'ici un an ou deux. Je n'ai pas encore choisi le secteur d'activité.

— Pourquoi pas les concours hippiques ? suggéra Annie.

— C'est bien aussi, mais j'adore les courses.

— J'ai la passion des chevaux, tu le sais. Mais savais-tu que j'ai participé à des concours de dressage et de jumping dans tout l'État ? Quand j'étais plus jeune, bien sûr. Au bout d'un moment, c'est devenu trop cher. Les meilleurs entraînements n'étaient jamais à proximité de chez moi, et les plus grandes compétitions, y compris les Jeux olympiques, étaient hors de ma portée. Mais si j'en avais l'occasion, j'adorerais enseigner le dressage à des débutants. Peut-être même à un niveau intermédiaire.

Elle lui confia aussi qu'elle avait pensé l'inviter à la ferme pour rencontrer ses parents et ses chevaux, avant de se rappeler qu'il les connaissait déjà. Depuis plus longtemps qu'il ne la connaissait, elle, d'ailleurs. Elle l'invita donc à dîner dans la petite maison qu'elle occupait à Fortuna.

— Je n'ai pas de canapé tout confort pour les câlins, le prévint-elle.

— Aucune importance, maintenant. J'avais besoin de ce canapé pour t'appâter, mais maintenant que c'est dans la poche, n'importe quel endroit fera l'affaire. Par terre, contre un mur, dans la voiture...

— J'avais mille fois raison sur ton compte. Tu n'es qu'un arrogant.

C'était aussi un grand sentimental. Il tomba sous le charme de son appartement trois pièces, avec garage attenant. Loin de l'aménagement un peu trop féminin qu'on aurait pu craindre dans cette maison de poupée, le salon était dominé par des couleurs fortes et des sièges en cuir. Il apprécia en particulier les innombrables décorations de Noël disposées dans tous les coins : guirlandes et lumignons sur la cheminée et sur un gros cactus, bibelots en tous genres que sa mère appelait son bric-à-brac – rubans, bougies, pots-pourris, une collection de pères Noël. Et bien entendu, un sapin. Un vrai sapin, décoré avec goût aux couleurs de la maison – bordeaux, vert, crème et or.

— C'est magnifique, dit-il. Et tu ne passes même pas les fêtes chez toi.

— J'habite ici, lui rappela-t-elle.

— Je ne vois pas le but de décorer chez moi, dit-il. Ma mère a laissé des tonnes d'affaires dans les placards du garage, mais je pars avant Noël. Il n'y aura pas un chat pour les admirer.

— Moi, je décore pour mon propre plaisir, dit Annie. Durant les congés, je passe les nuits ici, parce que ça se bouscule à la ferme. Ces dernières années, j'ai même prêté ma maison à un de mes frères, sa femme et ses enfants. Je dormais sur le canapé. Brad vient dans un camping-car, qui est plus ou moins réquisitionné par les ados de la famille. Pendant l'été, les enfants s'approprient la grange et la grande terrasse.

— Je crois que j'aurais bien aimé cette ambiance, enfant. Quand toute ta famille sera là, tu m'inviteras à la rencontrer ? Ou la re-rencontrer ? Je n'ai pas vu tes frères depuis le lycée.

— D'accord, mais prépare-toi à l'accueil.

— Comment ça ?

— Je te préviens, ils risquent de se comporter avec toi comme si tu étais mon petit ami.

Il lui sourit et l'attira un peu plus contre lui.

— Qu'est-ce qui te fait croire que j'y trouverais à redire ?

— À mon avis, nous n'en sommes pas encore là, l'informa-t-elle. On passe du temps ensemble, on bavarde, on s'occupe des chiots. On flirte un peu, c'est tout.

Nathaniel eut l'air déçu.

— Qu'est-ce que c'est pour toi exactement, un petit ami ?

— Euh... Je n'ai jamais vraiment...

— Demain, c'est dimanche, ta journée à la ferme chez tes parents. Ça te dirait de venir faire un tour à cheval avec moi, en milieu d'après-midi, si tu trouves le temps ? Je te montrerai la propriété. C'est tellement paisible sous la neige. Apporte des vêtements de rechange, pour te rafraîchir avant le dîner.

— D'accord pour la promenade. Avec plaisir.

Annie considérait son physique comme ordinaire et un peu trop robuste, avant de goûter aux baisers et aux caresses de Nathaniel Jensen. Il dissimulait une personnalité plus complexe que l'homme séduisant, un peu superficiel, qu'elle avait imaginé : il était intelligent, drôle, indépendant, solide, sensible, sexy... La liste des qualificatifs était interminable. Et lorsqu'elle était dans ses bras, il lui donnait l'impression d'être bien davantage qu'une simple fille de la campagne sans grande sophistication. Quand il l'embrassait, osait la caresser avec un peu plus d'audace qu'elle ne l'y avait invité et qu'elle repoussait gentiment ses avances en lui murmurant « pas si vite », elle se sentait jolie, sexy, aimée. Elle mourait d'envie de découvrir d'autres facettes de cet homme, mais prenait son temps, savourant chaque étape avec une infinie délectation.

Elle informa donc sa mère que le vétérinaire l'avait invitée à faire une balade à cheval et fut excusée avec enthousiasme de l'après-midi pâtisserie et du dîner à la ferme.

— S'il te plaît, ne t'emballe pas trop, la prévint Annie. Ce n'est rien de spécial. Nous sommes juste devenus amis grâce aux chiots.

— D'accord, assura Rose qui s'efforça de dominer son excitation. N'empêche, tu pourrais peut-être te maquiller un peu, histoire de mettre tes cheveux et tes yeux en valeur.

— Du calme, j'ai dit. Et n'en parle à personne. Je ne veux pas que tout le comté parle de moi comme de son ex de Hollywood.

Néanmoins, la plus survoltée des deux était sans conteste la fille ; Annie en frémissait presque d'impatience. Elle apporta un soin plus attentif que d'ordinaire au choix de sa tenue : pour la promenade à cheval, elle opta pour son meilleur jean, ses bottes les plus récentes et un blouson en denim sur un pull-over à col roulé rouge qu'elle agrémenta d'un foulard noir. Elle emporta un pantalon à pinces élégant, un chemisier en soie, des bottines à talons hauts et sa jolie veste en daim pour le dîner qui suivrait.

Durant leur balade sur les deux pur-sang favoris de Nate, disciplinés avec juste la bonne dose de fougue, ils parlèrent chevaux. Reproduction, entraînement, course, concours... La conversation était si passionnante qu'Annie en aurait presque oublié qu'elle s'employait de son mieux à ne pas tomber amoureuse de Nathaniel Jensen.

— Je ne fréquente plus assez le milieu de l'équitation, soupira-t-elle. Quand je faisais de la compétition, plus jeune, ma passion suffisait à remplir mes journées, vingt-quatre heures sur vingt-quatre. Pas étonnant que je ne me sois pas amusée au lycée. À l'époque, déjà, je ne montais plus.

— Tu es douée, la complimenta-t-il. Tu devrais monter tous les jours. Moi aussi, je pourrais consacrer toutes mes journées aux chevaux.

Ils suivaient une piste qui sinuait dans les collines, derrière les écuries. Malgré la neige qui la recouvrait, c'était visiblement un passage fréquenté, bordé de grands arbres. Le soleil était déjà bas dans le ciel, en ce milieu d'après-midi. La conversation bifurqua sur leur enfance et leurs impressions d'avoir été l'un et l'autre le benjamin et la benjamine de la famille, du sexe opposé aux aînés de surcroît. Tandis que les frères d'Annie avaient tendance à la traiter comme un ballon de football, les sœurs de Nate jouaient avec le petit dernier comme avec un poupon, qu'elles s'amusaient à vêtir selon leur bon vouloir.

— C'est un miracle que je ne sois pas plus bizarre que je ne le suis, commenta-t-il. La plus jeune après moi est Patricia, qui a trente-sept ans. Ensuite viennent Susan et Christina, l'aînée. Deux ans d'écart entre chacune. Mes parents avaient décidé d'en rester là, et bing, je suis arrivé. J'ai drôlement perturbé l'équilibre familial.

— Chez moi, c'était à peu près le même scénario, expliqua Annie. Les garçons ont trente-trois, trente-quatre et trente-sept ans. Ma naissance a bouleversé la répartition des chambres. Mes parents ont décrété que je devais avoir la mienne, ce qui n'en laissait plus qu'une pour les garçons. Et, plus tard, j'ai cassé la baraque avec mon taureau – ai-je mentionné qu'il avait remporté un ruban bleu ?

— Plusieurs fois, me semble-t-il.

— En réalité, il a joué un grand rôle à la ferme. Nous possédions deux vieux taureaux qui n'arrivaient plus à se montrer à la hauteur de la tâche, si tu vois ce que je veux dire. Erasmus, lui, était la vigueur incarnée. Toujours prêt à l'assaut. Je suis vraiment fière de ce bon vieux taureau, dit-elle avec un sourire. Mes frères se sont aussi essayés à l'élevage, mais avec Erasmus, j'ai décroché la timbale.

Elle laissa échapper un sourire mélancolique.

— Je crois que ç'a été plus dur pour mon père et mes frères de m'avoir comme fille et sœur que pour moi. Pourtant, ça n'a pas toujours été une sinécure. Mes frères étaient impitoyables.

— Mais protecteurs ? demanda Nate.

— Exactement. Ce n'est pas drôle tous les jours d'être à la fois malmenée comme un punching-ball et couvée comme une fragile poupée de porcelaine.

— Ils n'ont pas dû être très conciliants avec tes petits copains.

— Il n'y en a pas eu des masses.

Il lui sourit.

— Je ne te crois pas. Tu dis ça juste pour me rassurer.

Du coup, elle lui parla d'Ed. Ce n'était pas prévu, mais c'était l'enchaînement parfait pour lui expliquer qu'elle pouvait avoir un ou deux soucis de confiance. Non seulement sa seule relation sérieuse dans sa vie d'adulte s'était révélée une horrible mascarade, mais elle n'avait rien vu venir. Après coup, c'était l'évidence même. Comment avait-elle pu être aussi crédule ? Elle se le demandait encore, et cette naïveté la préoccupait.

Sur le chemin du retour, elle lui raconta toute l'histoire. Elle s'attendait à ce qu'il se montre compatissant et gentil. Ce fut plutôt la fascination qui domina.

— Sérieux ? Trois femmes à la fois ? Dans des villes différentes ? Et il jurait à chacune qu'il était amoureux d'elle ? Vraiment ?

— Vraiment, répéta-t-elle avec un brin d'agacement.

— Comment a-t-il pu réussir un tour de force pareil ? s'étonna-t-il.

— Eh bien, il téléphonait beaucoup du travail. À chacune tous les jours, parfois plusieurs fois. Mais à quelques rares exceptions, certaines nuits nous étaient attribuées. Nous pensions que c'étaient les jours où il n'avait pas besoin de quitter la ville. J'aurais dû deviner où je me situais sur son échelle de valeurs : je n'avais droit qu'aux lundis et mardis. Celle qu'il considérait comme la « vraie » avait droit aux week-ends – les samedis et dimanches. Elle l'a plaqué, bien sûr, quand elle a découvert l'existence de « mademoiselle mercredi, jeudi et vendredi ». Trois jours par semaine, c'était forcément le gros lot, n'est-ce pas ?

— La vache, murmura Nate, sidéré. Il n'avait même pas besoin d'un logement ! Toutes ses nuits étaient assurées !

— Je ne suis pas très impressionnée, tu sais.

— Non, évidemment, c'est monstrueux. N'empêche, quand on y réfléchit, il avait monté l'arnaque parfaite. Il t'offrait de belles sorties, au moins ? De beaux cadeaux ?

— Même pas. D'abord, il ne pouvait se permettre d'être vu à l'extérieur avec l'une d'entre nous, de peur de tomber sur une des autres, ou leurs amis. Alors, il prétendait toujours être très fatigué et, après tout ce temps passé sur les routes et dans les restaurants, il préférait rester au calme à la maison.

— Où tu lui préparais gentiment à manger.

Les lèvres pincées, elle hocha la tête.

— Il m'a quand même acheté un nouveau ballon d'eau chaude quand le mien a lâché, bougonna-t-elle. Il ne voulait sans doute pas se priver d'une bonne douche.

— Cet homme est un génie. Je veux dire, un salaud fini, se corrigea Nate devant l'air réprobateur d'Annie. Mais il faut lui reconnaître un certain talent pour réussir à organiser et faire durer un subterfuge aussi...

— Je ne lui reconnais aucun talent, le coupa-t-elle sèchement.

Il lui prit la main et l'attira contre lui.

— Non, bien sûr. Si je le croisais, il passerait un sale quart d'heure. N'empêche, je suis content que tu n'aies pas été son premier choix. Tu imagines ? Je ne t'aurais jamais rencontrée et nous ne serions pas tombés amoureux !

Annie fut si stupéfaite qu'elle tira sur les rênes et stoppa son cheval.

— Amoureux ?

— Je ne sais pas pour toi, et, de mon côté, c'est très nouveau, mais je vois dans notre relation un potentiel énorme. Cet idiot d'Ed ne te méritait pas. Moi, si. Je t'emmènerai partout où tu as envie d'aller. Je te tiendrai la main tout le temps et je t'embrasserai en public.

— Les gens me prendront pour ta petite amie.

— J'espère bien. Et je vais commencer pas plus tard que maintenant. On va sortir. On va aller à Arcata voir les décorations de Noël, puis à Virgin River manger un bon plat préparé par Vic, et, ce week-end, je t'inviterai dans un restaurant sympa. Et on fera tout ce que tu auras envie de faire.

— Pourquoi ?

— Je veux que la terre entière sache qu'on sort ensemble. Et pas seulement deux soirs par semaine. Toute la semaine !

— Qu'est-ce que tu trouves sexy chez une femme, Nathaniel ? À part les bikinis brésiliens ?

Il arrêta son cheval à la hauteur du sien.

— Tu plaisantes ? demanda-t-il avec une soudaine gravité.

Les yeux au fond des siens, il passa le dos de ses doigts sur sa joue, le long de sa mâchoire.

— De longues jambes en jean dans des bottes d'équitation qui dirigent le cheval par de subtils mouvements.

Il plongea les doigts dans ses cheveux.

— Le soyeux noble d'une épaisse chevelure sur un blouson en denim et une doudoune sans manches. Une belle flambée dans la cheminée par une froide et neigeuse nuit d'hiver. Une femme complice et comblée dans mes bras, qui apprécie toutes ces choses qui me rendent heureux. Une pizza maison préparée ensemble. Une femme qui nourrit un poulain nouveau-né au biberon, parce que la jument le rejette. Qui sait nettoyer un box, puis se laisse tomber dans le foin frais, avant de m'accueillir dans ses bras. Voilà un fantasme que j'aimerais réaliser bientôt avec toi.

Le regard d'Annie se voila légèrement.

— Tu me fais marcher ? Tu n'as pas intérêt, tu sais. Quand Ed a été démasqué, mes frères voulaient lui flanquer la trempe de sa vie, mais je les en ai empêchés. Si tu me racontes des craques, cette fois, je les laisserai faire. Je peux t'assurer que tu souffriras avant de mourir.

— Je ne te mens pas, Annie. Et tu le sais.

— D'accord, alors juste une petite question : si je te plais tant que ça, pourquoi n'as-tu pas trouvé l'élue de ton cœur avant moi ? Parce que ces collines regorgent de filles qui me ressemblent – qui savent se débrouiller dans une écurie, nourrir un poulain au biberon, et j'en passe.

— Non, tu te trompes. Ce n'est pas faute d'avoir cherché, crois-moi. Jamais je n'ai rencontré une fille aussi merveilleuse que toi. Tu es unique en ton genre, Annie McKenzie. Tu ne sembles pas t'en rendre compte, mais c'est la vérité. Et maintenant que je t'ai trouvée, j'ai envie qu'on fasse plein de choses ensemble. Et qu'on aille bien plus loin encore.

— Je te préviens, c'est quelque chose de très sérieux pour moi.

— Pour moi aussi.

Après avoir rentré et bouchonné les chevaux, alors que l'heure de se changer pour le dîner était arrivée, Nate suggéra qu'ils prennent une douche ensemble.

— Réfrène tes ardeurs, je ne crois pas que ce soit une bonne idée, objecta Annie. C'est encore trop tôt.

La porte de la salle de bain ferme à clé, au moins ? s'enquit-elle, provoquant l'hilarité de Nathaniel.

Sur la route d'Arcata, ils admirèrent les illuminations des villages côtiers, puis s'engagèrent dans les montagnes. La grand-place d'Arcata était, elle aussi, joliment décorée pour Noël avec des guirlandes lumineuses, un grand sapin et une scène de la Nativité grandeur nature. Les vitrines de nombreuses boutiques n'étaient pas en reste avec leurs mannequins déguisés aux couleurs des fêtes et des jouets animés. Comme Nate l'avait promis, partout où ils se promenèrent, il la tint amoureusement par la main. Il avait choisi un restaurant italien sur la place – qui se révéla être aussi un des favoris d'Annie – où ils se régalèrent d'un plat de pâtes maison, arrosé d'un excellent vin rouge et suivi d'un délicieux tiramisu.

— Quand tes frères arrivent-ils avec leurs familles ? s'enquit-il à table.

— Demain. Au fait, tu es invité pour le dîner. S'il te plaît, sois cool avec eux et, surtout, ne leur dis rien à notre sujet. Ils sont restés de grands enfants, depuis l'époque où tu les connaissais, même s'ils sont pères à leur tour aujourd'hui.

— D'accord, je serai cool, ne t'inquiète pas, promit-il avec un large sourire.

5

La soirée fut un franc succès, à en juger par la fougue avec laquelle ils s'embrassèrent, avant même d'être entrés dans la maison de Nate. Il était encore assez tôt pour une longue séance de câlins sur le canapé accueillant, ce dont ils ne se privèrent pas. Ils s'y laissèrent tomber ensemble avec délice, s'aidant mutuellement à ôter leurs vestes et bottines, sans même prendre le temps d'interrompre leurs baisers. Tendrement enlacés, ils s'y abandonnèrent avec une fièvre de plus en plus ardente.

— Viens, Annie, allons dans ma chambre, finit par murmurer Nathaniel contre ses lèvres.

— Non, répondit celle-ci sur le même ton.

— Non ? répéta-t-il, dépité. Tu n'es pas sérieuse.

— Si, je suis sérieuse. C'est non.

— Tes baisers disent tout le contraire. Pourquoi non ?

Elle s'écarta de lui juste assez pour pouvoir le regarder dans les yeux.

— Pour commencer, nous nous connaissons depuis à peine trois semaines.

— Moi, j'ai plutôt l'impression de te connaître depuis toujours, même si la dernière fois que je t'avais vue, tu portais encore ton appareil dentaire. Les trois dernières semaines ont été très intenses entre nous, non ?

— Les deux dernières, je dirais. Désolée, il me faudra sans doute un peu plus longtemps.

— Pourquoi ?

— À cause de ma rupture récente avec Ed. Six mois, ce n'est pas si long. La blessure n'a pas encore eu le temps de tout à fait cicatriser.

— Six mois ? Autant dire une éternité. Depuis le temps, j'aurais déjà dû te faire oublier son existence.

— Je crois que d'ici une semaine ou deux, je l'aurai oublié. Et je préférerais aussi connaître tes sentiments après ton séjour aux Caraïbes et les belles nanas sur la plage.

— Encore cette histoire. Écoute, ce voyage ne fait pas du tout partie de l'équation. Sincèrement. Il n'a rien à voir avec mes sentiments.

— Avec les miens, si, insista Annie.

— Si je n'avais pas pris cet engagement longtemps avant de te rencontrer, je n'aurais certainement pas prévu de partir maintenant. Et tu peux me croire, ce voyage n'était pas une simple histoire de bikinis, loin de là. Dans ma tête, c'était un plan très habile et convaincant pour ne pas me retrouver retenu en otage sur un navire de croisière avec toutes mes sœurs et leur remuante marmaille. Je t'ai déjà expliqué – mes beaux-frères sont très sympas, mais en présence de leurs femmes...

— Ils doivent se comporter comme des maris et des pères ? suggéra Annie.

Il hocha la tête.

— J'ai fait quelques sorties en mer avec eux et je peux t'assurer que ce sont tous de chics types, mais avec mes sœurs et les enfants, ils sont tout bonnement...

— Des maris et des pères, répéta-t-elle.

— Sauf que moi, je ne le suis pas et je m'ennuie à mourir. Ma seule détente, c'est un brandy et un cigare avec mon père, plus une conversation sur la médecine vétérinaire. Tu ne vas pas me dire que tu n'as pas pitié de moi. C'est de la torture.

— Donc tu n'as pas plus envie que ça de revoir tes vieux copains ?

— Si, ce sera génial. On avait l'habitude de réviser ensemble plusieurs soirées par semaine. Après les examens, on s'est éparpillés aux quatre coins du pays. Jerry a eu une excellente idée, mais je vois des tas d'autres choses que je préférerais faire.

Il haussa un sourcil suggestif avec un sourire qui l'était tout autant.

Annie fut obligée de rire.

— N'empêche, je ne suis pas prête. On verra après tes vacances au Club Med.

— Ce n'est pas le Club Med, je te l'ai dit. Qu'est-ce que tu attends ? Que je te dise « je t'aime » ? Parce que si c'est ce que tu veux, je...

Elle le fit taire d'un index plaqué sur sa bouche.

— Tu prends des risques là, Nathaniel.

— Alors, viens avec moi. J'appellerai l'agence de voyages dès demain matin pour t'acheter un billet.

La proposition la flatta.

— Tu es prêt à beaucoup d'efforts et de dépenses pour me mettre dans ton lit, dis donc.

Il prit un air un peu blessé.

— Pour conquérir ton cœur, clarifia-t-il.

— Je suis plutôt impressionnée. Mais non, merci.

— Pourquoi ?

— À toute autre époque de l'année, j'aurais accepté, mais pas pendant les fêtes. C'est une période très chargée au salon. Et je ne vois plus si souvent la famille au grand complet. Les garçons s'arrangent pour fêter Thanksgiving et Noël en alternance avec la famille de leurs épouses. Ça fait donc deux ans que nous ne nous sommes pas tous retrouvés pour Noël, et c'est quelque chose qui compte beaucoup pour moi. Ma mère et moi, on se démène pour que les fêtes soient réussies.

Il l'embrassa avec tendresse, puis l'étendit sous lui sur le canapé, les doigts entrelacés avec les siens.

— Et si je décidais de ne pas y aller ?

— Alors que tu as payé ces vacances ? Ne sois pas ridicule.

— Alors, viens avec moi.

— Non.

— Dans ce cas, je ne pars pas.

— Tu dois y aller. C'est important, Nathaniel. Ça te fera du bien de changer d'air, d'élargir ton horizon. Et de revoir tes vieux amis. Tu as sans doute oublié à quel point ils te manquent. Le dépaysement sur ces plages exotiques peuplées de corps parfaits te fera du bien. Je suis curieuse de voir dans quel état d'esprit tu seras à ton retour.

Il réfléchit quelques instants.

— Bon, d'accord. On va opter pour un compromis.

— Hum ?

— J'irai sur ces stupides plages sans toi, ma vertueuse petite amie. Toi, tu passeras Noël avec ta famille. Et ce soir, nous inaugurons mon lit à deux.

Annie rit.

— Non. Pas tant que tu n'auras pas passé le test des bikinis. Et ces deux femmes vétos avec qui tu es sorti ? Elles sont mignonnes ?

— Tina et Cindy ? Oui, très, mais comme je te l'ai dit, nous avons préféré en rester au stade de bons copains, en tout bien tout honneur. Crois-moi, chérie, j'ai perdu tout intérêt pour les bikinis. À moins que tu ne veuilles en mettre un pour moi, juste pour qu'on puisse s'amuser.

— Tu prends tes rêves pour la réalité ! Je ne crois pas que ça puisse arriver un jour.

— Annie, je te jure, il n'y a plus que toi qui m'intéresses. Eh ! Ce n'est pas à cause de Susanna le tas d'os, j'espère ? Parce que là, tu me bats à plate couture. Ed est bien plus bizarre qu'elle.

Elle fit non de la tête.

— La seule chose que je n'ai pas encore surmontée à son sujet, c'est qu'elle aurait pu faire la double page intérieure d'un célèbre magazine masculin, alors que moi, j'ai les pieds plats et je sais couper la tête d'un poulet. Mais j'y travaille.

— Elle a des implants, tu sais. Achetés pour son vingt et unième anniversaire. Je préfère de loin les vrais, même plus petits, je peux te le garantir.

Elle claqua un petit baiser sur ses lèvres.

— Tant mieux. Dans ce cas, tu as toutes tes chances, dit-elle avec un grand sourire.

Il garda le silence un instant, les yeux plongés au fond des siens avec gravité.

— Tu sais, si je n'avais pas déjà payé ce voyage, je l'aurais annulé. Ce n'est pas ce dont j'ai envie maintenant.

— Je veux que tu y ailles. Tu vas bien t'amuser. Et je ne suis pas vraiment inquiète au sujet des bikinis. Enfin, pas trop.

Il pressa langoureusement son corps contre le sien, histoire de lui prouver l'effet qu'elle lui faisait.

— Ces trois semaines ont été plus que suffisantes pour moi, dit-il. Je préférerais rester ici.

Elle posa une main sur sa joue avec un sourire.

— Même avec un grand geste aussi magnanime, tu n'arriveras pas à tes fins ce soir.

Il secoua la tête.

— Je n'ai pas envie d'être dix longs jours loin de toi. Je viens à peine de te trouver. Et si ce stupide Ed revient dans le paysage et te convainc qu'il mérite une seconde chance ?

— Quelle horreur ! Ça n'arrivera pas, répondit-elle, catégorique. Je me rappelle à peine à quoi il ressemble. Je serai encore là à ton retour.

— Et si je me sens si seul et malheureux là-bas que j'aie une aventure torride avec une bimbo nymphomane et qu'à mon retour, je te cache la vérité, juste pour te donner une horrible leçon ?

— Je le devinerai.

— Avec Ed, tu n'as rien vu venir, lui rappela-t-il.

— Je sais. C'est une question qui me tracasse beaucoup, parce que, c'est vrai, j'ai été d'une naïveté confondante. Mais en réalité, je crois qu'Ed ne comptait pas tant que ça pour moi. Sinon, j'aurais été malheureuse que nous passions si peu de temps ensemble, et ce n'était pas le cas. Si j'avais été folle amoureuse de lui, j'aurais deviné qu'il y avait anguille sous roche, non ? Je ne crois pas que je tenais à lui autant que je l'aurais voulu. C'est dingue, j'aurais sans doute même été capable de l'épouser, alors qu'il ne passait que deux soirs par semaine avec moi.

Elle passa les doigts sur les tempes de Nathaniel.

— J'ai beau lutter, avec toi, c'est différent, lui confia-t-elle, un sourire aux lèvres.

— En seulement trois semaines ? demanda-t-il avec douceur.

— Moins que ça.

Ému par cet aveu, il captura sa bouche en un baiser brûlant qu'ils se plurent l'un et l'autre à prolonger dans une douce ivresse.

— Bon, d'accord. On va faire comme tu le souhaites, dit-il quand leurs lèvres se séparèrent enfin. On va attendre que tu sois prête. Et une fois qu'on sera ensemble pour toujours, n'imagine pas que tu pourras continuer de me mener à la baguette.

— Ça marche, répondit-elle, amusée.

Le lundi, Nathaniel appela Annie deux fois avant midi. La première, il voulait savoir quoi apporter à la ferme.

— Je crois qu'il y aura deux grands plats de lasagnes au four pour le dîner, et ma mère est en train de préparer du pain maison. Peut-être une bonne bouteille de vin rouge ?

— Je sais que tu travailles mardi, dit-il lors du second appel. Je pars l'après-midi. Si, ce soir, je réussis l'examen de passage des frères, accepteras-tu de venir chez moi juste un petit moment ?

— Juste un petit moment. Et n'essaie pas de me faire le coup du soldat qui part à la guerre et veut des preuves d'amour avant, d'accord ?

Il ne put s'empêcher de rire.

C'était ce qu'il préférait chez Annie – son sens de l'humour. Non, se corrigea-t-il aussitôt, sa beauté. Sa sublime chevelure auburn, son teint de porcelaine parsemé d'une légère nuée de taches de son sur les ailes du nez, ses grands yeux de biche. Un sourire éclaira son visage lorsqu'il songea avec quel talent elle montait à cheval. C'était une cavalière accomplie. Une femme solide. Elle ne prendrait certainement pas ce qualificatif comme un compliment, et pourtant, il admirait cette robustesse chez elle. Parfois, lorsqu'il la serrait dans ses bras, il avait l'impression qu'elle était comme un roc rassurant auquel il pouvait se raccrocher sans crainte. Elle n'avait pas idée du peu d'attraction qu'exerçaient sur lui les femmes frivoles et timorées. Peut-être ce genre de petites fleurs fragiles donnait-il à certains l'impression d'être des surhommes capables. Pas lui. Susciter l'intérêt d'une femme qui respirait la force et l'assurance satisfaisait chez lui une profonde inclination, dont il n'avait encore jamais eu conscience jusqu'à présent.

Mais pour l'instant, le travail l'attendait. Il avait des appels à passer, des patients à voir, notamment deux vaches qui avaient développé une mycose aux sabots et plusieurs femelles qui mettraient bas en début d'année, quelques vaccinations à faire. Il contacta le vétérinaire d'Eureka qui le remplacerait pendant son absence, passa à un domaine viticole choisir quelques bonnes bouteilles, puis se rendit enfin à l'exploitation des McKenzie.

Lorsqu'il entra dans la cour, il eut l'impression d'arriver dans un camping. Deux camping-cars étaient garés sur l'arrière, ce qui évitait sans doute à la famille d'avoir à emprunter la maison d'Annie. Il y avait aussi plusieurs pick-up et des motoneiges sur des remorques. Plusieurs paires de skis étaient appuyées contre la rambarde de la terrasse. Les McKenzie étaient là pour s'amuser. Des enfants couraient dans tous les sens, et quelques autres étaient assis sur la barrière du corral. À l'intérieur, Annie promenait deux petits en rond sur ses chevaux. Elle tenait les rênes, tandis qu'ils s'agrippaient au pommeau des selles. Quatre hommes – ses frères et son père – observaient la scène, accoudés à la clôture.

Nate s'approcha du petit groupe et s'accouda à son tour.

— Alors, on attend son tour pour la balade ?

L'homme le plus proche se tourna vers lui. Un large sourire éclaira son visage.

— Eh ! Salut ! s'exclama Beau McKenzie. J'ai entendu une rumeur, comme quoi tu sors avec ma sœur. C'est sympa de te revoir, mon vieux.

Il lui tendit la main.

— Alors, c'est vrai ? Annie et toi ? Parce que je peux te raconter des trucs sur elle et, du coup, elle te mangera dans la main !

— Nathaniel Jensen, dit son frère Brad qui tendit la main à son tour. Ça doit bien faire vingt ans qu'on ne s'est pas vus ! Tu as finalement réussi à dépasser le mètre cinquante, tant mieux pour toi.

— Oui, et à vaincre mon acné, répondit Nate en riant. Comment ça va, mon vieux ?

— Jim, tu te souviens de ce clown ? demanda Beau à son frère aîné.

— Il me semble avoir vu traîner ce petit morveux au club de foot, répondit celui-ci, la main tendue. Il était nul pour tirer, mais il courait comme un lapin, ça oui.

— Il fallait bien, dit Nate. C'était une question de survie. Si quelqu'un m'attrapait, je ne donnais pas cher de ma peau. J'étais le plus petit de l'équipe.

— Tu as pris des stéroïdes ou quoi ?

— Non, j'ai juste vieilli, comme vous autres. Merci de me laisser débarquer dans votre fête familiale, ajouta-t-il. Annie y tenait beaucoup.

— C'est vrai, alors ? s'enquit Beau.

Brad, Jim et même Hank le dévisagèrent avec une intensité presque dérangeante.

« Sois cool », lui avait-elle dit. Peut-être s'attendait-elle à ce qu'il plaisante comme eux-mêmes le faisaient ? Un petit sourire finaud releva un coin de sa bouche. Ce n'était sans doute pas très cool, mais ils n'allaient quand même pas lui flanquer une trempe parce qu'il se montrerait honnête, non ?

— Annie est une fille renversante, avoua-t-il sans détour. Vous la cachiez où ? J'ignorais totalement son existence ! On s'est rencontrés par hasard dans un bar !

— Elle est incorrigible, plaisanta Beau. Toujours occupée à picoler.

Nate s'esclaffa.

— En fait, elle venait de sauver une portée de huit chiots orphelins. Un croisement à prédominance border collie, nous semble-t-il. Ils sont mignons comme tout. Vous en voulez combien ?

Beau posa lourdement une main sur son épaule.

— Pour les chiots, je passe, mon pote. Que dirais-tu d'une bière ? Et sérieusement, on a du lourd sur la petite sœur, qui te donnera pas mal de marge de manœuvre pendant un moment, hein, les gars ?

— Exact, confirma Brad.
— Et comment ! renchérit Jim avec un clin d'œil.

La journée fut merveilleuse pour Nathaniel, même s'il ne s'agissait pas d'une expérience inédite. Plus petite que la sienne, la maison semblait plus bondée que lors des réunions familiales chez lui, mais les interactions étaient à peu près comparables. Les hommes avaient tendance à se montrer un peu trop bruyants ; les enfants cavalaient dans tous les sens et durent être rappelés à l'ordre plusieurs fois ; les femmes eurent une petite prise de bec sur des détails relatifs au repas : fallait-il mettre du beurre à l'ail sur le pain maison et la vinaigrette devait-elle être mélangée à la salade ou servie à part ? Il fallut déplacer pas mal de meubles pour accueillir une tablée de dix-sept convives. La rallonge fut ajoutée à la table de la salle à manger, plus deux tables de jeu. Âgés de trois à quatorze ans, les enfants furent assis à une table à part, comme c'était aussi la coutume chez les Jensen. Nathaniel se sentait à la fois comme un invité spécial et tout à fait chez lui.

Les fils McKenzie avaient réussi leurs mariages : leurs épouses étaient toutes trois séduisantes, drôles et débordantes d'énergie. Tout ce petit monde semblait parfaitement s'entendre, ce qui était toujours agréable. Les enfants se tenaient bien la plupart du temps, à l'exception d'un ou deux incidents, dont les mères se déchargèrent sur leurs maris. Mme McKenzie accueillit Nate avec une amabilité exubérante, pleine d'espoir même, montrant son approbation à chaque occasion. M. McKenzie, qu'il connaissait par son prénom, Hank, depuis qu'il se chargeait des visites chez eux, lui tendit sa veste et sortit avec lui sur la terrasse après le dîner, au moment de la vaisselle.

Hank lui offrit un cigare. Lorsqu'il constata qu'aucun des frères ne se joignait à eux, Nate comprit qu'il allait avoir droit à la petite discussion entre le père et celui qui venait d'entrer dans la vie de sa fille.

Hank alluma le cigare de Nate.

— Je n'ai pas grand-chose à dire. Je me suis toujours bien entendu avec vous, alors je n'ai pas de reproche particulier, lui confia-t-il.

— Tant mieux.

Nate tira sur son cigare et se mit à tousser. Comme il en fumait à peu près un par an, il oubliait chaque fois d'y aller doucement.

— Juste une remarque ou deux, pas plus.

— Je vous écoute.

— J'aime beaucoup Annie, dit Hank entre deux bouffées. C'est une bonne fille. Le compliment pourrait paraître un peu tiède, mais à mes yeux, c'est le plus beau de tous. Elle est la bonté incarnée et ne ferait jamais de mal à une mouche. Cependant, ne vous y trompez pas : elle est gentille, mais face à une injustice, elle peut se montrer féroce et ne craint pas l'affrontement. Et elle est drôlement intelligente. Si intelligente qu'elle aurait pu gérer cette ferme laitière à elle toute seule. Et volontaire aussi. Je lui ai dit : « Annie, tu pourrais très bien t'en occuper, même si je mourais demain. » Et elle a répondu : « Papa, si je m'installe ici avec les vaches, je n'en repartirai jamais et je ne ferai jamais rien d'autre. Je veux profiter davantage de la vie et avoir au moins davantage de gens autour de moi. » C'est ce qu'elle a dit, et c'est ce qu'on a fait. Elle a acheté son salon de coiffure, et j'ai vendu les Holstein. Vous avez intérêt à bien vous comporter avec elle.

— Oui, monsieur, assura Nate.

— Vous n'avez pas intérêt à lui faire du mal, Nathaniel. Je peux supporter à peu près tout, sauf de voir souffrir ma fille, que j'admire et que je respecte.

— Je vous le promets.

— Parce que si jamais il vous prenait l'idée de...

— Je tâterais de votre fusil ?

— Euh... Pas du tout. Pourquoi ferais-je un truc pareil ? Je ne suis pas un homme violent. Je répandrais juste le bruit que, comme véto, vous ne valez pas tripette.

Nate ne put retenir un éclat de rire.

— Les garçons, par contre, ont un peu le sang chaud quand il s'agit de défendre leur sœur, ajouta Hank. Alors, tenez-vous à carreau.

Depuis qu'il avait repris le cabinet, Nate n'avait pas eu beaucoup de relations féminines. Bien plus, par contre, les dix années précédentes. Quand il s'occupait de pur-sang dans le Kentucky, puis dans le comté de Los Angeles, les aventures n'avaient pas manqué. De riches mondaines, filles d'éleveurs pour la plupart, qu'il rencontrait dans les soirées, dans les ranchs, aux hippodromes. Cependant, pas un seul père ne s'était adressé ainsi à lui. Pas même celui de Susanna, à qui il avait pourtant offert un gros caillou, avant de l'entraîner dans le comté de Humboldt avec l'idée saugrenue de l'épouser.

Le discours de Hank n'avait rien eu d'extraordinaire, mais l'initiative avait plu à Nate. Ce tête-à-tête lui avait donné le sentiment d'être investi d'une mission de la plus haute importance.

— Il est sans doute bien trop tôt pour parler de vos intentions, poursuivit le père d'Annie.

— Pas du tout, le détrompa Nate. Je tiens énormément à Annie et je suis bien décidé à la traiter avec tous les égards dont je suis capable. Je pense que nous sommes bien assortis, tous les deux, et qu'un avenir ensemble est possible. Mais vous savez quoi ? C'est une fille intelligente – et un peu têtue. Alors, c'est à elle que reviendra la décision, j'imagine.

— Hum, oui, je veux bien le croire.

— Pour l'instant, vous pourriez déjà me souhaiter bonne chance ? suggéra Nate.

— Ça marche, répondit Hank qui lui tendit la main. Bonne chance à vous, mon garçon. Essayez d'assurer.

— Je ferai de mon mieux, monsieur. Bon cigare, au fait.

— Pas mauvais, hein ? Je ne sais plus d'où je les tiens. Sans doute un cadeau d'un des garçons, je suppose.

Nate n'en avait pas l'absolue certitude, mais il ne pensait pas que son père à lui ait eu un de ces tête-à-tête avec ses beaux-frères. Il en aurait forcément eu vent. Mais, en cet instant, il décida que, s'il avait une fille un jour, il agirait de même. C'était une bonne idée, cette façon de prendre le garçon en tête-à-tête, de lui vanter les merveilleuses qualités de sa fille et de lui mettre un peu la pression. Le principe avait du mérite.

Quelques minutes plus tard, Beau sortit sur la terrasse. Il coupa à son tour le bout d'un cigare, très vite rejoint par ses frères. Nate se pencha vers lui.

— Comment avez-vous su qu'il en avait fini avec moi ? lui demanda-t-il à l'oreille.

Beau haussa les épaules.

— S'il n'en avait pas fini, c'est que ça n'aurait pas collé.

— Simple curiosité, il a eu beaucoup de conversations de ce genre ?

— Je crois que tu es le premier.

— Et cette crapule d'Ed ?

— Ah, lui. Je ne crois pas qu'Annie l'ait souvent amené ici. À ce que j'ai entendu, c'était un type très occupé. Je l'ai rencontré une fois, me semble-t-il, mais pas lors d'une réunion familiale. Il a dû vendre du matériel agricole à mon père avant qu'ils se mettent ensemble, Annie et lui. On n'aimait pas beaucoup Ed, hein, papa ?

Hank se contenta de ricaner et marmonna un commentaire peu amène entre ses dents.

— Et pourquoi ne l'aimiez-vous pas, si je peux me permettre cette question ? voulut savoir Nate.

— Il m'a arnaqué à propos d'une presse à fourrage, expliqua Hank. Il a prétendu me faire le meilleur prix du comté. Il ne m'a pas fallu longtemps pour découvrir des tas d'offres bien plus avantageuses.

— Donc, ça n'a rien à voir avec la façon dont il a traité Annie ?

— Croyez-vous vraiment qu'un père puisse confier sereinement sa fille à un type qui l'a arnaqué avec une presse à fourrage ?

— Je n'avais pas considéré la chose sous cet angle.

— Je n'en vois pas d'autre bougonna Hank.

— Bien vu, dit Nate qui se sentait pour le moins privilégié et renforcé dans sa conviction.

Si, un jour, il avait une fille, voilà assurément un exemple dont il ne manquerait pas de s'inspirer.

Une fois les cigares consumés, les hommes rentrèrent dans la maison, où ils trouvèrent les femmes assises dans la cuisine, devant un café.

Nate s'arrêta sur le seuil et fit signe à Annie.

— Tu as une seconde ?

Elle le rejoignit.

— Je vais partir devant, lui annonça-t-il. Passe autant de temps que tu veux avec ta famille. Je vais rentrer m'occuper des chiots.

— Je peux venir maintenant.

— Non, reste. Ainsi, quand tu arriveras, nous aurons plus de temps à nous. À propos des chiots, comment ça va se passer en mon absence ? On en avait vaguement parlé…

— Ne t'inquiète pas. Virginia et moi allons nous organiser et partager le travail. Tout se passera bien. Et si tu es d'accord, je veillerai à ce que les chiots adoptés arrivent dans leurs nouveaux foyers le soir de Noël. Je crois que Pam, ma coiffeuse, va aussi en prendre un, ce qui ne nous en laisse plus que trois. Je veillerai à ce qu'ils ne manquent de rien.

— Dis à leurs maîtres qu'ils peuvent venir au cabinet d'ici une semaine ou deux. Ils auront droit à une consultation et une vaccination gratuites.

— C'est très généreux, Nathaniel.

— À tout à l'heure, alors, dit-il avant de lui donner un baiser platonique sur la joue. Merci pour votre accueil, madame McKenzie, ajouta-t-il à l'intention de Rose. C'était sympa de vous rencontrer tous.

Tout le monde le salua avec cordialité, les hommes lui serrèrent la main, et il s'en alla.

Sur la route du retour, deux pensées l'occupèrent. Il mourait d'envie de serrer Annie dans ses bras et appréhendait de plus en plus ces dix jours de séparation. Il avait déjà préparé ses bagages, ne voulant pas attendre la dernière minute. Une fois ce voyage derrière lui, il passerait à la vitesse supérieure avec elle. Il espérait juste qu'elle serait sur la même longueur d'onde. À trente-deux ans, il avait eu pas mal d'aventures, mais ne se souvenait pas avoir à ce point adoré une femme. Il adorait même sa famille tout entière. Il avait hâte de lui faire rencontrer la sienne. De contribuer lui-même à les agrandir l'une et l'autre.

Lui qui avait été fiancé sans ressentir rien de tout cela. Il en avait froid dans le dos.

À peine eut-il donné à manger aux chiots que le bipeur à sa ceinture se mit à vibrer. Il reconnut le numéro de téléphone d'un éleveur de chevaux qu'il comptait dans sa clientèle. Ses patients favoris : les pur-sang. La famille Bledsoe n'habitait pas tout près : elle vivait au-delà des limites du comté, à Mendocino.

Il répondit à l'appel. Une de leurs précieuses juments était en train de faire une fausse couche. En proie à la panique, elle ruait contre les parois de son box.

Après avoir raccroché, il garda le combiné à la main et, avec un soupir déçu, composa le numéro des McKenzie. Il demanda à parler à Annie.

— Nate ? Que se passe-t-il ?

— Tu ne peux pas imaginer à quel point je déteste te faire faux bond, mais j'ai une urgence à l'extérieur. Une jument qui fait une fausse couche dans le comté voisin. Il pourrait y avoir des complications. Je risque de rentrer tard.

— Ne t'inquiète pas pour l'heure. Occupe-toi du cheval.

— Chérie, tu ne devrais pas rester m'attendre. Il se peut que je sois retenu très tard. Peut-être toute la nuit, avec juste le temps de me rafraîchir et de partir. Ce qui est sûr, c'est que je ne prendrai pas la route sans te voir. Au pire, je passerai au salon demain matin, avant d'aller à l'aéroport.

— Rien ne t'y oblige. Si tu es pressé par le temps, donne-moi juste un coup de fil.

— Je ne peux pas partir sans te serrer dans mes bras, objecta-t-il avec tendresse. Sans t'embrasser pour te dire au revoir.

— C'est trop gentil. Mais si tu n'y arrives pas, je comprendrai. Fais attention sur la route. J'espère que tout se passera bien avec la jument.

Malgré le risque qu'il rentre très tard, Annie se rendit quand même chez lui. Elle avait perçu dans sa voix le désir de passer un peu de temps en sa compagnie. Qu'est-ce qui l'en empêchait ? S'il n'était pas revenu au petit matin, elle s'occuperait des chiots, puis rentrerait chez elle se doucher et se préparer pour sa journée de travail.

Elle était inexplicablement attirée par la chambre de Nate, même si elle n'avait aucune raison de s'y rendre. La vue de deux valises ouvertes sur le tapis au pied du lit, remplies de vêtements, lui serra le cœur. Il allait tellement lui manquer ! La déception l'envahit – elle avait tant espéré passer une heure ou deux dans ses bras avant d'être obligée de l'abandonner à ses vacances exotiques. Désormais, il y avait peu de chances que cela arrive.

« Prends sur toi, Annie », s'adjura-t-elle.

Avec un soupir, elle enleva sa veste et alla s'assurer que les chiots ne manquaient de rien.

— Alors, mes petits amours, roucoula-t-elle à l'intention des boules de poils qui s'agitaient en aboyant dans leur caisse. Beurk, fit-elle, le nez plissé, je crois qu'une petite toilette s'impose. Cette fois, vous êtes prêts pour vos nouveaux foyers. Vous ne devez plus être loin des six semaines.

La toilette des chiots ne lui prit guère de temps. Elle flâna ensuite jusqu'à la salle familiale et s'assit dans le confortable canapé. Un canapé bien vide, tout à coup.

Pourtant, elle n'avait pas envie de partir tout de suite, soucieuse de laisser à Nate une chance de rentrer à temps pour la retrouver. Elle embrassa du regard le spacieux espace ouvert, qui lui parut soudain trop sobre et dénudé. Tout au moins comparé à la salle à manger de la ferme, qui résonnait des rires de la nombreuse famille, où il y avait de bons petits plats à profusion et des décorations festives à gogo. L'image même du bonheur.

Elle alluma le feu, histoire de rendre l'endroit un peu plus accueillant, puis, sur un coup de tête, se rendit au garage et jeta un coup d'œil dans les rangements qui tapissaient les murs du vaste garage, aménagé pour trois véhicules. Elle sourit intérieurement en découvrant un placard entier rempli de cartons étiquetés avec soin. Négligeant celui qui renfermait les décorations du sapin, elle en ouvrit un autre. Et un autre. Puis encore un autre.

Son unique intention était d'apporter une touche festive dans la maison pour Nate, même juste pour une nuit ou un début de matinée. En premier, elle dénicha un joli centre de table, qu'elle plaça sur la longue table en chêne de la cuisine, puis deux grosses bougies pailletées sur un lit de houx artificiel, qui trouvèrent leur place sur la table basse. Elle se dit que, si elle avait décoré cette maison pour de vrai, il y aurait eu une foule de matières naturelles et végétales fraîches ainsi qu'une bonne odeur de pin. Mêlé à celui de biscuits maison et de cacao chaud.

Elle renfila sa veste et retourna au garage. Les trouvailles se multiplièrent : une longue guirlande bien fournie pour le manteau de la cheminée, plusieurs Casse-Noisettes d'un mètre de haut qu'elle groupa dans un angle, un grand panier qui contenait des pommes en céramique rouge et de grosses pommes de pin, un poinsettia orné de petites lumières scintillantes. Cela lui donna l'idée de décorer les plantes de la maison avec les guirlandes de minuscules lumignons, découvertes dans une petite boîte – deux grands ficus et deux luxuriants philodendrons.

Annie ne put résister à la tentation d'ouvrir le carton étiqueté « vaisselle de Noël » qui renfermait des assiettes et des tasses. Elle alluma le four et explora le garde-manger en riant. Ne lui avait-elle pas juré ses grands dieux qu'elle n'était pas du genre à fouiner ? À l'évidence, Nathaniel ne faisait pas beaucoup de pâtisserie. Qui savait depuis combien de temps ce paquet de farine traînait dans le placard ? Et le sucre roux était dur comme une brique. Mais il avait du beurre, du sucre blanc et des M&M's. Il ne lui fallut qu'une demi-heure pour confectionner un ersatz de cookies aux pépites de chocolat. Elle trouva une boîte de poudre chocolatée instantanée et en versa quelques cuillerées dans deux tasses ; il ne resterait plus qu'à ajouter le lait chaud. Pour finir – sans doute était-ce dans ses gènes –, elle couvrit d'un film alimentaire les cookies qu'elle avait disposés dans un joli plat festif.

« Noël pour un jour », se dit-elle, satisfaite du résultat.

Elle s'assura d'avoir bien rangé le bazar qu'elle avait mis dans le garage, puis jeta un coup d'œil à la pendule. Presque vingt-trois heures, et elle devait se lever tôt pour aller travailler. Mais il ne lui fallut pas plus d'une seconde pour prendre sa décision – un homme aussi extraordinaire que Nate ne se trouvait pas sous les sabots d'un cheval. Elle tamisa l'éclairage en éteignant quelques lumières, ôta ses bottines, s'allongea sur le canapé devant le feu, avec un plaid sur les jambes, et ne tarda pas à tomber dans les bras de Morphée.

6

Nate était épuisé. Physiquement et émotionnellement. À son arrivée chez les Bledsoe, la jument avait perdu son poulain de cinq mois et était très nerveuse. Hystérique était un qualificatif plus approprié. La fausse couche était très certainement due à une infection, même s'il l'avait auscultée avant l'insémination. À l'époque, elle semblait en parfaite santé. Comme il serait absent pour le suivi, il avait prévenu le Dr Conner, le vétérinaire d'Eureka. Il avait administré un tranquillisant à la jument ainsi qu'un antibiotique, s'était assuré de l'intégrité du placenta. Il avait ensuite transporté le poulain à Eureka, afin que le Dr Conner procède à une autopsie et tente de déterminer la cause de la fausse couche. Le Dr Conner opterait sans doute pour une biopsie de l'endomètre. Les autres chevaux de l'écurie devraient être examinés d'urgence : Bledsoe avait six juments gravides en ce moment.

Ce n'était pas le pire. Non seulement la jument avait beaucoup de valeur, et l'étalon était un champion, mais la fille adolescente des propriétaires l'avait élevée depuis l'arrivée de la jeune pouliche aux écuries, et c'était son premier poulain. Elle était aussi hystérique que sa jument, terrifiée à l'idée qu'elle puisse mourir.

Celle-ci ne risquait pas d'y laisser la vie, mais il restait à savoir si elle serait encore en mesure de procréer. Quelle qu'en soit l'origine, la fausse couche avait provoqué une importante hémorragie qui pourrait laisser des séquelles. Seuls le temps et un suivi médical serré permettraient d'en avoir le cœur net. Lorsque Nate quitta la famille, alors que la nuit était déjà bien avancée, l'adolescente semblait néanmoins un peu calmée et décidée à passer la nuit dans le box de sa jument.

Il imaginait très bien Annie en faire autant.

« Quand on parle du loup », se dit-il en entrant dans la cour de la clinique.

L'intérieur de la maison était faiblement éclairé, et le pick-up d'Annie était garé devant. L'horloge du tableau de bord affichait deux heures quinze. Elle était encore là à cette heure si tardive ? D'un côté, il était si heureux qu'il en aurait explosé de joie. De l'autre, il avait envie de lui passer un savon pour avoir veillé aussi tard, conscient qu'une longue journée de travail l'attendait le lendemain, afin que le salon puisse fermer l'après-midi du vingt-quatre et toute la journée du vingt-cinq.

Comme il avait pu s'en rendre compte, le travail ne faisait pas peur à Annie.

Il entra dans la maison sur la pointe des pieds. Sa première réaction fut la surprise, aussitôt suivie par un élan d'émotion. Sur le comptoir du coin-repas trônait une grosse bougie rouge qui se consumait doucement à côté d'un plat de cookies maison, flanqué de deux tasses. Celles-ci contenaient du cacao en poudre qui n'attendait plus que le lait chaud. Il y avait de gros nœuds rouges sur les dossiers des chaises, des guirlandes et autres décorations de Noël partout. Ce spectacle lui fit chaud au cœur. L'industrieuse Annie n'avait pas chômé.

Il avait l'impression de rentrer *vraiment* à la maison. Les fêtes de fin d'année comptaient énormément pour elle. Son aptitude à l'amour et son sens de la famille irradiaient autour d'elle, et il s'en sentait... comme étreint de l'intérieur. Comme s'il vivait son premier Noël. Il sourit. D'une certaine façon, très importante, presque vitale, c'était le cas.

Il ôta ses bottes, son ceinturon et sa parka dans la cuisine. Il souffla les bougies, ne laissant que les guirlandes du sapin, et s'agenouilla devant le canapé. Avec une infinie douceur, il déposa un baiser sur les lèvres pulpeuses d'Annie.

— Tu es rentré ? murmura-t-elle dans un demi-sommeil. J'ai dû m'assoupir.

— Tu étais sûrement épuisée après avoir déménagé le garage, lui dit-il d'un ton amusé.

— Je rangerai tout avant ton retour, lui promit-elle. Je ferais mieux d'y aller, maintenant que tu es là.

— Tu plaisantes ?

Il glissa un bras sous ses genoux, l'autre sous son dos, et se redressa en la soulevant dans ses bras.

— Nous allons nous reposer un peu. C'est presque le matin, de toute façon. Et ce canapé ne fera pas l'affaire. J'ai envie de m'endormir en te serrant dans mes bras. Maintenant, ferme les yeux. Et chut.

Elle se blottit contre lui.

— Tout va bien avec la jument ?

— Ça ira, oui, ne t'en fais pas. Je te raconterai demain matin.

Il la porta jusqu'à la chambre et la déposa en douceur sur le lit.

— Tu as besoin du réveil ? lui demanda-t-il. Je peux régler l'alarme pour toi.

— Pas la peine. De ma vie, je n'ai jamais dormi au-delà de sept heures.

— Bien.

Il la recouvrit avec la couette et se glissa dessous, tout habillé lui aussi.

— Viens dans mes bras, lui souffla-t-il. Mon unique désir est de te sentir contre moi. Voilà, comme ça...

Il soupira d'aise.

Soudain, malgré la fatigue, Nate sut qu'il serait incapable de fermer l'œil. Une pensée ahurissante le frappa – *c'est ce qu'on ressent quand on est en train de tomber réellement amoureux.* Jusqu'à présent, il avait toujours été persuadé que ces histoires de coup de foudre, de grand amour, étaient des fadaises inventées par les filles. L'attirance physique, ça oui, il connaissait. Le désir sous toutes ses formes, du chaud au plus brûlant. Ce qu'il ressentait pour Annie était un mélange de tout cela, et en même temps, quelque chose de complètement différent.

Il voulait juste être avec Annie. S'il n'avait plus droit qu'à un seul ami jusqu'à la fin de ses jours, c'était elle qu'il choisirait sans hésitation. Il voulait rentrer à la maison dans la chaleur du foyer qu'elle seule avait le don de créer. Il voulait passer ses nuits auprès d'elle et se réchauffer au réconfort de son corps, qui semblait fait pour s'assembler au sien à la perfection. Il ne voulait plus être loin d'elle. De toute sa vie.

Il entreprit de déboutonner son chemisier. Malgré le fait qu'Annie semblait endormie, il la déshabillait, conscient qu'il n'aurait pas dû. Lorsque, à cet instant, il sentit ses doigts s'activer sur les boutons de sa propre chemise, il oublia toute retenue et s'enhardit avec fébrilité à défaire la braguette du jean d'Annie, tandis qu'elle s'occupait du sien. Dans une chorégraphie instinctive, ils se débarrassèrent de leurs pantalons, et il l'attira à lui avec fougue, plaquant son boxer tendu par sa virilité contre sa petite culotte.

Annie s'écarta juste assez pour ôter son chemisier par la tête et ses chaussettes. Elle laissa Nate lui enlever son slip, ce qu'il entreprit de faire de très bonne grâce. Il le froissa dans son poing.

— Laisse-moi le garder en souvenir. Je peux ?

Elle rit et tira sur l'élastique de son boxer.

— D'accord, murmura-t-elle contre ses lèvres. Je te fais grâce de tes sous-vêtements.

Nate gémit doucement, tandis que sa main se refermait sur un sein.

— Pourquoi portes-tu un soutien-gorge ?

— Parce que tu me déshabilles depuis cinq secondes et que tu n'es pas encore arrivé à cette étape-là, peut-être ? suggéra-t-elle, malicieuse.

Elle le dégrafa. À peine les bretelles glissèrent-elles de ses épaules que la bouche de Nate captura la pointe d'un sein. Il couvrit son corps du sien, tendu par le désir, pressant son bassin contre celui d'Annie.

— Un préservatif, murmura-t-elle. Vite, Nate, s'il te plaît.

— D'accord, j'y vais.

Il bondit du lit, courut sans cérémonie jusqu'à la salle de bain attenante et revint au lit king size avec une protection dont il déchira l'emballage métallisé en chemin.

Il se hâta de retrouver la chaleur des bras d'Annie, et ils reprirent leurs préliminaires là où ils en étaient restés. Soudain, il se figea. Leurs corps se pressaient l'un contre l'autre, leurs bouches se tendaient encore l'une vers l'autre, leurs mains étaient avides de caresses, mais il demanda :

— Annie ? Je ne vais pas trop vite ? Est-ce que tu es prête ?

La respiration un peu courte, elle resta silencieuse, et il ne pouvait distinguer son visage dans l'obscurité de la chambre. En guise de réponse, elle attrapa le sachet qu'il avait encore à la main, puis guida celle-ci entre ses cuisses. Enhardi par cette réaction d'impatience un peu bravache, Nate lui prodigua de sensuelles caresses qui avivèrent encore leur désir mutuel.

— Tu vois, je suis prête, lâcha-t-elle dans un souffle. Plus que prête.

Et elle le lui prouva en se chargeant elle-même de dérouler le préservatif sur son membre érigé.

— Tu sais quoi ? murmura-t-il contre sa bouche. Rentrer te retrouver, te faire l'amour, voilà le seul bonheur pour lequel j'ai l'impression d'avoir toujours été prêt.

— Alors, ne perdons pas davantage de temps, le pressa-t-elle, au supplice.

Nate glissa dans le sommeil avec béatitude, étreignant Annie avec tendresse alors que leurs corps étaient encore unis sur le lit défait. À un moment dans la nuit, ils se réveillèrent juste assez pour faire à nouveau l'amour. Quand il ouvrit l'œil au matin, il était seul. La maison était calme. Seuls quelques jappements étouffés se faisaient entendre, derrière la porte close de la buanderie.

Il trouva un mot dans la cuisine :

Nate, tu étais si fatigué que le petit-déjeuner des chiots ne t'a pas réveillé, malgré le bruit. J'ai préféré te laisser dormir. Je te souhaite les plus belles vacances de ta vie. Je m'occuperai de tout en ton absence et je rangerai les décorations. Merci pour la nuit dernière. C'était merveilleux. Je t'embrasse, Annie.

Il relut le message, encore et encore.

— Si tu savais comme c'est difficile de te quitter, Annie, murmura-t-il. Surtout à Noël.

Nathaniel avait réservé ses vols en coordination avec le reste du groupe – ils avaient prévu de tous se retrouver à Miami pour le petit-déjeuner. De là, ils voyageraient ensemble jusqu'à Nassau. Il lui fallait d'abord prendre un vol intérieur de Santa Rosa à San Francisco. Cela impliquait deux heures de route vers le sud, pour lancer la première étape de son périple. À San Francisco, il prendrait un vol de nuit sans escale jusqu'à Miami, où il atterrirait au petit matin. Le petit-déjeuner leur rappellerait ceux qui bouclaient leurs longues séances de révisions nocturnes, juste avant l'examen final. Ensuite, ils décolleraient pour les Bahamas, assez tôt pour profiter de la première de leurs dix journées de vacances au soleil.

Il aimait conduire, ce qui valait mieux, vu le nombre de kilomètres que son métier l'obligeait à avaler, dans les montagnes et vallées de trois comtés. Le trajet du comté de Humboldt à Santa Rosa était magnifique et tranquille. Mais, au lieu de profiter du paysage vallonné et des forêts de pins enneigées, il ne pouvait détacher ses pensées d'Annie.

Avant de quitter le comté de Humboldt, il l'avait appelée au salon. Il était revenu à la charge, une ultime fois.

— Je prends la route d'ici deux heures. Tu es sûre de vouloir me laisser partir sans toi ?

— C'est ton voyage, Nate. Pas le mien, avait-elle répondu. Tu l'as voulu, tu l'as préparé, tu l'as payé. Alors, maintenant, tu y vas et tu en profites. De mon côté, j'ai de quoi m'occuper avec ma famille. Sans oublier les chiots. À ton retour, ils seront dans leurs nouveaux foyers. Toi, tu seras bronzé et reposé. Et ce sera le commencement d'une toute nouvelle année.

— J'ai entendu dire que les communications passent mal là-bas, mais j'essaierai de te joindre sur mon portable. Je suis curieux de voir si tu ne vas pas finir par regretter des vacances tous frais payés. J'ai laissé un mot à ton intention sur le plan de travail de la cuisine – les coordonnées de l'hôtel. N'hésite pas à m'appeler si tu as besoin de quoi que ce soit.

« Si tu as besoin de moi, pensait Nate, en réalité. Si je te manque. »

Annie s'était esclaffée gaiement.

— Ah oui ? Et qu'est-ce que tu comptes faire dans ce cas ? Sauter dans un avion ? Tu seras à trois mille kilomètres de la maison ! Et puis, tu seras avec tes amis. C'est important pour toi, ces retrouvailles. S'il te plaît, arrête de t'en faire pour des choses sur lesquelles tu n'as aucune prise et pense plutôt à t'amuser. De toute façon, je gère.

Quelques semaines plus tôt, Nathaniel attendait ces vacances aux Caraïbes avec tant d'enthousiasme ! Il se voyait déjà invitant à dîner un joli brin de fille en robe d'été décolletée. Ou sur un yacht pour une sortie en mer – peut-être aurait-elle besoin de lui pour étaler de la lotion solaire sur son dos nu. Il imaginait les soirées prolongées en compagnie de ses vieux amis de fac, à boire, rire et fumer de gros cigares cubains.

Aucune de ces images mentales ne le tentait plus désormais. Une seule question le taraudait : comment allait-il faire pour tenir dix longues journées ? Il espérait au moins remonter une ou deux grosses prises à la pêche. Il se voyait déjà rapporter un imposant espadon monté en trophée. Ils l'accrocheraient au-dessus du lit en souvenir de leur premier Noël. Et du dernier qu'ils passeraient séparés.

Annie avait ri joyeusement au téléphone avec Nate, mais la mélancolie prit le dessus dès qu'elle raccrocha. Sans doute un mélange de fatigue et de tristesse à l'idée de le savoir loin. Elle avait veillé tard, pour décorer sa maison et confectionner des cookies pas franchement folichons – elle avait fait au mieux avec ce qu'elle avait sous la main. Bien sûr, elle n'avait pas beaucoup dormi. Ils avaient eu d'autres occupations. Nate était un amant merveilleux, mais au lieu de la laisser comblée, leurs ardents ébats n'avaient fait qu'aviver son désir.

Ensuite, elle s'était levée aux aurores : elle avait dû rentrer chez elle nourrir le chat, se doucher et se préparer pour sa journée au salon. Sans oublier l'emballage des paniers de Noël destinés à ses coiffeuses.

Elle se demanda s'il avait senti ses lèvres se presser contre les siennes.

— Au revoir, Nate, fais attention à toi et rentre vite, lui avait-elle murmuré avec tendresse.

L'avait-il entendue ? En tout cas, il n'avait pas bronché.

Ne voulant pas montrer qu'elle avait le moral dans les chaussettes, elle s'était empressée de disparaître dans son petit bureau, au fond du salon de coiffure. Comme elle pouvait s'y attendre, Pam ne s'y était pas laissé prendre. Elle apparut sur le seuil et la regarda.

— Ne te fais pas de souci. Il sera ravi de rentrer à la maison te retrouver.

— Bien sûr. Je n'ai jamais dit le contraire.

— Tu n'en as pas eu besoin. Tu étais toute joyeuse au téléphone avec lui et dès que tu as raccroché, ton humeur a changé du tout au tout. Tu es devenue sérieuse. Peut-être un peu inquiète.

— Crois-tu que ç'ait été une erreur de le laisser partir ? s'inquiéta Annie.

— Les jours passeront plus vite que tu ne l'imagines, répondit Pam. C'est bien de te voir comme ça. Tu l'aimes.

— Je l'aime, c'est vrai, admit-elle.

Elle songea avec émotion à tout ce mal qu'il se donnait avec cette portée de chiots. Et il n'avait pas hésité une seconde à courir dans le comté voisin, au milieu de la nuit, au secours d'une jument malade. Du fait de son éducation, elle avait toujours considéré l'amour et le respect inconditionnels portés aux animaux comme un don précieux, d'autant plus que, dans une exploitation agricole, l'homme leur devait tout. Et s'il y avait une catégorie de gens qui en connaissaient tout particulièrement la signification, c'étaient bien les vétérinaires.

— Je l'aime parce que c'est un homme à la fois sensible et solide, confia Annie à son amie avec un sourire attendri. Intelligent aussi. Et il est si mignon que j'en ai les genoux en guimauve. J'ai essayé de le lui faire comprendre, mais pour l'instant, je ne lui ai pas encore avoué mes sentiments.

— Tu en auras bientôt l'occasion, dit Pam qui s'approcha d'elle. Tu es belle et intelligente, lui murmura-t-elle à l'oreille. Et je parie que tu lui fais un effet bœuf, toi aussi.

Annie sourit à son amie.

— Merci, Pam. C'est gentil. Je sais que ce n'est pas juste un compliment. T'ai-je dit qu'il m'avait demandé de l'accompagner ?

— Non. Et tu n'as pas été tentée ?

— Bien sûr que si. Mais c'est son voyage, et ma famille est là pour les fêtes. Une chose est sûre, s'il m'aime comme je l'aime, c'est la dernière fois que je le laisse partir aussi loin sans lui avouer mes sentiments.

Pam fit semblant de lui donner un coup de coude dans le bras.

— Excellente idée. Je travaille avec toi depuis cinq ans, avant même que tu achètes la franchise de ce salon. As-tu déjà été amoureuse avant ?

Annie fut obligée de rire.

— Ne sois pas ridicule. J'ai vingt-huit ans. J'ai été amoureuse des tas de fois, à commencer par Dickie Saunders, au cours élémentaire.

Mais jamais rien de comparable, songea-t-elle. Nate lui inspirait des sentiments tellement puissants. Elle avait envie de lui masser les tempes quand il était stressé ou préoccupé, de se lover contre lui pour le réconforter, de lui confier ses émotions les plus intimes, de rire aux larmes avec lui. Et même de se battre bec et ongles pour le défendre, s'il le fallait. Ou de se chamailler gentiment avec lui avant qu'ils se réconcilient – elle devrait lui promettre de ne pas se montrer aussi soupe au lait, parfois, et lui, aussi Monsieur Je-sais-tout. « Verte de jalousie comme une grenouille taureau »... Jamais un homme dans sa vie ne l'avait percée à jour avec autant d'acuité.

Prenant soudain conscience qu'elle s'était égarée dans ses pensées, Annie se ressaisit et, après un regard à son amie, haussa les épaules.

— C'est bien ce que je pensais, répondit celle-ci avec un sourire triomphant.

Nathaniel resta calé contre le hublot froid d'un 747 bondé durant les cinq longues heures du vol San Francisco-Miami. Trois ou quatre fois, il se leva pour se dégourdir les jambes dans la cabine plongée dans la pénombre. D'habitude, il réussissait à dormir, la nuit, en avion. Pas cette fois. Quand il débarqua à sept heures, le matin du vingt-quatre, il lui restait presque une heure avant de retrouver ses amis, dans le restaurant du terminal international qu'ils avaient choisi.

À son arrivée, Jerry, Ron, Cindy et Tina étaient déjà là, entourés d'une cargaison de bagages qui aurait suffi à couler un navire de croisière. Bob, Tom et leurs femmes manquaient encore à l'appel. Ce fut Jerry qui repéra Nate en premier.

— Eh ! Regardez qui vient de débarquer du vol de nuit. Tu as une tête de déterré, mon vieux ! lui lança-t-il avec un large sourire, la main tendue. Que quelqu'un aille lui commander un bloody mary !

Nate serra les mains et rendit les accolades, puis accepta le verre, joliment présenté avec une rondelle de citron et une tige de céleri. Il le leva.

— Content de vous voir, les amis. Vous parlez d'une façon de se retrouver !

— C'est mieux que de ne pas se retrouver du tout, répondit Jerry qui consulta sa montre. Il nous reste une heure et demie avant l'embarquement. Nathaniel, tu as récupéré tes bagages ? demanda-t-il avec un froncement de sourcils.

— Je les ai laissés avec un porteur.

— Sacré Nate, toujours une longueur d'avance, le taquina Tina.

— En fait... je ne vais pas pouvoir venir. Désolé, les amis.

Des regards perplexes se braquèrent sur lui.

— Euh... Je ne sais pas si tu es encore bien réveillé, mais tu es à Miami, là. Presque au paradis du Bahama Mama.

Nate rit et but une gorgée de son bloody mary.

— Mmh, bonne idée, dit-il, approbateur. J'ai laissé mes bagages au comptoir de la compagnie avec le porteur. Ils essaient de me trouver un vol de retour, mais les perspectives ne sont pas très roses. Les vols sont complets. Qui aurait l'idée de voyager de son plein gré le vingt-quatre décembre ? Pas moi, en tout cas. Mais je leur ai dit que j'étais prêt à prendre n'importe quel siège. Il se peut que je mange la dinde du réveillon ici même, dans ce terminal.

— Qu'est-ce qui te prend ? s'étonna Jerry, aussi sidéré que ses autres amis.

Nate secoua la tête avec un amusement incrédule face à sa propre réaction.

— C'est à cause d'une femme. Je dois aller la retrouver.

Jerry lui flanqua la main sur l'épaule.

— D'accord, laisse-moi deviner. Tu as picolé dans l'avion…

— Pourquoi ne l'as-tu pas emmenée ? demanda Cindy.

— Elle ne pouvait pas venir. Toute sa famille est là pour les fêtes, et elle en est très proche. Je lui ai proposé de rester avec elle, mais elle a insisté pour que je parte. Alors, me voilà. Mais là, il faut que je rentre.

— Du calme, mon vieux, garde la tête froide. Appelle-la pour lui dire que tu es malheureux sans elle et que tu rentreras bientôt. Au pire, tu pourras toujours reprendre l'avion dans deux ou trois jours si elle te manque toujours autant.

— Je dois y aller, s'obstina Nate. Si on me trouve un vol, je ne veux pas qu'il me passe sous le nez parce que je glande dans un bar. Même si ce cocktail est vraiment une bonne idée. Le voyage aussi. Qui est partant pour l'année prochaine ? Je ne devrais pas avoir de complications, cette fois – enfin, a priori.

— Nathaniel, si cette fille est la bonne, elle ne va pas s'envoler, tenta d'argumenter Jerry.

Nate sourit à son ami.

— C'est vrai, quel bonheur. Mais tu n'as pas idée d'à quel point les fêtes de fin d'année comptent pour Annie. Une vraie petite fée de Noël. Écoutez, je ne vous demande pas de me comprendre. J'avais très envie de passer quelques jours avec vous, les meilleurs amis que j'aie jamais eus, mais j'ai eu la révélation dans l'avion : elle va trop me manquer, et je risque de ne pas être un compagnon de voyage très marrant, parce qu'elle ne sera pas là. Je sais où je devrais être en ce moment, et tout me pousse à y aller.

— Ça va te passer, intervint Ron. Depuis combien de temps connais-tu cette fille ?

— Depuis trois semaines environ. Sans doute parmi les plus belles de ma vie. Quand on a la chance de trouver la femme de sa vie, on ne part pas à des milliers de kilomètres en la laissant dans le flou sur ses sentiments. Alors, Jerry, un bon conseil, au cas où tu trouverais une fille assez folle pour prendre le risque d'unir sa destinée à la tienne, souviens-toi d'une chose : tu as intérêt à ne pas la lâcher des yeux sans lui dire que tu l'aimes. Compris ?

L'intéressé prit un air perplexe.

— Ce n'est pas pour ça qu'on a inventé les fleuristes ? Tu passes juste un coup de fil pour faire livrer un bon gros bouquet bien cher et...

— Nathaniel, c'est tellement adorable, le coupa Tina. Je ne me doutais pas que tu étais si romantique. Si j'avais su, la fois où tu m'as invitée à sortir, je t'aurais mis le grappin dessus.

Nate posa son verre en riant. Il attira Tina à lui et lui donna une accolade fraternelle, ponctuée d'un baiser sonore sur la joue. Sa vieille copine Cindy eut droit au même traitement. Puis il flanqua amicalement son poing sur le bras de Jerry et serra la main de Ron.

— Je vous donnerai des nouvelles. Amusez-vous bien à la plage. Merci pour le verre. Dites à Bob et Tom que je regrette de les avoir manqués. Joyeux Noël à vous tous.

Sur ces mots, il tourna les talons et s'en alla d'un pas pressé.

À la fermeture du salon, le vingt-trois, Annie s'était rendue tout droit chez Nate, où l'attendaient ses petits protégés. Après le dîner chez ses parents, elle y était retournée s'assurer qu'ils ne manqueraient de rien jusqu'au matin et s'était attardée un instant pour admirer ses décorations de Noël improvisées. Virginia eut la gentillesse de prendre le relais avec les chiots, le matin du vingt-quatre, puisqu'elle devait passer nourrir les chevaux de toute façon.

Annie avait acheté cinq cartons à chapeau décorés à la boutique de loisirs créatifs. Ce matin-là, elle emmena un des chiots – une femelle, Fringante – au travail avec elle pour Pam. La mère de celle-ci en prendrait soin jusqu'au matin de Noël. Elles fermèrent boutique à midi, et Annie fit à nouveau un détour par la maison de Nate sur le chemin de la ferme.

Il y avait une lointaine tradition familiale chez les McKenzie : la veille de Noël, Hank tapissait une charrette à foin de paille fraîche, y attelait les chevaux d'Annie et emmenait les enfants faire une balade pendant que les femmes finissaient de préparer le dîner. Comme la neige s'était mise à tomber, la sortie resterait confinée aux limites de la propriété. Sept enfants, leurs pères et leur grand-père se mirent en route.

À la cuisine se préparait la marinade de la traditionnelle côte de bœuf. Autrefois, la viande provenait de leur propre cheptel. Maintenant, ils devaient l'acheter. De la fenêtre, Annie regarda l'équipage s'éloigner de la maison avec un pincement au cœur, imaginant Nate et leurs propres enfants se joignant à la petite troupe animée.

« Arrête de fantasmer », se réprimanda-t-elle.

Même s'ils fondaient une famille un jour, ce scénario n'était pas pour tout de suite.

Rose s'approcha de sa fille par-derrière et glissa les bras autour de sa taille.

— Tu peux les accompagner, si tu veux, murmura-t-elle. J'ai plus qu'assez d'aide à la cuisine. Trop, même, si tu me poses la question !

Annie se mit à rire.

— Je reste. Après le dîner, j'ai trois chiots à livrer, de la part du père Noël. Sur les huit de la portée, il ne reste plus que trois mâles. Je crois qu'après les fêtes, quand ce sera plus tranquille au salon, je passerai une annonce. Et je contacterai les associations ; elles auront peut-être des adoptants fiables à m'indiquer.

De l'index, Rose repoussa une mèche derrière l'oreille d'Annie.

— Tu me sembles un peu mélancolique, cette année, fit-elle remarquer à voix basse.

— Ça va.

— C'est normal qu'il te manque, surtout pendant les fêtes, ajouta sa mère. J'aime bien Nathaniel. Il m'a tout l'air d'un bon garçon.

« Un *garçon* ? » s'amusa intérieurement Annie.

Si elle avait su ! Nate n'avait rien d'un gamin, et son expérience dans la chambre à coucher était là pour en témoigner. Mais elle ne pouvait aborder le sujet avec sa mère. Elle espérait juste qu'il se montrerait aussi entreprenant à son retour qu'avant son départ.

— Occupons-nous plutôt de dresser la table, maman. Ils vont vite avoir froid et seront de retour avant qu'on ait le temps de dire « ouf ».

Bien sûr, les enfants ne voulurent pas mettre fin à la balade avant d'être bleus de froid. Hank ramena la charrette jusqu'à la porte de derrière, afin que leurs mères aux petits soins se hâtent de les récupérer au chaud. Avec l'aide de ses fils, Hank dételа les chevaux et les ramena dans la grange, pour les bouchonner et les nourrir. Peu après, toute la famille réunie passa à table, et la salle à manger résonna bientôt du bruissement des conversations, des rires et éclats de voix des enfants surexcités. Les appétissants fumets qui sortaient de la cuisine se mêlaient à l'odeur du foin et des chevaux. Tout le monde riait de bon cœur des anecdotes qui s'enchaînaient sur la sortie tandis que les plats, plus délicieux les uns que les autres, se succédaient sur la table de fête.

La balade en charrette n'était pas une simple distraction ; elle était aussi prévue pour fatiguer les enfants qui, sinon, resteraient debout la moitié de la nuit. Après le plat de résistance et le dessert, les femmes allèrent à la cuisine pour laver la vaisselle et préparer le café, tandis que Hank, ses fils et les petits-enfants sortaient les jeux de société. Ce fut le moment que choisit Annie pour dire bonsoir. Elle devait encore passer chez Nate pour chercher les chiots adoptés et, tel le père Noël, les apporter dans leurs nouveaux foyers.

Chaudement emmitouflée, elle sortit dans la cour. Avant de regagner son pick-up, elle fit quelques pas jusqu'à l'arrière de la maison. La lune était si haute et brillante qu'elle éclairait la ferme. La grange à la peinture rouge rouille, écaillée par les intempéries, se dressait un peu plus loin, dans le silence de la nuit. Elle se remémora avec nostalgie l'époque où l'endroit bruissait de vie – vaches, chevaux, chèvres, volailles, sans parler des humains qui s'en occupaient dès potron-minet, sans jamais rechigner à la tâche. Tous les enfants McKenzie avaient organisé de grandes fêtes à la ferme. Leur père creusait un trou et le remplissait de charbon de bois pour faire griller du maïs sur ce barbecue improvisé ainsi que des hot-dogs. Leur mère préparait une énorme salade de pommes de terre et des œufs « à la diable[5] » à tomber par terre. Les gamins de la ville s'ébattaient comme des fous dans les prairies et les bois. Ils sautaient dans le foin à l'intérieur de la grange, en se suspendant à une corde, s'essayaient à l'équitation, couraient après les chèvres. Elle s'en souvenait comme si c'était hier.

« Un jour, se promit-elle tandis que son regard se promenait sur les pâtures et les collines environnantes baignées d'une lumière argentée, mes enfants et leurs amis joueront aussi ici. »

Elle grimpa sur la charrette et s'allongea dans le foin, les yeux tournés vers le ciel dégagé et piqueté d'étoiles. En cette période, la maison vibrait d'animation, mais en temps ordinaire, la campagne était si paisible qu'on pouvait entendre le bruissement d'une feuille à trente mètres.

Le moteur d'une voiture qui approchait la fit s'asseoir. Elle reconnut le pick-up des Dickson, leurs voisins les plus proches. Autre habitude de la campagne, les gens passaient se voir à l'improviste. Bien souvent, ils apportaient des plats faits maison ou restaient boire au moins le café.

---

5. Recette d'œufs durs à la mayonnaise, un peu comme les œufs « mimosa », mais relevés au piment. *(N.d.T.)*

Un deuxième véhicule suivait en cahotant sur le sentier – il semblait que toute la famille ait décidé de débarquer. Annie se laissa retomber dans le foin, espérant être invisible. Quand ils seraient à l'intérieur, elle s'éclipserait en toute discrétion. Ce soir, elle ne se sentait pas d'humeur sociable.

Il n'y avait qu'une personne avec qui elle avait envie d'être en cet instant. Elle noua les bras autour de son buste, essayant d'imaginer que c'étaient ceux de...

— Annie ? Tu es là ? appela Beau de la terrasse de derrière.

« Ne réponds pas », s'ordonna-t-elle.

— Annie !

Elle était coincée. Sa voiture était garée devant la maison.

— Je regarde les étoiles, mais je vais y aller. Qu'est-ce qu'il y a ?

— Je voulais juste savoir où tu es ! cria son frère en retour.

— Eh bien, maintenant, tu sais ! Fiche le camp et laisse-moi tranquille ! Tu fais peur aux étoiles ! La barbe, siffla-t-elle ensuite entre ses dents.

Quelques instants plus tard, elle sentit la charrette bouger, et une grande silhouette se laissa choir à côté d'elle dans le foin. Elle poussa un petit cri.

— Beau, espèce d'idiot ! Tu m'as fichu une de ces frousses !

Outrée, elle s'assit droite comme un i et essaya d'enlever la paille qu'elle avait dans les cheveux – pas évident avec des gants. Elle se tourna vers celui qu'elle prenait vers son frère, prête à l'incendier.

L'homme vautré à plat ventre, le nez dans le foin, n'était pas Beau. Sidérée, elle reconnut Nathaniel.

— Qu'est-ce que tu fais là ? demanda-t-elle, perplexe.

— Je suis revenu pour t'enlever, mais je suis tellement crevé par mes sauts de puce en avion, l'attente interminable dans les aéroports et le trajet final en voiture que je serais bien en peine de t'emmener où que ce soit. Et je n'ai pas non plus beaucoup dormi la nuit avant mon départ. Grâce à toi, ajouta-t-il avec un sourire enjôleur.

Annie n'en croyait toujours pas ses yeux.

— Tu n'es pas parti ?

— Si. J'ai fait tout le voyage jusqu'à Miami.

— Aller *et* retour ?

Il bâilla à s'en décrocher la mâchoire.

— À mi-chemin, j'ai réalisé que je ne pouvais pas aller aux Bahamas sans toi. Mais le commandant de bord a refusé de faire demi-tour.

Elle resta silencieuse un instant.

— Tu as perdu la tête.

— Ne m'en parle pas. C'est l'effet que tu me fais.

— Comme si c'était *ma* faute ? Que tu sois devenu maboul ?

Il bâilla de plus belle.

— J'étais normal il y a trois semaines encore. C'est dingue, le nombre de gens qui voyagent la veille de Noël. Je n'ai pas réussi à avoir un vol direct. J'ai décollé et atterri toute la journée. Miami-Lansing, Lansing-Seattle, Seattle-San Francisco. Pour la dernière étape, j'ai dû voyager dans les toilettes.

— Non ! s'exclama-t-elle, hilare.

Elle se rallongea dans le foin à ses côtés.

— Ensuite, j'ai dû louer une voiture pour récupérer mon pick-up à Santa Rosa, puis faire le trajet en voiture jusqu'à chez moi.

— Eh ! appela Beau de la terrasse. Vous voulez qu'on attelle la charrette ?

Annie se redressa.

— Non, merci ! Tu peux t'en aller, s'il te plaît ?

— Je dérange ? Vous batifolez dans le foin ?

— Ouste ! crièrent-ils avec un bel ensemble.

— Oh, les rabat-joie !

La porte de derrière claqua.

Annie se rallongea.

— Et maintenant ? Qu'as-tu en tête ?

— J'avais un plan, répondit-il. J'allais te déclarer ma flamme, puis te séduire et faire joliment rosir tes joues, mais je ne suis pas sûr d'en avoir la force. Je t'aime, Annie. Je t'adore, ça, je peux déjà te le dire. Un petit somme devrait me permettre de retrouver un second souffle, alors prépare-toi.

Elle pouffa.

— J'ai des chiots à déposer dans leurs nouveaux foyers, l'informa-t-elle.

— Ah ? Tu ne l'as pas déjà fait ? J'espérais tellement qu'on pourrait juste rentrer et aller se coucher...

— Et si je te ramenais chez toi ? Tu pourrais dormir un peu pendant que je livre mes précieux cadeaux. Je ne trouve pas prudent que tu prennes le volant si tu n'arrives même pas à te retourner.

— Ça va aller, marmonna-t-il d'une voix ensommeillée, toujours à plat ventre dans le foin. Dans cinq minutes, il n'y paraîtra plus. J'aurai repris du poil de la bête.

— Tu m'aimes, dis-tu ? Qu'est-ce qui te fait croire ça ?

Nate n'eut pas la force de se redresser. Il ne put que glisser un bras autour de sa taille et l'attirer à lui.

— Je t'ai dans la peau, Annie McKenzie. Je ne serai plus jamais un homme libre. Je sais que tu m'aimes, toi aussi, et que tu vas bientôt me le dire. Dépêche-toi, veux-tu ? J'ai hâte de l'entendre de ta bouche.

Annie fut obligée de rire.

— Dis-le, bon sang ! s'impatienta-t-il.

— Je t'aime, Nate. Je n'arrive pas à croire que tu aies fait l'aller et le retour dans la même journée. Pourquoi ne pas juste téléphoner ? Ou attendre la fin de tes vacances pour m'avouer que tu n'avais pas passé un bon moment ?

— Parce que j'ai compris que si je restais là-bas loin de toi, je me sentirais seul, même au milieu de mes meilleurs amis, répondit-il, resserrant son étreinte. Je voulais que tu saches combien tu comptes pour moi, combien j'ai envie d'être avec toi. Je tenais à te prouver que j'étais prêt à me donner beaucoup de mal pour te témoigner mes sentiments. Tu n'es pas quelqu'un que je peux mettre en pause jusqu'à plus tard, le genre de femme à qui on fait livrer des fleurs avec un mot d'amour – ta place est dans mes bras, et pas ailleurs. Pas question de choisir la facilité, Annie. Avec toi, c'est du solide. C'est pour toujours. Bon, on peut aller déposer les chiots, maintenant, qu'on puisse enfin dormir un peu ?

Annie passa les doigts dans les cheveux courts au-dessus de l'oreille de Nate.

— Bien sûr. Joyeux Noël, Nathaniel.

— Joyeux Noël aussi, ma chérie. Je t'ai rapporté quelque chose. Un diamant.

— Un diamant ?

Annie en resta bouche bée.

Il plongea la main dans la poche de son jean et en sortit un diamant en plastique de la taille d'un kumquat, attaché à une chaîne.

— Notre premier Noël ensemble. Je l'ai acheté dans une boutique de l'aéroport. Petite précision, quand je t'en offrirai un vrai, ne t'attends pas à ce qu'il soit aussi gros.

Elle rit de bon cœur et l'embrassa.

— Tu ne peux pas imaginer à quel point j'adore celui-ci.

— Prouve-le-moi, la défia-t-il en l'enlaçant encore un peu plus.

— Je le ferai chaque jour, lui assura-t-elle. Pendant au moins les cinquante prochaines années.

— Ça marche pour moi, Annie. Je t'aime comme un fou.

— Et moi, si tu savais. J'en ai les genoux en guimauve, et ils le seront encore plus quand je t'aurai ramené.

— Tout le plaisir est pour moi, répondit-il avant de l'embrasser avec une fougue surprenante pour un homme mort de fatigue. Rentrons à la maison.

Les douze coups de minuit

1

Sunny Archer envisageait sérieusement un changement officiel de prénom.

— Viens, dit son oncle Nathaniel. Allons faire un tour en ville, histoire de voir si on arrive à rallumer un petit rayon de ce soleil légendaire dans ton humeur qui est loin d'être au beau fixe[1] !

Un tour en ville ? À *Virgin River* ? Six cents âmes à tout casser ?

— Mmh, désolée, je crois que je vais passer mon tour.

— Allez, mon petit rayon de soleil, tu dois être plus raisonnable ! Optimiste ! Tu ne vas pas panser cette blessure indéfiniment !

Ces allusions météorologiques débiles sur son prénom, ç'avait peut-être été mignon quand elle avait trois ans, ou même quatre. À vingt-cinq, c'était d'un ringard...

On était le trente et un décembre, et elle était venue à Virgin River passer quelques jours tranquilles chez son oncle et sa fiancée Annie pour tenter, sans grand espoir, d'échapper à la réalité d'un cœur brisé dont elle

1. *Sunny* signifie « ensoleillé ». *(N.d.T.)*

ne parvenait pas à recoller les morceaux. Comme si la souffrance ne suffisait pas, son cœur s'était aussi gelé et endurci. Elle consulta sa montre – seize heures. Un an plus tôt jour pour jour, elle se faisait coiffer et maquiller juste avant de se glisser dans une robe de mariée Vera Wang, tout excitée et émue. Inconsciente que Glen, son fiancé, était occupé à se saouler consciencieusement et s'apprêtait à prendre la poudre d'escampette.

— Je ne suis pas vraiment d'humeur pour une fiesta du Nouvel An, oncle Nate, répondit-elle.

— Oh, ma grande, je ne supporte pas l'idée de te savoir toute seule ici à ruminer comme une âme en peine.

À me sentir comme une pauvre cruche abandonnée dans une église bondée le jour de son mariage ?

Eh oui, c'était bel et bien la triste plaisanterie qui lui était arrivée. Qu'était-elle donc censée éprouver ?

— Nate, lui souffla Annie, ce n'est peut-être pas la soirée idéale pour l'inviter à faire la fête...

— Tu crois ? ironisa Sunny, notant qu'elle n'avait jamais été aussi irritable et sarcastique avant... le drame. Écoutez, allez-y tous les deux. Éclatez-vous comme des rock stars. J'ai des projets de mon côté.

— C'est vrai ? demandèrent-ils en chœur, pleins d'espoir.

— Oui. J'ai prévu un autodafé du calendrier de la sinistre année qui vient de s'écouler. En fait, je devrais probablement brûler ceux des trois dernières – le temps et l'énergie que j'ai bêtement gâchés avec ce connard.

Nate et Annie restèrent sans voix un instant, puis échangèrent un regard atterré.

— Bon, eh bien... d'accord pour l'autodafé à la maison ! dit Nathaniel quand il se fut remis du choc. Ensuite, on fera du pop-corn, une petite partie de Monopoly, et on terminera par quelques bonnes résolutions bien positives, pour basculer dans une nouvelle année plus agréable que celle écoulée.

Et voilà comment Sunny, qui n'était pourtant pas du tout d'humeur conciliante, se retrouva au grand réveillon du Jack's Bar à Virgin River – parce qu'elle ne pouvait laisser son oncle Nate et Annie, si amusante et si gentille, rester cloîtrés chez eux le soir du Nouvel An à la regarder bouder et broyer du noir.

Dans la famille de Sunny, il existait une longue tradition qui consistait à venir se reposer et se revigorer aux écuries Jensen. Sunny et ses cousins avaient passé d'innombrables vacances à faire du cheval, jouer et batifoler dans les prés et les chemins environnants, prêts à repartir du bon pied après ce bon bol d'air pur. Sa mère était une des trois sœurs de Nate. À l'origine, c'était son grand-père qui dirigeait la clinique vétérinaire. Aujourd'hui, Nate avait pris la suite. Son grand-père, désormais à la retraite, vivait en Arizona.

À vingt-cinq ans, fille unique, Sunny n'avait qu'une seule cousine, Mary – qui, elle, la veinarde, venait juste de réussir à se faire passer la bague au doigt. Comme oncle Nathaniel n'avait que dix ans d'écart avec elle, chacune avait à son actif un béguin pathétique pour lui à l'âge ingrat de l'adolescence. Pauvre Nate. Lui qui avait déjà grandi avec trois grandes sœurs dotées d'un fort tempérament se croyait décidément maudit avec les femmes de la famille.

Jusqu'à ses trente ans, en tout cas. Par la suite, il semblait avoir davantage pris conscience de son rôle avunculaire[2], devenant plus patient, voire protecteur. Nathaniel était présent dans l'église en ce jour fatidique du trente et un décembre, un an plus tôt. Attendant, comme tout le monde, l'arrivée du futur marié et le début de la cérémonie.

Pour Sunny, l'année s'était écoulée dans un brouillard de déprime et de colère. Son tout jeune studio de photographie en plein développement avait brusquement décollé – grâce à son site qui cartonnait, combiné à un bouche-à-oreille très efficace –, si bien qu'au lieu de faire une pause, après ce coup de massue qu'elle avait pris sur la tête, elle avait poursuivi son activité tambour battant, bien décidée à honorer ses nombreuses commandes. Ironie cruelle de la situation, sa grande spécialité, c'étaient les photos de mariage et autres grands jalons de la vie de couple, ainsi que les portraits de femmes enceintes et de bébés. Inutile de préciser que son travail pâtissait de son mal-être. Incapable de se concentrer, elle s'employait de son mieux à tenir le cap, épuisée par les insomnies, à peine capable de se lever le matin. Seul changement majeur dans son existence, elle avait quitté la maison qu'elle partageait avec Glen et était retournée vivre chez ses parents. De toute façon, elle y avait déjà son studio au sous-sol ; il ne s'agissait donc à ses yeux que d'un déplacement géographique somme toute négligeable.

Durant cette année passée au domicile familial, Sunny avait eu une révélation : l'argument déterminant qui convainquait la plupart des jeunes femmes soucieuses de prendre leur indépendance de sauter le pas était leur

2. Son rôle d'oncle. *(N.d.T.)*

engagement dans une relation sérieuse. Bien décidée à ne pas répéter les erreurs du passé en laissant un autre homme envahir sa vie, elle n'avait donc nul besoin de quitter le cocon rassurant – et économique – que lui procurait la maison de ses parents.

Elle s'essayait à d'autres genres de photographie – levers ou couchers de soleil, marines et autres paysages, animaux de compagnie. Sans grand succès pour l'instant : elle trouvait ses clichés sans relief, d'une affligeante banalité. Comme s'il n'était pas déjà assez dramatique d'avoir le cœur en miettes, son talent artistique donnait l'impression de s'être évaporé. Auparavant, elle avait pourtant été très inspirée par les futurs mariés, qui lui accordaient leur confiance pour les portraits, diaporamas et vidéos de leur mariage. Elle n'avait pas eu son pareil pour capter dans les regards de ces gens toutes les promesses de leur vie commune à venir. Elle avait apporté de la poésie aux gros ventres des femmes enceintes et été une véritable Anne Geddes avec les bébés ! Aujourd'hui, elle n'était plus qu'une simple observatrice à la limite de l'indifférence, désespérée à l'idée de ne jamais vivre elle-même ces moments heureux de l'existence. Son monde s'était écroulé. Et à chaque nouvelle séance, son pauvre cœur déjà bien amoché prenait encore un coup supplémentaire.

Lorsqu'elle avait confié son désarroi à Annie, celle-ci avait cherché à la rassurer :

— Pas de panique, ma grande, lui avait-elle répondu. Tu es si jeune ! Vingt-cinq ans ! Tu as toute la vie devant toi. Et toutes les chances à portée de main. Il te suffit de vouloir les saisir !

— C'est plus grave, comme déception, que de rater l'examen d'entrée dans l'équipe des pom-pom girls du lycée, Annie. Mon fiancé m'a larguée le jour des noces – et mon âge n'a aucune espèce d'importance.

La ville était tapissée d'une jolie couche de neige fraîche, le sapin décoré de dix mètres de haut scintillait de mille feux dans la nuit, et la terrasse du Jack's Bar était accueillante avec ses lumignons et ses guirlandes. Les volutes qui montaient de la cheminée et la lumière chaleureuse aux fenêtres contribuaient à la convivialité du lieu.

Nate, Annie et Sunny entrèrent à vingt heures dans le bar plein à craquer d'habitants du coin. Jack, le propriétaire, et Vic, le cuistot, officiaient derrière le comptoir. Un buffet avait été dressé le long d'un mur, couvert de mets en tous genres. Annie y ajouta un grand plateau de ses œufs « à la diable » maison, plus un cake au saumon parsemé d'aneth et accompagné de crackers.

— On dirait que toute la ville s'est donné rendez-vous ici, dit Nate avec un regard impressionné à la ronde.

— Une grande partie, en tout cas, répondit Jack. Mais j'espère que vous ne voyez personne ici à qui vous comptez faire la bise aux douze coups de minuit. Le gros de la troupe aura déjà regagné ses pénates d'ici là. Il ne restera qu'un effectif réduit prêt à veiller tard. Ils sont occupés à installer les enfants avec une baby-sitter dans la maison de Vic – qui se transforme en vrai dortoir cette nuit. Les enfants de Vanessa et Paul dorment avec Dana, la petite de Vic et Paige, mes enfants dans leur chambre, les jumeaux de Cameron dans la chambre d'amis, et le petit de Brie et Mike squatte la chambre de Christopher qui a l'intention de veiller jusqu'à minuit avec la baby-sitter. Pour que les choses soient claires, elle est là juste pour les petits, dixit Chris en personne, ajouta Jack avec un sourire. Il a huit ans, quand même. Un vrai petit homme.

— Jack, Vic, je vous présente ma nièce Sunny.

— Enchantée, marmonna la jeune femme avec un pâle sourire et un vague hochement de tête.

— Asseyez-vous, tous les trois. Dès que vous aurez donné votre bonne résolution pour l'année prochaine, je vous servirai, expliqua Jack. Ce soir, le droit d'entrée, c'est quelque chose à manger et une résolution.

Sunny se percha sur un tabouret et accrocha la bandoulière de son grand sac en cuir au dossier bas. Jack se pencha par-dessus le comptoir et y jeta un coup d'œil.

— Un départ en voyage juste après la fête ? demanda-t-il avec un haussement de sourcils interrogateur.

Elle laissa échapper un petit rire.

— C'est mon matériel photo. Je ne sors jamais sans. On ne sait jamais quand je pourrais en avoir besoin.

— Pourquoi pas ici ? N'hésitez pas à vous faire plaisir avec ce premier réveillon du jour de l'An au Jack's Bar.

Il glissa un morceau de papier et un stylo vers elle.

Sunny se pencha au-dessus, comme si elle réfléchissait avec soin à sa réponse. Pas question de se trahir. Si elle révélait que son vœu le plus cher était d'en finir au plus vite avec cette soirée, elle savait que cela ouvrirait la porte à l'habituelle conversation sur la raison pour laquelle elle considérerait toujours le réveillon du jour de l'An comme la fête la plus honnie entre toutes.

— La résolution doit rester générale, et ne signez pas – c'est anonyme, précisa Jack. Il y a une surprise prévue juste après minuit.

Sunny glissa un coup d'œil à sa montre.

« Quelle barbe, songea-t-elle. Encore quatre heures à tenir ? Je n'y arriverai jamais ! »

Elle écrivit : *Renoncer aux hommes.*

En deuxième année d'internat en chirurgie orthopédique à la faculté de médecine de UCLA[3], Drew Foley avait réussi à prendre dix jours de congé à Noël, qu'il avait passés à Chico avec ses deux sœurs, Marcie et Erin, leurs compagnons Ian et Aiden, et son tout jeune neveu. Et sans son ex-fiancée Penny, contrairement aux trois Noëls précédents, qui lui paraissaient très lointains désormais.

Quand les internes en médecine avaient des congés, ce n'étaient pas de *vrais* jours de vacances. Juste des jours où leur présence n'était pas requise en salle d'opération, en consultation, en cours, où ils n'avaient pas à rédiger des rapports ou à subir les agressions verbales des internes plus avancés et des médecins de garde. Mais il restait les études, autant dire une montagne de travail. Il était resté plongé dans ses bouquins durant les fêtes de Noël, malgré les difficultés de concentration avec sa famille autour de lui, en particulier le bébé de Marcie qui commençait vraiment à s'affirmer. Alors qu'il ne lui restait plus que quelques jours avant son retour en Californie du Sud, il s'était installé dans le chalet familial, isolé sur la crête près de Virgin River, afin de pouvoir étudier sans être distrait. Il avait réussi à se concentrer à plein deux jours entiers, impressionné par la quantité de travail qu'il avait abattue. Selon lui, cette assiduité lui offrait le droit de boire une bière ou deux le soir du réveillon, et quelques heures de

3. Université de Californie à Los Angeles. *(N.d.T.)*

football sur la télé par satellite le premier janvier. Le deux, il regagnerait la maison d'Erin à Chico, passerait une dernière soirée en famille, puis retournerait reprendre le collier dans la jungle de l'hôpital.

Le soir venu, il attrapa sa veste. Il avait passé assez de temps seul. Sur la route de Fortuna, il ferait un détour par Virgin River, juste pour voir. Il aurait été étonné que le seul bar en ville soit encore ouvert à cette heure-ci un jour férié. Déjà, en temps normal, Jack avait l'habitude de fermer avant neuf heures – dix au plus tard, et encore, uniquement quand il y avait des chasseurs et des pêcheurs dans le coin. Virgin River était principalement une localité d'agriculteurs, d'éleveurs, d'ouvriers agricoles et de petits entrepreneurs ; ils ne veillaient pas tard, car le labeur débutait dès l'aube, parfois avant, et les animaux n'avaient pas pour habitude de faire la grasse matinée.

À sa grande surprise, cependant, il découvrit que la fête battait son plein au Jack's Bar.

« Excellent », se dit-il, le sourire aux lèvres.

Voilà qui allait lui épargner un fastidieux trajet sur les routes de montagne, et il aurait de la compagnie pour boire. Lorsqu'il franchit le seuil du bar bondé, il eut droit à un accueil claironnant :

— Eh, Doc Foley, bienvenue ! Quand êtes-vous arrivé ?

C'était le plus extraordinaire, dans cet endroit. Drew y avait mis les pieds une demi-douzaine de fois à tout casser en deux ans, mais Jack n'oubliait jamais un visage. Apparemment, les autres non plus.

Il tendit la main par-dessus le comptoir.

— Comment ça va, Jack ?

— J'ignorais que vous étiez en ville ! Vous êtes venu en famille ?

— Non. Nous avons fêté Noël ensemble à Chico, mais je suis venu seul bûcher un peu, avant de retourner à la fac. J'ai pensé que si je voulais pouvoir me concentrer, il valait mieux que je prenne un peu mes distances avec mes sœurs – et surtout le bébé.

— Comment va-t-il ? s'enquit Jack.

Drew afficha un sourire en coin.

— Il se porte comme un charme. C'est un petit rouquin très bavard et bruyant. Je crains qu'il ne devienne un clone miniature de Marcie. Ian devrait se méfier. Il a toutes les raisons d'avoir peur. Je pèse mes mots.

Jack s'esclaffa.

— Vous vous souvenez de ma femme, Mel ?

— Bien sûr, dit Drew qui se tourna vers la célèbre sage-femme de la ville et accepta une bise sur la joue. Comment allez-vous ?

— On ne peut mieux. Si j'avais su que vous étiez là-haut, je vous aurais appelé pour vous inviter.

Drew jeta un regard à la ronde.

— Qui aurait cru que la ville ferait la fiesta pour le réveillon ? Tout le monde est là ?

— Une bonne partie, répondit Jack. Attendez-vous quand même à un changement d'ambiance plutôt rapide – la plupart de ces gens seront partis pour neuf heures. Leur journée commence tôt. Mais je tiendrai le fort jusqu'à minuit, assura-t-il. Je parie que je peux compter sur les doigts d'une main ceux qui sont prêts à veiller jusqu'au baiser de minuit.

Ce fut à cet instant que Drew l'aperçut. À la seconde précise où Jack prononça « baiser de minuit », il découvrit dans son champ de vision une sublime jeune femme qu'il se ferait un plaisir d'embrasser quand sonneraient les douze coups. Assise dans un renfoncement près de la cheminée, elle faisait tourner lentement son vin blanc dans son verre, ses cheveux blonds étalés sur les épaules. Elle se tenait un peu à l'écart des trois femmes qui bavardaient gaiement à la table toute proche. L'une d'elles se pencha pour lui parler, tentant de l'inclure dans la conversation, mais elle se contenta d'un hochement de tête distant et d'un sourire poli. Qui était cette fille ? Était-elle venue avec quelqu'un ? Un mari ? Un fiancé ? Son père ? Une chose était sûre, elle avait l'air un peu triste, toute seule dans son coin. Il aurait payé cher pour chasser cette touchante mélancolie de son visage.

— Drew, dit Jack, je vous présente Nate Jensen, le vétérinaire.

Drew tendit la main sans détacher le regard de la belle inconnue.

— Enchanté, dit-il, l'esprit ailleurs.

Depuis quand n'avait-il pas ressenti un choc aussi intense à la vue d'une jolie femme ? Bien trop longtemps ! Mazette, cette fille était canon.

Il avait oublié qu'il tenait encore la main du vétérinaire et saisit à peine sa réponse, tant il avait les oreilles qui tintaient.

— Qui est cette jeune femme blonde là-bas, près de la cheminée ? s'entendit-il demander à Jack.

— C'est ma nièce, répondit le vétérinaire. Sunny.

— A-t-elle quelqu'un dans sa vie ? s'enquit Drew avec intérêt. Par pitié, ne me dites pas qu'elle est dans les ordres !

Nate fut obligé de rire.

— Elle est célibataire et fière de l'être. Mais...

— Je reviens tout de suite, le coupa Drew. Surveillez ma bière au péril de votre vie !

Sur quoi, sans laisser à Nate le temps d'ouvrir la bouche, il fonça en automatique vers le coin près de la cheminée. Lorsqu'il se planta devant la jeune femme, il ne fut même pas surpris de voir se lever vers lui les plus beaux yeux bleus qu'il aurait pu imaginer.

— Bonjour, je m'appelle Drew. Je viens de faire la connaissance de votre oncle.

Elle ne pipa mot, sans même serrer la main qu'il lui tendait.

— Vous êtes Sunny, c'est ça ? Sunny Jensen ?

Elle plissa les lèvres avec un froncement de sourcils.

— Archer, le corrigea-t-elle.

Renonçant à la poignée de main, Drew baissa le bras.

— Eh bien, Sunny Archer, puis-je me joindre à vous ?

— Vous essayez de me draguer ? demanda-t-elle sans ambages.

Il lui décocha un sourire enjôleur.

— Je suis d'une nature très optimiste, répliqua-t-il d'un ton badin.

— Alors, permettez-moi de vous faire gagner du temps. Je ne suis pas disponible.

Drew resta sans voix un instant. Ce n'était pas comme s'il avait l'habitude d'avoir un franc succès auprès des filles – il admettait volontiers manquer d'entraînement. Mais alors qu'il se sentait attiré par elle comme un aimant, il était surpris de se faire sèchement éconduire avant même d'avoir eu l'occasion de rater sa tentative d'approche.

— Désolé, dit-il sans conviction. Votre oncle m'a dit que vous étiez célibataire.

— Célibataire et pas disponible. Bonne année à vous, ajouta-t-elle, levant son verre avec un sourire pincé.

Décontenancé, il la fixa un instant en silence, puis battit en retraite vers le comptoir sans demander son reste.

Nate, qui l'observait avec Jack, poussa sa bière vers lui.

— Alors ? Résultat des courses ?

Drew avala une gorgée.

— Je dois vraiment manquer de pratique. J'aurais sans doute mieux fait de peaufiner ma tactique d'approche, au lieu de me lancer tête baissée...

— Comment ? L'internat ne laisse pas de temps pour les filles ? le taquina Jack, avec un sourire en coin.

— Une rupture, expliqua laconiquement Drew. D'où une certaine distance entre les femmes et moi, depuis quelque temps.

Nate cala son coude sur le comptoir.

— Vraiment ? Une méchante rupture ?

— Vous en avez déjà connu une agréable ? ironisa-t-il, avant de sourire. Non, je mentirais si j'affirmais être le plus malheureux des hommes à la suite de cette séparation. En réalité, elle m'a probablement sauvé la vie. Nous étions fiancés, mais c'était une mauvaise idée. Ma copine a fini par dire tout haut ce que j'aurais dû savoir depuis le début – « si on s'était mariés, on courait droit au désastre ».

— Vous étiez mal assortis ?

— Plutôt, oui. J'aurais dû le voir venir, mais j'étais trop occupé à fixer des broches en titane sur des fémurs cassés pour prêter attention à ce genre de détails. Au temps pour moi. Et Sunny Archer, que lui arrive-t-il ?

— Eh bien, dit Nate, il semble que vous ayez au moins un point commun.

— Ah. Une méchante rupture, elle aussi ?

— Disons juste que s'il n'y en a jamais d'agréables, certaines sont plus douloureuses que d'autres.

— J'aurais dû m'en douter. Elle ne m'a pas laissé en placer une. Moi qui pensais m'y être pris comme un manche. Ça me rassure un peu.

— Prêt pour le deuxième round ? l'encouragea Jack.

Drew réfléchit un instant.

— Je ne sais pas, répondit-il avec un haussement d'épaules. Si je veux avoir ma chance, je ferais peut-être mieux d'attendre qu'elle vide encore un verre.

Nate lui flanqua une grande claque dans le dos.

— Attention, jeune homme, c'est ma nièce. Je vous ai à l'œil.

— Désolé, c'était malvenu. Jamais je ne profiterais de la situation, vous n'avez pas à vous inquiéter, se récria Drew. Mais si elle m'envoie paître une deuxième fois, je ne sais pas comment je vais réagir. Qui sait ? Je pourrais développer un grave complexe.

2

Drew sirotait sa bière tranquillement, plaisantant avec Jack et Nate autour d'un plat d'ailes de poulet grillées, mais après avoir évoqué sa rupture avec Penny, il ne pouvait empêcher ses pensées de dériver vers elle. Parfois, elle lui manquait – ou tout au moins, l'idée qu'il se faisait de ce qu'aurait pu être leur couple.

Il avait fait sa connaissance par l'intermédiaire d'un autre étudiant en médecine, dont elle était la cousine, et qui lui avait arrangé une rencontre. Le premier rencart s'était bien passé, et les sept suivants, au rythme d'un par semaine, encore mieux. Bref, avant d'avoir eu le temps de dire « ouf », il entamait une relation exclusive avec Penny. Ils avaient tant de points communs qu'ils s'étaient vite rapprochés. Elle était infirmière diplômée, lui futur médecin. Elle était jolie, avait le sens de l'humour, comprenait son travail, et lui le sien. En un rien de temps, ils s'étaient installés dans une routine confortable qu'ils appréciaient l'un et l'autre. Le fait que leur vie sexuelle soit satisfaisante était un plus. Ils semblaient compatibles en tous points.

Dès le départ, c'était Penny qui avait pris les rênes de la relation, et Drew n'avait pas eu à y réfléchir beaucoup, ce qui lui convenait parfaitement. Il était très occupé et n'avait guère de temps à consacrer aux petites attentions et jeux de séduction auxquels les filles étaient si sensibles. L'air de rien, Penny n'avait pas son pareil pour le tenir au courant. Par exemple, elle lui disait « c'est bientôt la Saint-Valentin, je suppose que nous allons faire quelque chose de spécial ». L'allusion, claire comme de l'eau de roche, ne tombait pas dans l'oreille d'un sourd. « Absolument », répondait-il avec aplomb. Il veillait alors à réserver une table, à acheter un cadeau. Penny trouvait génial d'avoir un copain aussi prévenant, et tout allait pour le mieux dans le monde de Drew.

La vie lui avait souri sans effort jusqu'à ce qu'il lui demande de venir vivre avec lui en Californie du Sud. Il allait commencer son internat en chirurgie orthopédique et sortait avec Penny depuis deux ans. Cette évolution lui semblait dans l'ordre naturel des choses. Pas sans bague de fiançailles, avait-elle objecté. Il s'était aussitôt empressé de lui en offrir une. Rien de plus normal, après tout.

Or, leur départ de Chico avait tout bouleversé. Penny n'avait pas bien supporté ce changement de situation. Elle n'était plus dans son élément, loin de son travail, ses amis, sa famille. Quant à lui, il était trop stressé et surmené pour l'aider à gérer la transition. Elle se sentait seule, avait besoin d'attention, de temps, de réconfort. Et il était prêt à lui en donner, mais c'était peine perdue. Il n'avait pas fallu longtemps pour que la belle entente vire à la discorde – et très vite en disputes répétées. Chacune d'elles était suivie de jours de mutisme obstiné ou de nuits où elle pleurait dans son oreiller, refusant de se laisser consoler – s'il réussissait à rester éveillé assez longtemps pour en avoir l'occasion.

Drew chassa ces souvenirs déplaisants.

— Parlez-moi de Sunny, finit-il par dire à Nate. Un prénom qui, si vous me permettez, ne reflète pas le tempérament quelque peu orageux de votre nièce.

— Pour commencer, les blagues sur son prénom semblent plutôt à éviter en ce moment, fit remarquer Nate.

— Ah.

Drew fut distrait par la brusque lueur d'un flash et vit que la farouche Sunny venait de prendre en photo un couple qui portait un toast.

— D'où sort-elle cet appareil ? s'étonna-t-il.

— Elle est photographe professionnelle, expliqua Nate. Et elle a du talent. Elle avait commencé des études de commerce, mais a laissé tomber avant ses vingt et un ans pour fonder son propre studio. Ma sœur Susan, sa mère, a failli avoir une attaque. Cependant, il s'avère qu'elle sait exactement ce qu'elle fait. Les clients se bousculent, au point qu'elle a été obligée d'établir une liste d'attente.

— Vraiment ? fit-il, intrigué. Elle semble un peu jeune...

— Au lycée, déjà, elle prenait de superbes photos. Peut-être même avant.

— D'où vient-elle ?

— Elle vit à L.A. À Long Beach, plus précisément.

Long Beach ? Autant dire à deux pas de chez lui. Bien sûr, c'était sans importance si elle ne daignait même pas lui adresser la parole. Mais il n'était pas homme à renoncer aussi facilement.

— Elle n'est pas trop du genre « artiste qui se la pète » ? s'enquit-il.

Nate rit.

— Pas du tout. C'est une fille très simple qui a les pieds sur terre. Ces derniers temps, elle s'essaie à de nouveaux thèmes, qui partent un peu dans tous les sens – chevaux, paysages, routes, bâtiments urbains, couchers de soleil et j'en passe, répondit-il, observant sa nièce, occupée à mitrailler un couple heureux. Ça fait plaisir de la voir photographier à nouveau des gens.

Drew l'observa de loin, tandis qu'elle faisait le point avec son objectif et dirigeait le couple d'une main, l'appareil dans l'autre. Son visage sérieux s'illumina d'un sourire chaleureux, et ce qu'elle dit à ces gens les fit rire, déclenchant une nouvelle salve de flashs. Ensuite, elle sortit une carte de visite de la poche de son jean et la leur tendit. Elle était divinement belle lorsqu'elle ne l'envoyait pas balader. Toutefois, dès qu'elle regagna sa place au coin de la cheminée et rangea son appareil, son visage se referma à nouveau. Très vite, elle disparut de son champ de vision à cause de l'affluence.

Il voulait une de ces cartes de visite.

— Vous n'avez pas écrit votre résolution, lui fit remarquer Jack qui lui passa un papier et un stylo. C'est le tarif pour l'admission.

— Les résolutions, ce n'est pas mon truc, dit Drew. Enfin, à part celle que je prends chaque matin, quand je me promets de faire de mon mieux pour voler sous le radar des internes seniors.

La perplexité se peignit sur les traits de Jack. Parfois, Drew oubliait que peu de gens savaient à quoi ressemblait le calvaire d'un interne débutant.

— Parce que ce sont des sociopathes malfaisants, crut-il bon de préciser.

— Ah, fit Jack qui parut avaler cette explication. Eh bien, voilà une résolution toute trouvée, non ? Éviter les sociopathes. Quand vous l'aurez écrite, le papier va dans le bocal là-bas.

— Et ensuite ?

— Avant de partir, chacun en tirera un au hasard. Avec un peu de chance, vous tomberez peut-être sur une suggestion un peu plus engageante que la vôtre. Un nouvel objectif à atteindre.

Drew rit.

— Je ne sais pas. C'est un peu dingue, comme idée. Et si c'est écrit que je dois faire le tour des États-Unis à vélo ?

Jack jeta un regard à la ronde.

— Aucun danger par ici. Par contre, vous pourriez en tirer une qui vous conseille de ne pas oublier votre mammographie annuelle. Allez-y, notez, insista-t-il, tapotant le papier sur le comptoir.

Drew commença à écrire en riant, puis raya ses premiers mots. Songeant à la jeune femme d'un abord peu amène mais si belle près de la cheminée, il opta pour *Donner sa chance à un autre*. Puis il plia le papier en deux et le fourra dans sa poche. Il en réclama un nouveau. Cette fois, il écrivit *Ne pas laisser les chagrins passés gâcher les chances futures* et glissa sa résolution dans le bocal.

Il avala une généreuse gorgée de bière, histoire de se donner du courage.

— Excusez-moi un instant.

Il se dirigea d'un pas décidé au fond du bar et se planta devant Sunny.

— Alors, comme ça, tu es photographe, lui dit-il avec son plus charmant sourire.

Elle leva les yeux vers lui, restant de marbre malgré cette entrée en matière un peu rentre-dedans.

— Oui.

— Ça te plaît d'être photographe ?

Il y eut un silence pesant.

— Oui.

— Qu'est-ce que tu aimes le plus dans ce métier ?

Elle réfléchit un instant.

— La tranquillité.

Drew se demanda sincèrement ce qu'il pouvait bien trouver à cette porte de prison. L'emballage était joli, d'accord, mais la beauté seule n'avait jamais réussi à le séduire. Il avait croisé bon nombre de filles très agréables à regarder qui péchaient par beaucoup d'autres côtés, ce qui se révélait tout à fait dissuasif. Pour qu'une femme l'attire, elle devait être drôle, sympathique, intelligente, passionnée par autre chose que son physique, et par-dessus tout *positive.* Pour l'idée qu'il avait pu s'en faire jusqu'à présent, cette Sunny n'avait que sa beauté pour elle, et ce n'était pas suffisant, loin de là. Cependant, pour des raisons qui lui échappaient, il persévéra.

— La tranquillité, répéta-t-il. Quoi d'autre ?

— C'est un métier qu'on peut exercer en solitaire.

— Simple curiosité, es-tu toujours aussi glaciale ou c'est juste un genre que tu te donnes pour le soir du Nouvel An ?

Elle haussa les épaules avec une moue.

— Presque toujours, je dirais.

— D'accord. Dernière question : accepterais-tu de me photographier ?

— Une occasion particulière ? demanda-t-elle.

La question prit Drew au dépourvu.

— Des photos de passeport ? suggéra-t-il.

— Désolée, je ne fais pas les photos d'identité.

Il lui décocha un sourire acide.

— Eh bien, Sunny, tu as de la veine. Parce que là, j'ai tout donné. Je vais me faire un plaisir de te laisser tranquille, ce qui est à l'évidence ton vœu le plus cher.

« Quelle garce je suis ! » se dit Sunny, les yeux rivés sur le dos de Drew qui se frayait un passage parmi la foule jusqu'au bar.

Lorsqu'il se percha sur le tabouret à côté de Nate, elle frémit d'embarras. Elle adorait son oncle et savait combien elle comptait pour lui, à quel point il avait été malheureux de la voir souffrir, le jour qui devait être le plus beau de sa vie, et galérer si longtemps après. Mais en dépit de toute la compassion qu'il lui témoignait, elle sentait aussi qu'il commençait à perdre patience face à son amertume et son attitude pour le moins caractérielle qui persistait encore un an plus tard.

Il n'était pas le seul. Ses amis l'encourageaient plus ou moins subtilement à tourner la page et aller de l'avant. Si elle ne voulait pas trouver de remplaçant à Glen, c'était son affaire. Néanmoins, cette rage permanente ne se faisait pas que nuire aux affaires ; elle mettait aussi les plus solides amitiés à rude épreuve. Et elle s'entendait répéter sur tous les tons qu'elle n'avait que vingt-cinq ans, sans trop savoir quelle signification y chercher. Elle se demandait si cette remarque sur son jeune âge était censée l'excuser de s'être fourvoyée sur toute la ligne au sujet de Glen ou si elle insinuait qu'il lui restait encore tout le temps pour trouver l'homme de sa vie.

Peu après son arrivée à Virgin River, Annie l'avait fait asseoir à part.

— Cette colère ne mènera à rien de positif, Sunny. Tu n'es pas la seule à t'être fait plaquer, tu sais. En ce qui me concerne, tu n'imagineras jamais le sale coup qui m'est arrivé. Quand j'ai découvert le pot aux roses, mon monde s'est effondré. Figure-toi que le type que j'étais censée épouser avait, en réalité, trois copines à temps plein avec qui il prétendait vivre – chacune à temps partiel, bien sûr.

Sunny en était restée estomaquée.

— Comment a-t-il réussi à monter un bateau pareil ?

— Apparemment, il avait un emploi du temps très bien organisé. Il était commercial et souvent sur les routes. Quand je le croyais occupé à vendre du matériel agricole, il était en réalité avec une des autres femmes de sa vie.

— Quel salaud ! Tu devais avoir envie de le *tuer* !

— Et comment ! J'espérais que mon père ou un de mes frères s'en chargeraient à ma place. Quand j'ai compris qu'ils n'en viendraient jamais à cette extrémité, mon envie de meurtre a fini par me passer. Je me suis dit que j'avais échappé au pire : il aurait pu me planter là le jour des noces, avec un mariage hors de prix et non remboursable à payer. Comme toi. Je suis loin de pouvoir imaginer le chagrin et l'humiliation de subir un affront pareil, et pourtant, j'étais folle de rage. Aujourd'hui, je suis vraiment soulagée d'avoir réussi digérer cette colère, parce que, sinon, je n'aurais jamais laissé sa chance à Nate. Et ton oncle est le plus grand bonheur qui me soit jamais arrivé.

Sunny avait failli dire à Annie que le chagrin et l'humiliation n'étaient pas le pire – le plus douloureux, c'était la *pitié* qu'elle avait conscience d'inspirer à ses amis et sa famille en ayant été abandonnée. Qu'est-ce qui clochait donc chez elle pour que son fiancé se comporte ainsi ?

En y réfléchissant, elle savait pertinemment ce qui clochait. Elle avait le nez trop long, le front trop haut, la poitrine trop petite, les pieds trop grands, les hanches trop larges. Elle n'avait pas poursuivi ses études jusqu'au diplôme et gagnait sa vie en prenant des photos. Qu'il s'agisse de belles photos artistiques semblait dénué de toute importance – cela n'avait rien d'un exploit impressionnant. Parfois, elle se hasardait à imaginer que, si elle avait été un mannequin vedette hyper canon, jamais Glen ne l'aurait larguée. Elle avait beau faire appel à la raison et tenter de se convaincre que c'était du pipeau, elle persistait à se trouver bien trop de défauts.

Mais elle n'en avait soufflé mot à Annie.

— As-tu eu des soupçons à un moment ou un autre ? avait-elle préféré demander.

Annie avait secoué la tête.

— Seulement après, quand tout a été fini. Avec le recul, j'ai réalisé qu'il n'avait jamais passé un seul week-end complet avec moi, et j'avais été trop confiante pour me demander pourquoi il ne m'avait jamais invitée à l'accompagner lors d'un de ses nombreux déplacements d'affaires. Brusquement, j'ai commencé à me poser des tas de questions, mais sur le moment, non. Jamais je ne me suis dit qu'il y avait anguille sous roche.

— Moi non plus, lui avait avoué Sunny.

— Je préférais sans doute ne pas savoir. J'ai horreur des conflits.

Sunny était demeurée silencieuse. Elle connaissait par cœur son propre penchant au déni. Une torture tout aussi douloureuse que la dure vérité.

— En fait, il y avait quand même une chose, s'était corrigée Annie. Après notre rupture, je me suis demandé si je n'aurais pas dû avoir davantage envie de passer chaque moment avec *lui.* Est-ce que je l'aimais tant que ça, au bout du compte ? Tu sais, Nate est souvent appelé au milieu de la nuit, et je n'en fais jamais une maladie. Mais nous nous plaignons tous les deux quand nous n'avons pas eu notre dose de temps ensemble. Nous avons énormément besoin l'un de l'autre. Avec Ed, ce n'était pas pareil. Tout allait bien dans mon monde quand il n'était pas là. Ce détail aurait dû me mettre la puce à l'oreille, j'imagine.

Sunny ne pouvait lui être d'aucun secours en la matière. Son ex-fiancé se plaignait sans cesse que les week-ends, du vendredi au dimanche soir, étaient toujours réservés aux séances photo. Il y en avait eu certains où elle avait même travaillé jusqu'à seize heures par jour, enchaînant trois mariages, un baptême et des réceptions entre lesquels elle intercalait des photos de fiançailles, portraits d'enfants ou toute autre commande pour les gens pris toute la semaine par leurs occupations professionnelles. Ensuite, du lundi au jeudi, elle travaillait d'arrache-pied pour développer les clichés, tirer les épreuves et composer les albums.

Glen travaillait au sein de la patrouille routière de Californie dans l'équipe du soir, ce qui lui permettait d'avoir ses week-ends libres, alors que, de son côté, elle n'était jamais disponible.

Elle réexamina ce vieil argument. Une minute ! Voilà un indice qui lui avait échappé à l'époque. Glen avait quand même quelques années d'ancienneté à la patrouille. Qu'est-ce qui l'obligeait à travailler dans la relève, juste pour avoir ses week-ends, sachant qu'elle serait prise tout le temps avec ses clients ? Elle était plutôt fière de la rapidité avec laquelle elle s'était assuré une clientèle solide avec, à la clé, des revenus considérables pour une fille de son âge – les mariages étaient particulièrement rémunérateurs. Or, pour continuer de surfer sur ce succès, elle devait sacrifier ses week-ends.

Alors, oui, pourquoi ? Glen aurait sûrement pu réorganiser son emploi du temps aisément, de façon à être plus libre du mardi au jeudi, justement les jours où elle-même travaillait moins. Ainsi, ils auraient pu davantage profiter de leurs soirées ensemble. Mais il prétendait que la relève du soir convenait davantage à son horloge biologique, qu'il n'était pas du matin. Et puis, il *adorait* sortir le week-end avec ses potes. Les garçons, comme il les appelait. Les *garçons* ? Mon œil, oui !

Lorsqu'il ne s'était pas montré à l'église, deux de ses amis avaient admis qu'il avait des doutes au sujet de sa capacité à faire officiellement le grand saut. Apparemment, il les avait exprimés à voix haute en leur présence, mais face à elle, il s'était contenté de pinailler sur l'ampleur qu'avait prise l'événement. « Nous n'avons pas besoin d'autant de tralalas ! On pourrait prendre un vol pour Aruba, se marier là-bas et passer une semaine à faire du bateau, de la plongée... » À aucun moment, il n'avait laissé entendre que l'engagement en lui-même était problématique, juste le faste de la fête grandiose qu'elle avait organisée avec sa mère. « Essaie de ne pas trop te prendre la tête, Glen, avait-elle répondu. Tu auras ta semaine à Aruba pendant notre lune de miel. Contente-toi d'être à l'église à l'heure, de dire ton texte, et avant que tu aies le temps de dire "ouf", nous serons dans les Caraïbes à faire trempette et à nous dorer au soleil. »

Sunny soupira de frustration. À quoi bon ressasser le passé ? Elle attrapa son manteau, son appareil photo et se dirigea vers la porte. La neige tombait encore mollement. Une fois dehors, elle concentra son intérêt sur le majestueux sapin de Noël, dont elle s'éloigna peu à peu à reculons, déclenchant l'obturateur au fur et à mesure de ses pas. Elle zooma sur certains écussons militaires utilisés comme décoration, captura dans son objectif quelques flocons posés sur des boules dorées ou des lampions, saisit des angles du feuillage intéressants, jusqu'à être assez éloignée pour cadrer l'arbre dans son ensemble. Si ces clichés rendaient comme elle l'espérait, elle pourrait les utiliser à Noël prochain pour des cartes ou une publicité.

Elle pivota sur ses talons hauts et fit aussi quelques jolies prises de vue de la terrasse du bar, avec la neige qui voletait autour de la rambarde, des marches, du toit. Puis de la rue avec toutes les maisons illuminées pour les fêtes. Lorsqu'elle braqua à nouveau son objectif sur la terrasse, un homme se tenait en haut des marches, l'épaule calée contre le montant de la balustrade, les bras croisés sur le torse.

Drew.

Elle devait convenir que c'était un garçon vraiment séduisant. Grand, bien bâti, avec les cheveux châtain clair, de beaux yeux bruns pétillants et, avait-elle cru remarquer, un sourire très charmeur.

Sunny abaissa son appareil et se dirigea vers la terrasse. Au pied du petit escalier, elle leva le visage vers lui.

— Écoute, je te présente mes excuses, dit-elle. Ce n'est pas mon genre d'être aussi grossière. Aussi glaciale, comme tu me l'as reproché. Je sors d'une rupture douloureuse, d'accord ? Je panse encore mes blessures, selon l'expression de mon oncle Nathaniel. Bref, je ne suis pas dans les meilleures dispositions pour accepter des avances dans la joie et la bonne humeur. Pour être franche, je suis morte de trouille à l'idée de rencontrer quelqu'un qui finirait par me plaire, alors j'évite la gent masculine dans son ensemble. Voilà qui résume à peu près ma situation, conclut-elle avec un haussement d'épaules. Avant, j'étais plutôt amicale et ouverte. Aujourd'hui, je suis beaucoup plus sur mes gardes.

— Excuses acceptées. Moi aussi, j'ai vécu une méchante rupture, mais c'était il y a un moment. De l'eau a coulé sous les ponts, comme on dit.

— C'est elle qui est partie ?

Il hocha la tête.

— Du coup, je comprends ce que tu peux ressentir. Et si on repartait de zéro ? Qu'en dis-tu ? Je m'appelle Drew Foley.

Elle avança encore d'un pas.

— Sunny Archer. Quand est-ce arrivé ? Je veux dire, ta rupture ?

— Il y a à peu près neuf mois.

— À peu près ?

Le choc n'avait pas dû être si brutal s'il ne se rappelait même pas la date précise.

— C'était... traumatisant ?

— Si on veut, oui. Nous étions fiancés et vivions ensemble, mais au bout de quelque temps, la belle entente a viré aux disputes perpétuelles. Elle a fini par me dire que ce genre de vie ne l'intéressait pas et que chacun ferait mieux de partir de son côté. La rupture n'était pas mon idée, expliqua-t-il avec un haussement d'épaules. Je croyais naïvement qu'on pourrait régler nos problèmes et repartir sur des bases saines. Pas elle.

— Tu t'y attendais ? voulut savoir Sunny.

Il fit non de la tête.

— J'aurais dû voir le coup venir, mais je suis tombé des nues.

Drew prit une profonde inspiration, le visage levé vers le ciel, exposé aux flocons qui tourbillonnaient avec une légèreté presque insouciante. Puis il la regarda à nouveau.

— Nous étions plutôt malheureux, à l'époque. Pourtant, avant que nous nous installions ensemble, tout se passait pour le mieux. Je suis interne en médecine, et mes horaires étaient... sont encore épouvantables. Parfois, j'enchaîne trente-six heures d'affilée, et mon temps libre me permet à peine de récupérer le sommeil en retard. Elle espérait davantage de notre vie commune. Elle...

Il baissa la tête.

— Je n'aime pas l'appeler « elle ». *Penny* a eu du mal à s'adapter à sa nouvelle vie avec moi. Elle a été obligée de trouver un autre travail, se faire de nouveaux amis. Et moi, je n'étais jamais là. J'aurais dû me douter qu'elle finirait par se lasser, mais je n'aurais rien pu y changer.

— Tu viens d'où ? lui demanda-t-elle.

— De Chico. À environ quatre heures de route vers le sud.

— Mince alors. Nous avons peut-être bel et bien certains points communs.

— Ah bon ?

— Mais tu as réussi à tourner la page, on dirait. Comment t'y es-tu pris ?

Drew fourra les mains dans les poches avant de son jean.

— Elle m'a invité à sa fête de fiançailles, il y a trois mois. Avec un autre interne en chirurgie, figure-toi. Aux dernières nouvelles, il était aux prises avec la même routine infernale que moi. J'imagine qu'il assure mieux, malgré le manque de sommeil.

— J'en doute.

— C'est pourtant le cas.

— Tu ne crois quand même pas…

— Qu'elle couchait avec lui alors qu'on était encore ensemble ? termina-t-il à sa place. L'hypothèse m'a traversé l'esprit, je l'avoue. Mais je refuse de m'aventurer sur ce terrain-là. Je ne tiens même pas à en avoir le cœur net. De toute façon, elle n'était à l'évidence pas la femme de ma vie. Je le sais maintenant. Ce qui signifie que c'était *vraiment* ma faute. Je sortais avec elle par inertie, par facilité. Pas parce que j'étais fou amoureux d'elle. Bref, Penny et moi n'étions pas faits l'un pour l'autre, point final. On l'a échappé belle.

Sunny en resta sans voix, les yeux écarquillés, la bouche formant un rond parfait. Elle aurait voulu être capable d'accepter sa propre situation avec autant de flegme.

— Tu m'en bouches un coin, finit-elle par dire. Je suppose que, pour être interne en médecine, il faut avoir une confiance en soi à toute épreuve.

— Comme tu y vas ! Ne mets pas tout sur le compte de mes études. Il se peut que j'aie quand même aussi un brin de jugeote.

Il voulut descendre l'escalier. Son talon dérapa sur la première marche verglacée, et il exécuta un magnifique vol plané. Alors qu'il évoluait dans les airs, une salve rapide de flashs se déclencha. Il atterrit lourdement sur le dos au bas des marches. Nouveaux flashs.

Sunny se dressa au-dessus de lui, son appareil à la main. Il fallut un moment à Drew pour reprendre son souffle.

— Ça va ?

— Si ça se trouve, je suis paralysé. J'espère que j'ai halluciné, ou bien tu m'as vraiment tiré le portrait pendant que je tombais ?

— Qu'est-ce que j'aurais dû faire d'autre ? Je ne pouvais pas te rattraper au vol.

Puis elle lui décocha un large sourire.

— Tu es complètement tordue.

— Il serait peut-être préférable que tu restes immobile. Si tu veux, je peux aller chercher la sage-femme ou le pédiatre qui sont dans le bar. J'ai fait leur connaissance tout à l'heure, avant ton arrivée.

Il leva les yeux vers son visage, toujours radieux. Apparemment, il ne fallait pas grand-chose pour redonner le sourire à cette fille – la chute presque fatale d'un homme semblait avoir un effet incroyablement positif sur son humeur.

— Tu pourrais peut-être juste leur montrer les photos...

Elle se laissa tomber à genoux auprès de lui et éclata de rire. Un rire vif et joyeux qui fit pétiller ses sublimes yeux bleus.

— Sérieux ? C'est toi, le docteur. Ça va ?

— Je n'en sais rien, soupira-t-il. Je n'ai pas encore bougé. Un faux mouvement et je risque de rester paralyser du cou jusqu'aux pieds.

— Tu plaisantes ?

— Peut-être, admit-il avec un haussement d'épaules.

— Ah ! Tu as bougé ! Tout va bien, tu m'as l'air en pleine forme. Allez, debout !

— Tu accepterais de boire un verre avec moi ? proposa-t-il soudain.

— En quel honneur ? Franchement, deux pauvres oiseaux blessés comme nous ? Déjà, nous ne devrions pas boire, et encore moins ensemble !

Il se cala tant bien que mal sur les coudes.

— Allez, un petit effort. Qu'est-ce qu'on a à perdre ? C'est le réveillon. On va prendre un ou deux verres en l'honneur de la nouvelle année, et ensuite on passera à autre chose. Essaie au moins de t'amuser un peu, au lieu de broyer du noir. Juste pour le fun.

Sunny s'assit sur les talons et l'observa d'un air méfiant.

— Tu cèdes encore à la facilité ?

Le sourire de Drew s'élargit.

— Pas du tout. J'agis plutôt par esprit chevaleresque, mêlé, je dois l'avouer, à une bonne dose d'attirance animale.

— Oh, par pitié... Le style « moi Tarzan, toi Jane », je connais. Merci beaucoup, j'ai déjà donné. Je n'ai pas envie de me coltiner un autre macho.

Il lui donna un petit coup de poing d'encouragement sur le bras.

— Courage. Sois une grande fille. Je parie que tu ne t'es pas laissé inviter depuis une éternité. Tente le coup. Juste pour t'entraîner. Je suis inoffensif.

Elle haussa un sourcil châtain joliment dessiné.

— Inoffensif ? Comment le saurais-je ?

— Dans deux jours, je retournerai me sacrifier sur l'autel de l'internat. Je vais me faire hacher menu par ces seniors impitoyables qui se vengent de ce qu'on leur a fait subir quand ils étaient eux-mêmes au bas de l'échelle. Il ne restera pas une trace de moi. Personne ne saura jamais que tu as succombé à la tentation de boire un verre en ma compagnie.

Sur quoi, Drew lui décocha un sourire étincelant.

Sunny leva les yeux au ciel.

Il s'assit dans la neige.

— Tu ne dis pas non. Ah ! Je le savais. C'est déjà dans la poche.

— Espèce d'idiot !

Il se releva et lui tendit la main pour l'aider à se redresser.

— Si tu veux, mais à mon avis tu n'en penses pas un mot. Je crois que si tu creuses assez profond, il se peut que tu découvres en fait quelqu'un de plutôt cool.

Elle essuya les genoux mouillés de son jean.

— Je ne suis pas sûre d'avoir le temps pour ça.

3

Quand Drew se mit à marcher, il boitillait. Il invoqua une hanche endolorie pour s'appuyer sur Sunny. Comme elle ne pouvait être certaine qu'il faisait semblant, elle le laissa faire. Alors qu'ils s'apprêtaient à remonter les marches, les portes du bar s'ouvrirent à la volée, et plusieurs personnes en jaillirent dans un concert de rires et d'au revoir.

— Attention ! leur cria-t-il. Je viens de déraper sur ces marches. Elles sont verglacées. Je vais demander à Jack de jeter un peu de sel, mais allez-y doucement, ça glisse.

— D'accord, répondit quelqu'un. Merci, Drew !

— Soyez prudent sur la route du retour ! lança quelqu'un d'autre.

— Passez le bonjour à vos sœurs, ajouta une femme. Qu'elles n'hésitent pas à venir faire un tour par ici, elles nous manquent !

— Et faites un gros câlin à cet adorable bébé !

— Je n'y manquerai pas, répondit Drew qui attira Sunny sur le côté afin de dégager le passage pour l'exode massif.

La petite troupe animée se dirigea vers le parking, remportant pour certains les plats et saladiers apportés pour le buffet.

— Qu'est-ce qui leur prend ? s'étonna Sunny. Il n'est même pas neuf heures !

Drew s'esclaffa et reposa le bras autour de ses épaules en guise de soutien.

— C'est une petite ville, Sunny. Ces gens ont des fermes, des ranchs, des vergers, des vignobles, des petites entreprises à faire tourner. Seuls ceux qui n'ont pas à se lever tôt pour travailler, jours fériés compris – et ils ne sont pas nombreux –, resteront peut-être un peu plus tard. Et parmi ceux-là, certains sont de garde – le médecin, la sage-femme, le policier. Sans doute aussi le barman, ajouta-t-il avec un sourire. Si quelqu'un est victime d'une crevaison sur la route du retour, je suis prêt à parier que Jack ou Vic viendront lui prêter main-forte.

— Tu connais tous ces gens ?

— Pour la plupart, oui. Je te donne la version abrégée de l'histoire. Ma sœur Marcie était mariée à un marine[4] qui a été blessé au combat et est aujourd'hui décédé. Elle est venue ici rencontrer son meilleur ami et sergent dans l'armée – Ian Buchanan. Elle l'a trouvé dans un vieux chalet délabré sur la crête, juste au-delà de la frontière du comté, mais la localité la plus proche est Virgin River. Pour faire court, elle l'a épousé, et maintenant, ils ont un enfant. Ma sœur aînée, Erin, voulait un refuge là-haut, mais n'imaginait pas s'installer dans un chalet sans salle de bain à l'intérieur, où il faut faire chauffer l'eau dans une bouilloire et couper du bois pour le chauffage. Elle a donc engagé un

4. Soldat d'un corps spécialisé américain. *(N.d.T.)*

entrepreneur du coin qui, après avoir installé l'électricité, la plomberie et un bain à remous, a réaménagé l'endroit à son goût. Marcie est plutôt une dure à cuire, expliqua-t-il, amusé. Erin, elle, serait absolument furax à l'idée de se casser un ongle. Avant, ce n'était guère plus qu'un cabanon ; aujourd'hui, il pourrait figurer dans *Architectural Digest*. J'y suis venu plusieurs fois ces deux dernières années, et le bar de Jack est le seul du coin. Quelques visites suffisent pour connaître la moitié de la ville. J'ai trouvé refuge au chalet quelques jours pour étudier en paix, loin de mes sœurs et du bébé. Je rentre le deux janvier en Californie. Je passais juste en voiture, avec l'idée d'aller boire une bière à Fortuna. J'ignorais qu'il y avait une fête chez Jack.

Ils restèrent plantés là, devant la terrasse. Il devait avoir l'air un peu ridicule avec son bras toujours sur les épaules de Sunny : elle ne devait pas mesurer beaucoup plus qu'un mètre soixante, et lui un bon mètre quatre-vingts et plus musclé. Il veilla à ne pas prendre appui trop lourdement.

— C'est très difficile, ce que tu fais ? L'internat ?

— Ça ne devrait pas forcément l'être. Il pourrait s'agir d'un apprentissage enrichissant, mais les internes seniors chargent les plus jeunes de boulot autant qu'ils le peuvent. C'est comme un défi. Qui en supportera le plus sans flancher ? C'est ce qui rend cette partie des études difficile. Et aussi les enfants, ajouta-t-il avec une soudaine gravité. J'adore soigner les enfants, les faire rire, les aider à aller mieux. Mais c'est si dur de les voir mal en point. Être le chirurgien qui répare un enfant cassé, c'est à la fois le meilleur et le pire du métier. Tu comprends ce que je veux dire ?

Sunny ne put s'empêcher de l'imaginer emmenant un petit footballeur en salle d'opération ou posant un plâtre sur le bras fracturé d'un jeune violoniste.

— Ta sœur était mariée à un soldat qui a été tué...

— À un marine, oui. Bobby était en invalidité permanente depuis l'explosion d'une bombe en Irak. Il a passé quelques années dans une maison de santé avant de mourir, mais il n'a jamais vraiment repris conscience. La lumière était allumée, mais il n'y avait personne à la maison, si je peux m'exprimer ainsi. Ils étaient l'un et l'autre très jeunes.

— Tu étais proche de lui ?

— Oui. Il avait deux ans de plus que moi, et nous sommes tous allés à l'école ensemble. Bobby s'est engagé juste après le bac. Ian est un peu plus âgé, donc je ne l'ai pas connu avant que Marcie le ramène à la maison. C'est un sacré numéro, Marcie, tu sais, dit-il avec un rire sentimental. Elle s'était mis en tête de retrouver Ian, pour s'assurer qu'il allait bien après la guerre et lui remettre la collection de cartes de base-ball de Bobby. Un soir de Noël, elle nous l'a présenté à la maison. « Voici Ian, nous a-t-elle dit, et je compte l'épouser dès qu'il aura réussi à se faire à l'idée. »

— Voilà pourquoi tu réussis à aller de l'avant après t'être fait abandonner par ta fiancée, souligna Sunny. Tu as été témoin de situations difficiles et tu sais apprécier ton bonheur à sa juste valeur. Je parie que c'est ça.

Il ôta son bras et lui fit face.

— C'est vrai, ma famille a connu son lot de situations difficiles, surtout mes sœurs. Mais ce qui m'aide à rester positif dans la vie, c'est ce que je vois au travail chaque jour. Je suis amené à traiter des patients avec des problèmes bien plus graves que les miens – des gens qui ne pourront plus jamais remarcher ni se servir de leurs mains, de leurs bras, parfois pire. Les douleurs orthopédiques peuvent être épouvantables, la rééducation très longue et éprouvante. Je vais te faire une confidence, Sunny. Je m'estime heureux d'être en bonne santé, sur mes deux jambes, d'avoir un cerveau en état de fonctionnement et la possibilité de profiter de l'existence, ce qui est loin d'être un acquis. Peut-être devrais-tu passer un peu de temps dans mon service de traumatologie, suggéra-t-il avec un sourire en coin. Ça t'aiderait peut-être à relativiser.

— Et les internes seniors ? s'enquit-elle avec un sourire.

— Eux ? Pour être franc, je ne suis pas loin de souhaiter leur mort. Sans aucun remords. Bon sang, ce sont des monstres malfaisants. Et impossibles à satisfaire.

— Tu seras interne senior un jour ?

Le sourire de Drew se fit malicieux.

— Oui, mais pas tout de suite, hélas. Attention à ces marches, elles sont traîtresses.

Avant d'ouvrir la porte à Sunny, il l'arrêta.

— Ça te dirait de me raconter cette rupture qui t'a marquée à ce point ?

Elle n'eut même pas à y réfléchir.

— Non, répondit-elle, catégorique. C'est un sujet que je préfère ne pas évoquer.

— D'accord. Tu veux bien me raconter comment tu en es venue à la photographie, alors ?

Elle lui sourit.

— Ça, oui, je pourrais.

— Bien. Je vais demander à Jack de te verser un verre de vin et, pendant qu'il s'en occupe, j'irai répandre du sel sur ces marches verglacées. Toi, ta mission, ajouta-t-il, touchant de l'index son nez rosi par le froid, c'est de nous trouver un coin sympa près du feu, où nous pourrons bavarder tranquillement. Si je ne me trompe pas, nous sommes les deux seuls célibataires de cette soirée.

Sunny retourna à l'endroit près de la cheminée où elle avait laissé son sac photo. Elle y rangea son appareil, puis jeta un regard en direction de Drew. Debout au comptoir, il parlait avec Jack qui lui tendit un grand bidon de sel.

Soudain, le décor changea et elle se retrouva dans un autre bar, comme si elle avait remonté le temps. C'était le soir de la répétition du dîner. Accoudé au comptoir, Glen contemplait le fond de son verre d'un air morose, un pied sur la barre en laiton qui courait à sa base. Son témoin, Russ, une main sur son dos, lui glissa quelques mots à l'oreille. Glen ne réagit pas.

Elle s'interrogea rétrospectivement : pourquoi ne s'était-elle pas inquiétée davantage ? Peut-être parce que tout le monde autour d'elle se montrait rassurant ? Ou parce qu'elle *refusait* de se faire du souci ?

Sunny n'était pas du genre vieux jeu, mais il y avait quelques coutumes concernant le mariage qu'elle avait tenu à respecter – comme ne pas voir le futur marié le jour des noces, par exemple. Il avait donc été décidé qu'avec sa cousine Mary, sa demoiselle d'honneur, elle passerait la nuit chez ses parents après la répétition du dîner, la veille au soir. Cependant, elle se souvenait qu'il était quand même un peu tôt quand Glen était venu l'embrasser pour lui dire au revoir, ce soir-là.

— Je sors boire un dernier verre avec les garçons et ensuite je rentre, lui avait-il dit.

— Tout va bien ? avait-elle demandé.

— Bien sûr. Tout va bien, avait-il assuré avec un sourire crispé qui signifiait le contraire.

— Tu ne prends pas le volant, quand même ?

— C'est Russ qui a les clés. Tout va bien.

— Alors, je suppose qu'on se revoit demain.

Elle se souvenait avec une impressionnante netteté avoir posé la paume contre sa joue de statue grecque.

— J'ai hâte, avait-elle ajouté.

— Moi aussi.

Il n'avait pas détourné la tête, mais elle avait surpris son regard vaguement fuyant.

Lorsque Russ était venu lui dire bonsoir, elle lui avait demandé ce qui tracassait Glen.

— Tout se passera bien, ne t'inquiète pas.

— Mais qu'est-ce qu'il a ?

Russ avait ri, un peu mal à l'aise.

— Tu sais, même si vous êtes ensemble depuis longtemps, tous les deux, si vous partagez un appart et tout, c'est quand même un sacré pas de géant pour un mec. Pour les deux, je veux dire. Mais pour un mec… Je ne sais pas ce que nous avons. La veille de mon mariage, moi aussi, j'étais un peu nerveux. Pourtant, c'était ce que je voulais, pas le moindre doute là-dessus. N'empêche, j'étais quand même nerveux. Je ne sais pas si c'est la responsabilité, le changement de style de vie…

— Qu'est-ce qui change ? s'était-elle étonnée. À part le fait qu'on va faire un beau voyage et écrire une grosse pile de cartes de remerciement ?

— Je veux juste dire… J'ai assisté à un tas de mariages, en plus du mien. Tous les mariés étaient un peu fébriles juste avant, moi compris. Ne t'inquiète pas, je vais lui payer un verre sur le chemin du retour, m'assurer de le border dans son lit et avant d'avoir eu le temps de dire « ouf », vous serez tous les deux dans l'avion pour Aruba.

Il avait ponctué sa tirade d'un sourire rassurant.

— Tu lui demanderas de m'appeler pour me souhaiter bonne nuit, d'accord ?

— D'accord. Mais s'il ânonne d'une voix pâteuse, il ne faudra pas m'en vouloir !

Ce soir-là, elle avait bavardé tard avec Mary ; elles avaient ouvert une autre bouteille de vin. Elles s'étaient endormies aux petites heures du matin et avaient dormi sur leurs deux oreilles. À son réveil, Sunny avait trouvé un texto de Glen sur son portable, posté à trois heures. *Vais me coucher. On se parlera demain.*

Elle aurait voulu lui parler tout de suite, mais avait trouvé plus raisonnable de le laisser dormir jusqu'à midi, surtout s'il avait bu quelques verres. Il devait être en forme pour la cérémonie. Son souhait le plus cher était que le mariage soit une parfaite réussite ! Son emploi du temps était bien chargé, et, après le brunch, elle fut occupée avec une manucure et une pédicure, entourée par les femmes de sa famille et ses amies.

La date du trente et un décembre était son idée. Elle lui était venue à l'occasion d'une conversation entre copines sur le fait qu'elles n'avaient jamais vécu un seul réveillon de fin d'année mémorable, même en couple, même pour celles qui étaient fiancées ou mariées. Il y avait bien eu quelques fêtes, mais rien de bien transcendant, loin s'en fallait. Sunny s'était dit qu'un mariage ce jour-là, suivi d'une réception du plus haut chic, serait fantastique. Un événement inoubliable.

Elle était loin de se douter que ce serait le cas. Pas pour les raisons espérées, cependant.

Sunny avait été si accaparée toute la journée par les ultimes préparatifs qu'elle ne s'était pas inquiétée de n'avoir aucune nouvelle de Glen. Elle supposait qu'il était tout aussi occupé de son côté, avec ses garçons d'honneur. En fait, elle n'avait commencé à se faire du souci qu'aux environs de dix-sept heures, deux heures avant la cérémonie. Elle l'avait appelé et, comme il ne décrochait pas, avait laissé un message sur sa boîte vocale, lui disant qu'elle l'aimait, qu'elle était si heureuse. Bientôt, ils seraient mari et femme, sur le départ pour une lune de miel merveilleuse.

Il était très difficile pour une photographe de choisir un confrère ou une consœur pour son propre mariage ; aux yeux de Sunny, presque personne n'était à la hauteur de ses attentes. Mais la très réputée Lin Hui avait fait de son mieux : elle s'était mise à mitrailler à tout va dès l'arrivée des filles à l'église, avec les coiffeuses et maquilleuses dans leur sillage. Son objectif avait capturé presque toutes les phases des préparatifs, plus quelques souvenirs plus artistiques : une paire de talons hauts à fines lanières brillantes, disposée avec élégance devant une sublime composition florale, des mains féminines froissant du satin blanc en plan rapproché, l'étreinte émue des mères des futurs mariés, qui se tapotaient mutuellement les yeux avec un mouchoir. Mais la pauvre fille avait semblé nerveuse. Sunny avait supposé que c'était à cause du défi que représentait cette commande pour une consœur. Elle était à mille lieues d'imaginer la véritable raison : Lin n'arrivait pas à trouver le futur marié pour la photo avec les garçons d'honneur.

Le drame avait éclaté à dix-huit heures quarante-cinq, un quart d'heure avant le début de la cérémonie. Le père de Sunny était entré avec Russ dans la pièce où les filles se préparaient. Tous deux tiraient une mine d'enterrement. Alarmée, elle s'était précipitée vers son père.

— Glen va bien ?

— Il n'a rien, ma chérie.

Il avait fait sortir tout le monde, y compris les mères des futurs époux, puis s'était tourné vers Russ.

— Dis-lui.

Russ avait baissé la tête.

— Ne me demande pas ce qui lui a pris. Je ne peux vraiment pas l'expliquer. Il n'y a pas de bonne raison à son attitude. Il a dit qu'il était désolé, mais qu'il n'était pas prêt. Il est comme tétanisé et refuse de venir.

Jusqu'à cet instant, elle n'avait jamais réalisé à quelle vitesse le déni peut s'installer et combien de temps il s'acharne à perdurer.

— Mais... c'est impossible ! La cérémonie commence dans un quart d'heure ! avait-elle objecté, incrédule.

— Je sais... Je suis désolé. J'ai passé toute la journée à essayer de lui faire entendre raison. Je suis allé jusqu'à lui suggérer de venir quand même, et s'il était toujours du même avis d'ici quelques mois, il pourrait toujours demander le divorce. Sincèrement, ça me semblait plus sensé sur le coup que maintenant.

Elle avait secoué la tête, puis, inexplicablement, s'était mise à rire.

— Arrêtez cette blague, les garçons. Ce n'est pas drôle. Vous m'avez bien eue, d'accord. Mais ce n'est pas drôle.

— Ce n'est pas une blague, ma chérie, était intervenu son père. J'essaie en vain de le joindre. Il ne décroche pas.

— Si je l'appelle, il va décrocher. Il me répond toujours !

Pas cette fois. Son appel avait été directement transféré sur la boîte vocale.

— Par pitié, appelle-moi et dis-moi que je ne nage pas en plein cauchemar ! Je t'en conjure ! Tu ne peux pas me plaquer à un quart d'heure de la cérémonie ! Pas toi ! Tu vaux mieux que ça !

Russ l'avait attrapée par le poignet.

— Sunny... Il a laissé son smoking dans ma voiture, pour que j'aille le rendre. Il ne viendra pas.

Sunny avait tourné un regard désespéré vers son père.

— Qu'est-ce que je dois faire ? avait-elle lâché dans un murmure.

Les traits de son père étaient durcis par une rage sans nom.

— Nous allons lui laisser jusqu'à dix-neuf heures quinze pour avoir une attitude honorable. Passé ce délai, nous ferons une annonce aux invités et les convierons à rester prendre part à la réception, sinon toute la nourriture sera perdue, et nous rendrons les cadeaux avec nos excuses. Ensuite, j'irai étrangler ce salopard de mes mains.

— Il s'est engagé à rembourser l'intégralité des frais de la réception, même s'il doit payer jusqu'à la fin de ses jours. Mais je ne vois pas comment il pourrait s'acquitter de sa dette envers moi, après ce qu'il m'a demandé de faire aujourd'hui, dit Russ. Sunny, je suis terriblement navré.

— Mais *pourquoi* ?

— Comme je l'ai dit, il n'a pas d'explication logique. Il dit juste qu'il en est incapable, répondit Russ qui secoua la tête. Je ne comprends pas moi-même, alors je ne vois pas comment tu le pourrais.

Sunny lui avait agrippé le bras.

— Va dire à sa mère de l'appeler ! Donne-lui ton téléphone ! Il croira que c'est toi et décrochera !

Mais Glen ne s'était pas manifesté, et sa mère s'était retrouvée à laisser un message furieux sur sa boîte vocale avant de s'effondrer, en pleurs.

Bien avant le délai fatidique de dix-neuf heures quinze, tous les gens à proximité bombardaient Sunny de questions, comme si c'était sa faute. « Pourquoi ? T'en avait-il parlé ? Était-il contrarié, perturbé ? Redoutais-tu une réaction pareille ? Tu devais bien te douter de quelque chose ! Comment peux-tu n'avoir rien remarqué ? Aviez-vous des problèmes ? Vous vous êtes disputés ? Avait-il un comportement bizarre ? Y a-t-il une autre femme ? »

Sous ce feu roulant, Sunny n'avait pas tardé à exploser :

— C'est à *lui* qu'il faut poser toutes ces questions ! Et il n'est même pas présent pour y répondre ! Non seulement il me plante là comme une vieille chaussette, mais en prime, il me laisse toute seule en première ligne !

À dix-neuf heures dix, juste avant que son père fasse l'annonce aux invités, Sunny s'était glissée en toute discrétion dans la limousine nuptiale. Elle avait pris son bouquet – son sublime bouquet composé de roses, orchidées et lys calla –, fait une étape à la maison de ses parents pour récupérer son sac à main et ses bagages déjà prêts pour la lune de miel, puis avait demandé au chauffeur de la déposer à la maison.

La maison. La jolie maison de ville qu'elle partageait avec Glen. Ses parents étaient dans tous leurs états, ses amies atterrées, les invités se demandaient ce qui avait pu mal tourner. Pourquoi était-elle rentrée ? Elle n'en savait trop rien. Peut-être pour voir s'il avait déménagé pendant qu'elle se préparait. Mais non, tout était à sa place comme elle l'avait laissé. Et, typique de Glen, le lit n'était pas fait, et il y avait de la vaisselle sale dans l'évier.

Elle s'était assise dans sa robe de mariée sur le bord du lit king size, son bouquet sur les genoux et son portable à la main, au cas où il aurait téléphoné pour dire que ce n'était qu'une mauvaise plaisanterie, ou qu'au lieu d'avoir pris la poudre d'escampette, il était à l'hôpital ou en cellule. Les seuls appels qu'elle avait reçus étaient de sa famille et ses amis, tous morts d'inquiétude. Elle les avait rejetés, pour la plupart, sans révéler où elle se trouvait ; les autres furent forcés de laisser des messages. Pour une raison qu'elle ne s'expliquait pas jusqu'à aujourd'hui, elle n'avait pas versé une larme. Elle s'était laissée tomber sur le matelas et, les yeux rivés au plafond, s'était demandé en boucle ce qui lui avait échappé chez cet homme avec lequel elle avait pourtant été prête à s'engager pour la vie. À minuit, elle avait eu vaguement conscience de cette heure spéciale non pas fêtée par un baiser, mais marquée du sceau de l'infamie par une rupture scandaleuse.

En rentrant chez elle, Sunny n'avait pas de plan précis en tête, mais lorsqu'elle avait entendu la clé tourner dans la serrure, elle avait réalisé que, parce qu'elle avait pris la limousine et laissé sa voiture chez ses parents, Glen ignorait sa présence. Elle s'était assise d'un bond.

Il avait franchi le seuil de la chambre, sortant son portefeuille, ses clés et la petite monnaie de ses poches pour les poser dans le vide-poches sur la commode, quand il l'avait aperçue. Tout s'était éparpillé en désordre sur le parquet, tandis qu'il avait tendu par réflexe la main vers sa cheville, où il cachait toujours un petit revolver de secours sous son pantalon. Le souffle coupé, il avait laissé l'arme à sa place et s'était redressé. Ah, les policiers… Ils aimaient avoir toujours sur eux un moyen de défense, au cas où ils tomberaient sur un malfrat qu'ils avaient fait tomber… ou une fiancée furax.

— Vas-y, tire-moi dessus, lui avait-elle lancé avec bravade. Ça simplifiera les choses.

— Sunny, avait-il lâché, encore sous le choc. Qu'est-ce que tu fabriques ici ?

— Je suis chez moi, avait-elle répondu.

Elle avait baissé les yeux sur son bouquet qu'elle tenait encore entre les mains. Pourquoi s'y accrochait-elle ainsi ? Par attachement sentimental ou parce qu'il lui avait coûté cent soixante-quinze dollars ?

— Tu ne peux pas m'avoir fait un sale coup pareil, avait-elle dit d'une petite voix, presque plaintive. Tu dois avoir une tumeur au cerveau ou une maladie dégénérative…

Il était entré dans la pièce.

— Je suis désolé, avait-il dit, baissant piteusement la tête. Je n'arrêtais pas de me répéter que, le jour du mariage venu, je serais prêt. J'y croyais sincèrement.

— Prêt pour quoi ? avait-elle demandé, sidérée.

— Prêt pour cette nouvelle vie. L'engagement pour toujours. La maison, les enfants, la fidélité…

Elle avait froncé les sourcils, en proie à la plus vive confusion.

— Une seconde… Nous n'avons pas trouvé de maison à notre goût et dans nos prix, nous étions d'accord pour ne pas avoir d'enfants tout de suite, et je croyais que nous avions déjà un engagement… La fidélité ? Qu'est-ce que tu racontes ?

Il avait relevé la tête, plongeant son regard dans le sien.

— Rassure-toi, je n'ai jamais fait rien de grave ; enfin, pas vraiment. Je me disais qu'après tout, je n'étais pas encore marié, mais qu'une fois le…

Sunny s'était brusquement levée.

— Tu as couché avec d'autres filles ?

— Non ! Non ! Je te jure !

Elle ne l'avait pas cru une seule seconde.

— Qu'est-ce que tu as fait, alors ?

— Rien de grave, je te dis. Juste un peu la fête. Quand on sort entre potes, il m'arrive de croiser des filles, mais il n'y a jamais rien de sérieux. Juste quelques verres, quelques danses...

— Ne me dis pas qu'il n'y a pas eu des conversations au téléphone. Des petits textos. Peut-être des invitations à dîner.

— Euh... c'est arrivé, oui.

— Quelques baisers volés peut-être aussi ?

— Une ou deux fois, mais ça n'a jamais été plus loin.

— Mon Dieu, comment ai-je pu être aussi naïve pour ne me rendre compte de rien ?

— Quand étions-nous ensemble ? Nous n'étions pas libres les mêmes soirs. Nous vivions comme des colocataires.

— Tu aurais pu remédier facilement à cette situation ! Tu aurais pu modifier ton emploi du temps ! Pas moi ! Les gens ne se marient pas et ne fêtent pas leurs noces d'or le mardi soir !

— Ils ne sortent pas non plus s'amuser le mardi soir ! Considère-moi comme un fêtard si tu veux, mais je l'avoue, j'apprécie de voir un match, de sortir dans les bars ou en boîte le week-end, quand les gens font la fête ! Et le week-end, tu n'étais jamais disponible ! Nous en avons parlé mille fois, nous nous sommes *disputés* à ce sujet ! Tu affirmais que rien ne changerait jamais, pas tant que tu serais photographe !

— Je rêve ! Tu as gâché une réception de mariage avec deux cents invités et une lune de miel à Aruba parce que je travaille le week-end ?

— Pas exactement, mais... Sunny, écoute... J'ai vingt-six ans. Je croyais que tu étais ce qui pouvait m'arriver de mieux, la femme avec qui j'avais envie de faire ma vie. À l'exception d'un détail : je ne suis pas prêt à arrêter de m'amuser ! Et pour toi, il n'y a que ton travail qui compte. Même ce mariage – bon sang, on aurait dit un train fou qui échappait à tout contrôle ! Organiser ce mariage extravagant était comme un deuxième travail à temps plein pour toi. Je n'ai jamais eu envie d'une telle débauche de faste. Sunny, tu es bien trop jeune pour être aussi ringarde.

Elle avait eu l'impression de se prendre un direct au creux de l'estomac. De toutes les choses qu'elle pensait savoir sur Glen, elle n'avait jamais prêté une attention suffisante au fait qu'en dépit de ses vingt-six ans, il était plus jeune d'esprit qu'elle. Plus immature. Il voulait *s'amuser*.

— Et tu ne pouvais pas vider ton sac le mois dernier ? Ou la semaine dernière ? Ou *hier* ?

Elle l'avait foudroyé du regard, attendant sa réponse.

— Comme je te l'ai dit, je pensais être prêt à temps, dans ma tête.

La stupeur de Sunny était totale.

— Tu n'es qu'un gamin ! Comment ai-je pu être aveugle pour ne pas réaliser à quel point ton côté puéril pouvait poser problème ?

— Pardon, mais je risque ma vie tous les jours au boulot ! Je bosse en gilet pare-balles ! Et tu oses me traiter de gamin ?

— Oh, désolée, Glen, avait-elle ironisé. Laisse-moi préciser ma pensée. Tu n'es qu'un gamin avec un minuscule cerveau situé au-dessous de la ceinture !

Elle avait soupiré, soudain épuisée.

— Écoute, prépare-toi un sac et demande à un de tes potes de t'héberger quelques jours. Je vais déménager chez mes parents dès que possible. J'espère que tu pourras assumer le loyer seul. Il me semble que je gagne plus d'argent avec mon boulot de week-end ennuyeux que toi avec ton gilet pare-balles.

Sunny s'était rassise sur le lit, puis laissée tomber sur le dos. Toujours vêtue de sa vaporeuse robe de mariée, serrant son bouquet sur le ventre, elle avait fermé les yeux. Elle avait entendu Glen rassembler quelques vêtements dans la chambre, prendre sa trousse de toilette dans la salle de bain. Son esprit était complètement accaparé par des questions angoissantes. La compagnie aérienne rembourserait-elle les billets en classe affaires parce que le marié n'était pas « prêt » à sauter le pas ? Quelle somme monstrueuse avaient gâchée ses parents dans un mariage qui n'aurait jamais lieu ? Les milliers de dollars de mets raffinés de la réception pourraient-ils profiter aux sans-abri de L.A. au lieu d'être bêtement jetés à la poubelle par le traiteur ? Et puisque son nom figurait aussi sur le bail de location de cette maison, Glen le fêtard allait-il également la planter là-dessus ? Nuire à sa solvabilité financière, en plus de tout le reste ?

— Sunny ? avait-il dit, debout au-dessus d'elle. Réveille-toi. Tu as l'air... je ne sais pas... si *funèbre*. Comme un macchabée tout apprêté sur son lit de mort. En robe de mariée, avait-il ajouté avec une grimace.

Elle avait ouvert les yeux, puis avait foudroyé Glen du regard.

— Dégage.

Sunny chassa ces sinistres souvenirs et se retrouva devant Drew qui lui tendit un verre.

— J'ai salé les marches, dit-il, s'asseyant en face d'elle. Je me suis pris une bière et du vin pour toi. Alors, raconte-moi tout.

— C'est arrivé il y a un an, commença-t-elle.

Il resta perplexe.

— Tes débuts dans la photographie ?

— Le mariage qui n'a jamais eu lieu. Un grand mariage, une grosse réception. Nous étions ensemble depuis trois ans, nous vivions sous le même toit depuis nos fiançailles, un an plus tard. Et voilà que monsieur décide de me faire faux bond. J'étais toute pomponnée dans ma robe Vera Wang, deux cents invités attendaient dans la nef, les extras s'affairaient avec les petits fours, les bouchons de champagne s'apprêtaient à sauter et... pas de marié.

Le choc se peignit sur les traits de Drew.

— Sans blague !

— C'est l'entière vérité. Son témoin est venu me dire que c'était au-dessus de ses forces. Il n'était pas prêt.

Soudain, Drew éclata de rire. Pas par méchanceté ou moquerie. Par incrédulité. Il se passa une main dans les cheveux, sidéré.

— A-t-il expliqué *pourquoi* ?

Elle n'avait jamais répété à quiconque ce que Glen lui avait sorti ; c'était trop embarrassant. Mais pour une raison qu'elle ne put s'expliquer, elle avoua la vérité à Drew.

— Oui. Il n'avait pas fini de s'amuser.

Le silence tomba entre eux.

— Tu n'es pas sérieuse, finit-il par dire.

— Je te jure que c'est vrai. L'événement a eu tant de retentissement qu'il y a même eu un petit article dans la presse.

— Et c'est arrivé quand, tu dis ?

— Il y a un an. Jour pour jour.

Ébahi, Drew se cala contre le dossier de sa chaise.

— C'est dingue, trouva-t-il à dire pour tout commentaire. Eh bien, pas étonnant que tu sois d'humeur chagrine. Il n'avait pas fini de *s'amuser* ?

— C'est la meilleure justification qu'il ait réussi à trouver. Il aimait trop faire la fiesta entre copains, sortir en boîte, danser, flirter... Enfin bref, c'était un fêtard du samedi soir. Et devine un peu : les photographes travaillent le week-end – mariages, baptêmes, etc. Apparemment, à ses yeux, je suis une vraie rabat-joie.

Drew se passa une main sur la nuque.

— Je dois être vraiment être rétrograde. J'ai toujours pensé que, lorsqu'on a la chance d'être avec la bonne personne, toutes les petites choses de la vie quotidienne sont amusantes : les textos où elle vous demande de passer prendre le linge au pressing ou vous dit qu'elle ira chercher le vôtre, les petites chamailleries sur les sushis ou les pizzas à commander. Amusantes et sexy. Et puis, c'est toujours sympa de partager régulièrement son lit avec quelqu'un, nus sous la couette.

Elle lui décocha un sourire un peu railleur.

— Tu trouves le pressing *sexy* ?

— Oui, vraiment. Sérieux.

Tous deux se mirent à rire.

4

Sunny se pencha en avant avec intérêt, les coudes calés sur la table.

— J'ai hâte d'entendre la suite de l'inventaire des trucs que tu trouves sexy. Les pizzas et le pressing, c'est un début prometteur. Vas-y, continue.

Drew but une gorgée de bière.

— La liste est longue, Little Miss Sunshine. Mais soyons clairs. Je suis un garçon. La nudité vient toujours tout en haut de la liste.

— Mouais. Il y a certains trucs que tous les garçons semblent avoir en commun. Mais si j'ai bien retenu la leçon, c'est qu'apparemment, partager un lit, nus sous la couette, ne suffit pas.

— Peuh... Pour les hommes sans imagination peut-être. Ou ceux qui ne sont pas forcés d'abattre l'équivalent d'un mois de travail en une journée.

— Alors ? La suite ?

— Mmh, voyons voir. Je trouve plutôt cool d'établir un budget à deux auquel on ne se tient jamais. Mais attention, on ne partage pas le chéquier. Trop risqué. Là, c'est chacun pour soi. Il n'y a pas deux personnes à compter pareil, tu le savais, ça ? La liste des tâches ménagères aussi ; tu ne peux pas imaginer comme ça m'émoustille. Choisir les films – il faut un vrai talent pour ça. Si tu as la chance de tomber sur une fille qui aime les films d'action, tu peux en négocier trois contre un film de filles, et si tu te débrouilles bien, tu finis par troquer les films de filles contre des massages du dos. Je ne tiens pas à ce que le bruit se répande, ajouta-t-il en se penchant vers Sunny avec une mine de comploteur, mais certains films de filles me plaisent plutôt, même si je suis assez difficile.

— Le shopping ? suggéra-t-elle.

— Là, c'est non, objecta-t-il avec fermeté. Il faut savoir fixer certaines limites. Le shopping, ce n'est pas mon truc. Si j'ai besoin de vêtements ou de chaussures, c'est une corvée que j'expédie le plus vite possible. Je n'aime pas perdre mon temps à déambuler dans les boutiques. C'est d'un ennui, et je n'ai aucun talent. Mais je comprends qu'il faut avoir un look à peu près présentable, si on veut avoir l'espoir d'attirer l'attention d'une fille. D'une jolie fille comme toi, ajouta-t-il avec son sourire charmeur.

— Comment fais-tu, alors ? Parce que, ce soir, tu ne savais même pas qu'il y avait une fête et tu es plutôt présentable.

Il se redressa, non sans fierté.

— Merci, c'est gentil. Eh bien, je demande conseil à ma sœur aînée, Erin – celle qui a métamorphosé le cabanon en pied-à-terre sophistiqué. Sinon, j'ai juste l'air d'un gay qui travaille dans une boutique de vêtements.

Elle éclata de rire sans se rendre compte que Nate, Annie, Jack et quelques autres tournaient la tête vers eux.

— C'est horrible de dire ça, honte à toi !

— Arrête, j'ai des amis gays. On a beau dire, le dénominateur commun, c'est qu'ils ont le sens de la mode. Enfin, ceux que je connais.

— Alors, pourquoi ne pas embarquer l'un d'eux en sortie shopping avec toi ?

— Je ne veux induire personne en erreur, répondit-il avec un haussement d'épaules.

— Tu ne serais pas plutôt juste un brin embarrassé d'avoir un genre un peu... disons... ambivalent ?

Il se pencha si près qu'elle sentit l'arôme malté de sa bière Michelob dans son haleine.

— Aucune ambivalence possible pour moi sur cette question, répondit-il, catégorique, les yeux au fond des siens. Absolument aucune. Je ne penche que d'un bord, ajouta-t-il avec un sourire.

Sunny ne put se retenir de rire à nouveau. Joyeusement.

— Arrête, mon rayon de soleil, la taquina-t-il. Tu es censée être malheureuse. Tu as été abandonnée il y a un an jour pour jour par un idiot immature. Nous sommes en deuil, ce soir.

— Je sais, je sais, dit-elle, s'éventant le visage. Je replonge en mode dépression d'ici une seconde. Pour l'instant, dis-moi encore un truc que tu trouves sexy. Et je te rappelle, pour mémoire, que nous avons déjà évoqué la nudité.

— D'accord, voyons un peu, dit Drew qui leva les yeux au plafond en quête d'une réponse. Ah oui ! Son petit linge dans la salle de bain ! C'était insupportable, il y en avait partout ! Impossible d'aller aux toilettes, et encore moins de se laver les dents ou de prendre une douche, sans tomber dessus dans tous les coins. Je déteste. Très sexy, conclut-il avec à nouveau son sourire ravageur.

— Attends, je suis un peu perdue, là. Tu détestes, et c'est très sexy ?

— Il faut être un garçon pour comprendre. Tu entres dans ta salle de bain – qui est riquiqui comme le reste de ton appart, jusqu'à ce que tu deviennes au moins interne senior – et tu tombes sur une collection de dessous affriolants en satin et dentelles, qu'elle lave précautionneusement à la main. Comment résister ? Tu les humes à plein nez, tu les froisses entre tes doigts, tu vas même jusqu'à t'enfiler un string sur la tête juste pour rigoler, tu revis quelques fantasmes coquins qui y sont associés. Et puis tu cries : « Penny ! Enlève ton maudit linge de là ! J'ai une douche à prendre et je suis en retard ! »

Elle enfouit son visage dans ses mains et s'esclaffa sans discrétion.

Le regard de Drew pétilla.

— Attention, Sunny. Tu t'amuses.

Elle n'eut pas à se pencher beaucoup pour lui flanquer une tape badine sur le bras.

— Toi aussi ! Et ta rupture est plus récente.

— Peut-être, mais...

Il faillit dire *mais pas aussi traumatisante*. Au moins ne s'était-il pas retrouvé sur le carreau en robe Vera Wang, contraint de fuir deux cents invités.

À cet instant, la porte du bar s'ouvrit, et les Riordan du coin firent leur apparition – Luke, Shelby et le petit Brett, leur premier né d'à peine quelques mois. Luke tenait son fils blotti contre son torse, à l'abri sous son blouson. Drew se leva d'un bond.

— Eh ! Salut, vieille fripouille !

Il attrapa la main de Sunny et l'entraîna vers les nouveaux venus. Il se tourna vers elle.

— Ils sont un peu comme ma famille. Je t'expliquerai.

Il étreignit Shelby avec effusion et lui plaqua une bise sur la joue. Puis il enlaça Luke, faisant attention au bébé. Luke fit la grimace.

— Tu n'as pas intérêt à m'embrasser !

— D'accord, mon vieux, mais je dois vraiment me retenir, rétorqua Drew, hilare.

Il fit un clin d'œil à Sunny, avant de l'attirer à lui.

— Je vous présente Sunny. Elle est en visite chez son oncle, qui est vétérinaire ici. Sunny, tu te souviens, je t'avais parlé de ma sœur Erin, celle qui a fait des miracles avec le chalet décrépi. Eh bien, quand elle était là-bas, occupée à se chercher, elle a aussi trouvé Aiden, le frère de Luke. Ils sont fiancés. Voilà pourquoi ces gens-là et le petit Brett sont, pour ainsi dire, de ma famille.

Shelby tendit la main à Sunny.

— J'étais au courant de ta visite. Nous connaissons Nate et Annie. Je fais parfois du cheval avec elle.

— Je croyais que vous ne veniez pas, ce soir, dit Jack derrière le comptoir. À cause de Brett qui devait dormir.

— Nous aurions dû réfléchir un peu mieux, concéda Luke. Brett préfère dormir durant la journée. La nuit, c'est un vrai petit fêtard.

Mel s'approcha.

— Quel amour ! Passe-le-moi une minute.

Avec précaution, elle prit le bébé des bras de Luke. Brett l'observa en silence, les yeux ouverts comme des soucoupes. Ses parents n'avaient pas exagéré : il était parfaitement éveillé à neuf heures et demie du soir. Mel fut obligée de rire.

— Dis donc, tu es un phénomène, toi.

— C'est Mel qui m'a accouchée, expliqua Shelby à Sunny. Elle s'investit énormément avec ses petits bouts de chou.

— Donnez-moi vos résolutions, dit Jack. Ensuite, je vous verserai un verre et vous pourrez vous servir au buffet.

— Quelles résolutions ? voulut savoir Luke.

Jack tapota le bocal à poisson rouge, rempli de morceaux de papier pliés sur le bar.

— Tout le monde participe. Quelque chose de général. Tu vois le genre : arrêter de fumer, perdre cinq kilos, faire du sport tous les jours. À minuit, on organisera une sorte de jeu amusant.

— Je n'aime pas les jeux, dit Luke.

Shelby se percha sur un tabouret.

— Je vais écrire à sa place, proposa-t-elle. J'ai quelques idées.

— Vas-y mollo, chérie, la modéra Luke. Tu n'aimes pas que je sois trop parfait. C'est parce que je suis un peu brut de décoffrage que je t'ai tapé dans l'œil, souviens-toi.

Shelby lui sourit par-dessus son épaule. Assis à côté d'elle, Nate se pencha vers elle et fit mine de lire ce qu'elle écrivait.

— « Plus de soirées entre potes, et terminé d'inviter des filles à danser » ? Shelby, est-ce que ce n'est pas un peu trop strict pour notre ami Luke ?

Celui-ci se contenta de rire. Shelby aussi.

Sunny n'en perdait pas une miette. Elle avait toujours apprécié la compagnie de ces couples amoureux et complices, dont l'entente faisait plaisir à voir. Elle avait photographié beaucoup de mariages. Tous les couples n'étaient pas aussi agréables et conciliants. Nombreux étaient ceux auxquels elle ne donnait pas un an.

— Shelby est infirmière à plein temps, lui murmura Drew à l'oreille. Luke et elle louent des chalets au bord de la rivière. Pendant qu'elle étudie, il gère non seulement leur petite entreprise, mais s'occupe aussi de Brett et de la maison. Je crois que les sorties en boîte appartiennent au passé, pour Luke.

Sunny sortit son appareil et se remit à prendre des photos, tout en suivant les conversations. Grâce à son objectif, elle découvrait des détails plus difficiles à discerner à l'œil nu. Pour elle, en tout cas.

Elle apprit que Vanessa et Paul Haggerty étaient plus conventionnels. Elle restait à la maison avec les enfants, pendant que Paul, entrepreneur en bâtiment, se chargeait de la plupart des chantiers de construction dans les environs de Virgin River, en neuf ou en rénovation. C'était lui qui avait modernisé le vieux chalet où Drew passait quelques jours. Abby Michaels, l'épouse du médecin local, élevait ses jumeaux en bas âge et suivait la construction de leur maison, tandis que Cameron consultait à son cabinet ou était de garde vingt-quatre heures sur vingt-quatre, sept jours sur sept. La situation était un peu différente pour Mel et Jack Sheridan. La sage-femme était, elle aussi, joignable en permanence, et le bar de Jack restait ouvert environ seize heures par jour : ils n'avaient d'autre choix que se tenir les coudes. Ils ne cessaient de jongler avec les enfants et les tâches à la maison – Jack cuisinait et Mel s'occupait du ménage. Si les taquineries à son sujet étaient fondées, celle-ci était apparemment si nulle aux fourneaux qu'elle ne savait pas faire cuire un œuf. Vic et Paige, quant à eux, travaillaient ensemble pour élever leurs enfants, tenir la cuisine du bar et la comptabilité. Brie et Mike Valenzuela avaient un enfant et deux emplois à temps plein – elle était avocate, et lui policier municipal. Et Sunny savait déjà que son oncle Nate et Annie étaient associés dans la gestion de la clinique vétérinaire et des écuries Jensen. Leur mariage était prévu pour mai.

Il y avait là tout un éventail de façons de gérer les réalités du travail, de la famille, des relations. Elle se demanda si un couple présent se séparerait, parce que l'un des deux membres ne serait pas disponible pour faire la fête le samedi soir. Elle savait déjà que pour ces gens, ce n'était pas un problème.

Tout en observant et en tendant l'oreille, elle prenait des photos. Elle demanda à Mel de tenir le petit Riordan à bout de bras, au-dessus de son visage, et de le rapprocher lentement pour l'embrasser sur le bout du nez. Elle captura un beau cliché de Jack, les bras calés sur le comptoir, couvant d'un regard amoureux avec un demi-sourire la femme qui avait aidé à mettre au monde cet enfant. La fierté se lisait dans ses yeux. Vic fut immortalisé enlaçant sa petite femme menue dans ses bras musculeux, sa bouche posée sur ses cheveux. Paul Haggerty avait glissé une pièce de vingt-cinq cents dans le juke-box et dansait avec sa femme devant le comptoir. Cameron Michaels trinquait avec Abby. Il ne put résister à la tentation d'enfouir son visage dans le creux de son cou. Sunny captura l'instant – et bien d'autres, en réalité. Il y avait beaucoup de tendresse dans ce bar, mêlée à une bonne dose de joie et d'humour. Elle avait l'impression d'être le vilain petit canard de la soirée, elle qui, pourtant, n'avait jamais été du genre à se laisser démoraliser.

Quand Sunny se concentrait sur son objectif, pas grand-chose ne lui échappait. Peut-être aurait-elle dû davantage observer Glen par la lentille de son appareil, car à l'évidence, elle avait raté des tas de signaux à son sujet. Ou était-ce simplement du déni ?

Elle se demandait si c'était l'ambiance festive du réveillon de fin d'année qui la touchait ainsi. La perspective de faire table rase et recommencer à zéro. C'était l'idée qui, à l'origine, sous-tendait le choix de la date son mariage – la promesse d'un nouveau départ.

À cet instant, elle aperçut Drew à l'écart de l'assemblée, adossé contre le mur près de la cheminée. Il l'observait, un sourire indolent aux lèvres, une cheville croisée sur l'autre. Une main dans la poche avant de son jean, il tenait de l'autre sa bouteille de bière, qui devait être tiède depuis le temps qu'il la faisait durer. Elle le visa et déclencha son appareil, ce qui le fit rire. Il fit mine de poser pour elle, sortant la main de sa poche et bandant son biceps. Bien sûr, il était difficile de distinguer avec précision sa morphologie, sous son ample chemise en flanelle écossaise. Il cala un pied sur une chaise et lui présenta son profil, portant sa bouteille à la bouche. Elle appréciait qu'il joue ainsi au modèle improvisé. Il enchaîna les mimiques – sourire, mines faussement bougonnes, grimaces. Elle le mitrailla en riant. Puis il lui fit signe de s'approcher d'un index replié, et elle continua de prendre des photos en avançant. Lorsqu'elle l'eut rejoint, il lui prit délicatement son appareil des mains.

— Partons d'ici, murmura-t-il. Trouvons un endroit où nous pourrons bavarder.

— Nous ne pouvons pas le faire ici ?

Il fit non de la tête.

— Écoute. Et observe aussi.

Sunny tendit l'oreille et n'entendit que le juke-box. Il la fit pivoter vers la salle. Tous les regards étaient braqués sur eux. Curieux, presque impatients. Elle se retourna en hâte vers Drew.

— Tout le monde est au courant, lui souffla-t-elle. Nous sommes les deux seuls célibataires, ici. Célibataires et malheureux.

— Célibataires, d'accord, mais en ce qui me concerne, je ne suis pas malheureux. Je sais que, pour ta part, c'est ce que tu essaies de me faire croire, mais tu n'y parviens pas vraiment. Alors ? dit-il avec un regard interrogateur. Tu es prête à faire preuve de témérité et à courir le risque de profiter du reste de la soirée ailleurs ?

— Ici, ce n'est pas possible, tu es sûr ?

— Avec tous ces gens qui épient nos moindres faits et gestes ? objecta-t-il avec un geste du menton en direction de la salle.

Lorsque Sunny se retourna, elle vit tout le monde qui s'empressait de détourner les yeux, ce qui la fit pouffer. Elle tenta d'étouffer son hilarité derrière sa main.

— Ne cache pas ta bouche, l'arrêta Drew, qui lui prit la main. Tu as un sourire magnifique, et j'adore t'écouter rire.

— On irait où ?

— Eh bien, il n'est que dix heures. Je pourrais t'emmener à Eureka ou Fortuna – il y a forcément de l'animation par là-bas – mais je préférerais un endroit où il n'y a pas de fête. Je pourrais te montrer le chalet dont Erin a fait un palais, même si je n'ai pas de photos d'avant. Ou nous pourrions faire une balade en voiture, nous garer dans les bois comme les ados qui y vont pour se peloter.

Il ponctua sa proposition d'un sourire espiègle, non dénué d'une petite pointe d'espoir.

— Drôlement présomptueux de ta part, accusa-t-elle.

— On me l'a déjà reproché. C'est mieux que de manquer de confiance en soi, tout au moins dans ces circonstances.

— Je dois prévenir mon oncle, dit-elle.

Il lui caressa la joue avec le dos d'un doigt.

— Pour lui demander la permission ?

Elle leva les yeux au ciel.

— Par politesse. Je suis son invitée. Prends nos vestes.

La distance qui la séparait du comptoir où se trouvait Nathaniel était très courte ; elle lui suffit pour réaliser que Drew n'était pas présomptueux. Glen, si. C'était un orgueilleux qui s'arrangeait toujours pour prendre une pose avantageuse, mettant en valeur sa taille, son profil volontaire, ses épaules musclées. Drew, lui, faisait le clown, toujours prêt à rire. Il semblait facile à vivre, du genre à prendre la vie du bon côté. Mais elle ne le connaissait que depuis deux heures. Qui savait quels secrets il pouvait cacher ?

« Et puis, zut, se dit Sunny. Je peux quand même me laisser approcher par un garçon sans trop prendre de risques. De toute façon, je ne le reverrai plus jamais. Qui sait ? Je réussirai peut-être à guérir, après tout. »

— Nate, je vais avec Drew voir si on trouve un endroit où s'amuser, à Eureka ou Fortuna. Si ça te va.

— Eh bien, répondit celui-ci, je ne sais pas si c'est... aïe !

Annie venait de lui flanquer un coup de coude dans le bras.

— Génial, Sunny. Tu rentreras ici, ou Drew te raccompagnera ?

Sunny haussa les épaules.

— Je n'en sais rien. Ça dépend de l'endroit où on sera. Écoute, si les portables fonctionnent, j'appellerai, mais...

— Si tu appelles à la maison, ton portable marchera de Fortuna ou d'Eureka. Tu peux aussi nous joindre sur le fixe de Jack. Nous serons ici jusqu'à minuit, dit Nate qui glissa un bref regard courroucé à Annie. Jack, peux-tu lui donner ton numéro ?

— Ça marche, répondit celui-ci, qui le nota sur une serviette en papier. Je connais Drew et sa famille depuis deux ans. Tu es entre de bonnes mains, Sunny.

— Il a un quatre-quatre, au moins ? s'enquit Nathaniel.

Sunny lui décocha un sourire narquois.

— Tu seras un papa super marrant, toi !

Elle rejoignit Drew, qui l'aida à enfiler sa veste.

— Où tu lui as dit qu'on allait ? demanda-t-il.

— À Fortuna ou Eureka, mais j'ai plutôt envie de voir le fameux chalet.

Il prit sa parka.

— J'espère ne pas avoir laissé trop de bazar.

— Tu es du genre bordélique ? voulut-elle savoir.

— Pas vraiment. Ça dépend d'où j'avais la tête avant de partir, répondit-il.

Il referma une main sur son coude et la dirigea vers la sortie. Sur le seuil, il porta deux doigts à son front et adressa un salut un peu moqueur aux curieux qui n'en perdaient pas une miette.

Sunny essayait de se rappeler les premières paroles de Drew. Quelque chose de simple, lui semblait-il. Du genre : « Salut, je m'appelle Drew. » Rien à voir avec l'entrée en matière macho de Glen. Il avait planté un index possessif sur son sternum et lui avait déclaré avec un clin d'œil et une assurance à toute épreuve : « Toi et moi, c'est de la bombe, bébé. »

5

— Je ne suis pas sûr que ça ait été la meilleure chose à faire, dit Nate Jensen, juste après le départ de Sunny en compagnie de Drew. Je suis censé veiller sur ma nièce et je la laisse partir avec un type que je ne connais ni d'Eve ni d'Adam.

— Elle *riait* ! fit remarquer Annie. Pour la première fois depuis si longtemps, elle s'amuse ! Elle n'a pas besoin de ta permission, Nate. C'est par politesse qu'elle t'a dit où elle allait. Juste pour que tu ne t'inquiètes pas.

— Tu as bien fait, le rassura Jack. Drew est un type bien. Un futur médecin, en fait. En ce moment, il fait son internat.

— D'accord, mais est-il du genre à profiter d'une fille qui a le cœur brisé ? s'inquiéta Nate. Parce que ma sœur...

— Je ne connais rien de sa vie amoureuse, le coupa Jack. Il m'a juste dit qu'il avait vécu une rupture. Ça les rapprochera peut-être, tous les deux. Ce que je sais, c'est qu'à chacune de nos conversations, il m'a fait bonne impression. Son beau-frère était un marine, revenu d'Afghanistan lourdement handicapé. Il a passé plusieurs années dans une maison de soins avant son décès, et Erin m'a raconté que Drew avait toujours contribué à s'occuper de lui, comme le reste de la famille. D'après elle, ce drame a eu un impact majeur sur le choix de sa carrière professionnelle. Et si ça peut te rassurer, il a un quatre-quatre, conclut Jack.

— C'est vrai qu'elle souriait, admit Nathaniel. Il fallait voir ça, l'année dernière. L'église était bondée ; tout le monde attendait le début de la cérémonie. Soudain, le bruit a couru que le futur marié manquait à l'appel. Comme toujours, la nouvelle s'était répandue parmi les invités comme une traînée de poudre, peut-être même avant que Sunny elle-même en ait été informée. C'était horrible. Comment un truc pareil peut-il arriver ? Comment se peut-il qu'elle n'ait eu aucun soupçon ?

Jack passa un coup de lavette un peu rageur sur le comptoir.

— Je parie que cette question la taraude tous les jours depuis un an.

— Parle-moi de ton métier de photographe, dit Drew lorsqu'ils eurent pris la route.

— Ne prends pas cette peine, répondit Sunny. Je vois bien que tu es un gentleman et que c'est par pure politesse, mais rien ne t'oblige à faire semblant de t'intéresser à la photographie. En général, ça barbe la plupart des gens.

Il rit.

— Quand j'étais gamin, il m'arrivait de prendre des photos, expliqua-t-il. Des photos affreuses, développées au drugstore, mais qui ont suffi à m'ouvrir la porte de l'équipe chargée de l'annuaire au lycée. Mon unique motivation était la présence de Bitsy Massey. Bitsy était une fille super mignonne, pom-pom girl comme il se doit, qui faisait partie du comité de l'annuaire – très probablement pour s'assurer de figurer sur un maximum de clichés. J'ai été amoureux d'elle environ six mois, et elle n'a jamais eu conscience de mon existence. Le seul bon côté de cette histoire ? En réalité, j'aimais prendre des photos. Aujourd'hui, j'en prends beaucoup avec mon portable, je l'admets. Je n'ai aucune aspiration à devenir professionnel, mais ce n'était pas juste par politesse que je te posais la question.

Il voulut sortir son téléphone de sa poche.

— Si ça t'intéresse, il se trouve que j'ai ici quelques beaux clichés en tous genres : fractures multiples, chevilles cassées, épaules luxées, mâchoires broyées...

Sunny agita les mains comme un moulin à vent pour l'en dissuader.

— Beurk ! Pourquoi collectionnes-tu des horreurs pareilles ?

— Je les prends aux urgences, pour mes rapports concernant les interventions et traitements appliqués, que les internes seniors prennent un malin plaisir à descendre en flèche. Alors, Sunny, quel a été l'élément déclencheur de ta passion de la photo ? Un fringant quarterback de l'équipe de foot qui se faisait appeler Rocky et aimait poser pour toi ?

— Rien de la sorte, le détrompa-t-elle avec une indignation amusée. À dix ans, j'ai reçu un appareil photo en cadeau à Noël et j'ai commencé à m'en servir. Il suffit de quelques bons clichés pour se rendre compte qu'on possède certaines facilités. J'ai compris tôt ce qu'on m'a enseigné plus tard en cours – pour en obtenir quatre ou quarante bonnes, il faut en prendre quatre cents.

Bien sûr, avec certains sujets, c'est perdu d'avance : les couleurs, les angles, les ombres… rien ne colle. Alors que d'autres happent littéralement l'objectif tant ils sont photogéniques.

Elle s'interrompit et lui glissa un regard en coin.

— Tu t'ennuies ?

— Pas encore, assura-t-il avec un large sourire.

— C'était mon activité favorite, continua-t-elle. Mes parents n'arrêtaient pas de me répéter que ce n'était pas un vrai métier, et que je ferais mieux d'avoir un plan de repli, alors j'ai commencé des études de commerce. Mais mes amis me demandaient sans cesse des photos. Assez vite, j'ai trouvé le cran de leur demander de payer au moins mes frais – l'essence jusqu'au lieu des prises de vue, la pellicule, le développement, le montage, ce genre de choses. Quand j'étais au collège, mon père et moi avions aménagé une chambre noire au sous-sol, mais juste après, nous sommes passés au numérique : nous avons acheté un ordinateur haut de gamme, avec un grand écran et un logiciel perfectionné. J'ai créé un site web, en puisant dans mon stock pour la publicité, et établi une grille de tarifs attractifs pour les clients au budget serré – mais j'ai misé sur la qualité, et mon travail a porté ses fruits. Très vite, ma chambre noire est devenue mon lieu de travail. J'étais capable de fournir des tirages dans toutes les finitions – brillante, mate, texturée, tout ce que les clients désiraient. Et je livrais les commandes rapidement. Le bouche-à-oreille a fait son œuvre, si bien qu'en terminale, tous mes week-ends étaient pris pour des réunions de famille, fêtes d'anniversaires, baptêmes, mariages, fiançailles et j'en passe. La seule chose qui me manquait, quand j'ai laissé tomber les études pour me lancer à temps plein dans la profession, c'était un studio. Comme je faisais toutes mes séances photo sur site, tout ce qu'il me fallait dans ce studio, c'était un bureau, un ordinateur, un grand écran, un lecteur de DVD et quelques meubles un peu design, plus un grand choix d'albums, de cadres, DVD et autres supports. L'argent rentrait bien. L'affaire était lancée avant même d'avoir commencé. J'ai eu de la chance.

— C'était quand même aussi une question d'intelligence, je parie.

Elle laissa échapper un rire un peu gêné.

— Si on veut. À mes débuts, mon père avait l'œil en permanence sur ma petite entreprise. Il ne recherchait pas le succès pour moi à tout prix ; il m'aidait juste à me débrouiller, me montrait les chausse-trappes dans lesquelles je ne devais pas tomber. Quand cette activité est devenue ma source de revenus, je crois qu'il était partagé sur le fait que j'abandonne l'université. Quant à ma mère, elle était morte de frousse ! Elle est un peu vieux jeu – « Trouve-toi un vrai travail ! Ne mise pas sur ton ingéniosité ou, pire, ton talent ! »

— Et ton copain ? Qu'est-ce qu'il faisait ?

— Agent dans la patrouille routière. Il aime l'adrénaline.

— Il appréciait tes photos ?

— Quand il était dessus, oui, répondit-elle sans réfléchir. Il aimait briller devant l'objectif. Moi, je préfère être derrière.

— Ah. Il faisait partie de tes sujets photogéniques.

— Oh oui, admit-elle. Il pourrait être mannequin. Il l'est peut-être devenu, d'ailleurs. Qu'est-ce que j'en sais ?

— Vous n'êtes pas restés en contact ?

— Pas du tout, répondit-elle avec un rire amer.

— Pas même par amis interposés ?

— Certainement pas. Et toi ? répliqua-t-elle, tournant la tête vers lui. Tu es resté en contact avec ton ex ?

Il haussa les épaules sans quitter la route des yeux.

— Elle va épouser l'interne dont je te parlais, un collègue de l'hôpital où je travaille. Nous ne sommes pas dans le même service – lui est en chirurgie générale – mais elle passe parfois le voir. Quand on se croise, elle est polie, je suis poli. Je déteste cette situation, soupira-t-il. Je ne sais pas ce qu'elle ressent au fond, mais moi, ce n'est pas de la politesse.

— Donc, tu es en colère, conclut Sunny, une pointe de surprise dans la voix.

— Oh oui, sacrément. C'est juste que, parfois, la frontière est floue, et je ne sais plus trop contre qui je suis le plus en colère – elle ou moi. Avec moi, elle savait dans quoi elle s'engageait : les internes n'ont pas beaucoup de temps libre en dehors du travail, ni d'énergie, ni d'argent. Pourquoi n'avons-nous pas réussi à gérer la situation sans tout ce mélodrame ? D'un autre côté, je culpabilise aussi – j'attendais beaucoup trop d'elle. Tu vois ? Ce ne sont pas les reproches qui manquent de part et d'autre.

Ils gardèrent le silence un moment. La route était sinueuse, bordée de chaque côté d'arbres imposants aux branches chargées de neige. Une nuée de petits flocons voletaient légèrement devant le pare-brise. Plus ils montaient en altitude, plus il y avait de neige au sol. La route comportait plusieurs virages en épingle et quelques à-pics qui, dans la nuit, semblaient sans fond. Drew conduisait donc avec une grande prudence, ne s'autorisant que de rares et brefs coups d'œil vers Sunny.

— C'est très joli, par ici, commenta-t-elle paisiblement.

— Je peux te poser une question personnelle ?

Elle retint son souffle.

— Je ne sais pas...

— Voilà ce que je te propose. Si tu te sens un tant soit peu mal à l'aise, ne réponds pas, d'accord ? suggéra-t-il.

— Mon silence ne risque-t-il pas d'être déjà suffisamment éloquent ? fit valoir Sunny.

— Pour toi, est-ce que ç'a été le coup de foudre ? Tu l'as vu et, bam, tu es tombée raide dingue de lui ?

Non !

— Euh... oui, répondit-elle, coulant un regard vers lui, un peu sur la défensive. Et toi ?

Drew secoua la tête.

— Non. Mais certaines choses chez elle m'ont plu d'emblée. Des trucs qu'un garçon apprécie. Par exemple, avec elle, pas de jeux de devinettes. Elle était très directe, sans se montrer vacharde pour autant. Non, Penny a été toujours franche et carrée – tout au moins jusqu'à ce que nous entrions dans la phase pré-rupture. Au restaurant, elle commandait toujours ce qui lui faisait plaisir, sans se soucier d'autres considérations qui préoccupent souvent les filles. Si je lui demandais ce qu'elle avait envie de faire, elle donnait une idée précise et ne disait jamais « comme tu veux » ou « ça m'est égal », alors que ça ne lui était pas égal. Nous nous entendions bien et avancions, semblait-il, dans la même direction. Je voulais devenir chirurgien, et avec son métier d'infirmière, elle appréciait l'idée d'être mariée à un médecin, même si elle savait que ce n'est jamais une position facile. Quand je lui ai demandé si elle voulait s'installer avec moi, avant le début de mon internat, elle a agité l'annulaire gauche. « Pas avant de voir une bague à ce doigt », a-t-elle répondu.

Il haussa les épaules.

— Le mariage me paraissait l'aboutissement logique de notre relation. J'ai été vraiment surpris que ça ne marche pas entre nous. Je serais bien incapable de dire précisément quand la situation a tourné au vinaigre. C'est le seul truc qui me fait peur.

Sunny observa son profil. À cet instant, elle décida que s'il lui arrivait de se casser quelque chose, c'était par lui qu'elle aimerait être soignée.

— À l'époque où tu lui as offert la bague de fiançailles, tu étais quand même follement amoureux d'elle, non ?

— Sans doute. Oui, je crois. En fait, j'étais persuadé que Penny était la femme idéale pour moi. Le choix logique. Je n'avais pas avec elle les problèmes dont se plaignaient certains de mes amis, avec leurs femmes ou petites amies. Ils m'enviaient, d'ailleurs, pour cette raison.

La voix de Glen résonna dans la tête de Sunny. *Je croyais que tu étais ce qui pouvait m'arriver de mieux, la femme avec qui j'avais envie de faire ma vie...*

— Oui, j'imaginais avoir trouvé la femme parfaite. Jusqu'à ce que les disputes commencent. Tout allait si bien entre nous, je n'ai pas compris. Je pensais juste que ses amis lui manquaient, qu'elle trouvait que je travaillais trop tard, ce genre de chose. Je ne suis pas encore sûr... Il y avait peut-être quelqu'un d'autre dans sa vie, et elle se sentait tiraillée, incapable de faire un choix. Mais franchement, de mon côté, j'étais persuadé que tout allait bien entre nous.

— C'est quoi le problème avec vous, les garçons ? s'emporta soudain Sunny. Vous jetez votre dévolu au petit bonheur sur une fille qui vous semble faire l'affaire comme future épouse, et vous espérez qu'au moment de lui passer la bague au doigt, vous serez prêts à convoler ?

Drew fronça les sourcils et lui lança un regard perplexe, avant de reporter son attention sur la route. À cet instant, un animal apparut dans le faisceau de ses phares, et il le percuta. Il comprit que c'était un cerf en voyant les bois. Et aussi les grands yeux bruns qui le regardaient fixement. Il avait jailli de nulle part devant le SUV, celui de sa sœur qu'il avait emprunté pour monter au chalet. Malgré la vitesse limitée, la collision avait été brutale : sous la violence du choc, le cerf avait fait un vol plané pour atterrir sur le capot, heurtant le pare-brise de sa ramure avec tant de force qu'il s'était étoilé.

Drew s'efforça de garder le contrôle du véhicule, même s'il ne voyait plus désormais que par la vitre de sa portière. S'il quittait la chaussée, les conséquences pouvaient être désastreuses avec tous les à-pics qui la bordaient jusqu'au chalet. Il finit par réussir à arrêter la voiture sur l'accotement intérieur, le côté passager calé en sécurité contre un gros tronc.

Sunny poussa un hurlement strident lorsqu'elle se retrouva face à face avec l'animal imposant, aux yeux grand ouverts, gisant immobile sur le capot.

— On a renversé un cerf ! s'écria-t-elle, terrifiée.

Drew pivota vers elle.

— Ça va ? Tu n'as rien ? Le cou, la tête, le dos ?

Elle détacha sa ceinture et s'en dépêtra tant bien que mal.

— Oh, mon Dieu ! Quelle horreur ! Il est mort ! Regarde ! Le cerf est mort, hein ?

Il la retint.

— Tiens-toi tranquille une seconde et dis-moi si tu as mal quelque part.

Les yeux écarquillés, elle fit non de la tête.

Il passa une main fébrile sur chacune de ses jambes, tâta ses genoux.

— As-tu heurté le tableau de bord ? À un endroit ou un autre ?

Nouveau signe de dénégation.

— Tu dois aider ce pauvre cerf ! s'exclama Sunny, paniquée.

— Je ne sais pas s'il y a encore grand-chose à faire. Je me demande pourquoi les airbags n'ont pas fonctionné. Le SUV a dû le faucher au niveau de la calandre, et comme la voiture a continué d'avancer, les airbags ne se sont pas déclenchés.

— Va voir comment il va, Drew. S'il te plaît !

— J'y vais, mais tu ne bouges pas pour l'instant, d'accord ?

— Ça ne risque pas, rassure-toi. Le sang et moi, ça fait deux.

— Tu t'évanouis à la vue du sang ?

Elle hocha la tête, avec une grimace de dégoût.

— Juste après avoir vomi.

Il leva les yeux au ciel. Il ne manquait plus que ça.

— Ne sors pas de la voiture !

— Ne t'inquiète pas. Il n'est pas question que je bouge.

Avant de s'intéresser de plus près à la voiture, Drew s'enquit de l'état du cerf. Le malheureux était mort, blessé aux pattes et à la tête. Le sang s'écoulait des fractures sur la neige blanche. Quant au SUV, il y avait quelques dégâts mineurs au niveau du capot et de la calandre. Sans le pare-brise étoilé, il aurait sans doute pu le conduire, mais avec le verre feuilleté dans cet état, c'était impossible. De toute façon, il aurait d'abord fallu trouver le moyen d'enlever l'imposant animal du capot.

Drew sortit son portable et se mit à prendre des photos, mais dans le noir, il doutait fort de la qualité des clichés qu'il obtiendrait.

Il se pencha dans l'habitacle.

— Je peux t'emprunter ton appareil photo ? Il a un flash puissant, n'est-ce pas ?

— Pourquoi en as-tu besoin ?

— Je veux prendre des photos pour l'assurance.

— Tu veux que je m'en occupe ?

— Je ne sais pas si tu auras le temps, avant de vomir et de t'évanouir.

Du sang. Il insinuait qu'il y en avait.

— D'accord, mais laisse-moi d'abord te montrer comment il fonctionne.

Elle récupéra son sac, posé sur la banquette arrière, sortit l'appareil photo et donna à Drew une rapide leçon. Puis elle se figea sur son siège, les yeux baissés, s'efforçant de ne pas regarder le cerf mort qui la fixait, bien visible chaque fois que l'éclat du flash illuminait le capot dans sa vision périphérique.

La curiosité finit par l'emporter. Elle releva la tête, entrouvrit un œil, et la scène qu'elle surprit à travers le pare-brise lui fit presque monter les larmes aux yeux : l'appareil photo suspendu par sa lanière à la main gauche,

Drew posa un regard triste sur le malheureux animal et, de l'autre main, lui tapota le flanc avec douceur.

Puis il revint vers la portière et tendit l'appareil à Sunny.

— Je rêve ou tu viens de donner une caresse à ce cerf mort ? demanda-t-elle d'une petite voix.

Il hocha vaguement la tête.

— Je me sens mal de ne pas l'avoir vu à temps. Le pauvre. J'espère qu'il n'a pas de famille qui l'attend, quelque part dans la forêt.

— Oh, Drew, quel cœur tendre tu es...

Il se ressaisit.

— Nous allons finir la route à pied, dit-il avec un regain d'énergie. Par chance, il n'y a plus que deux kilomètres.

— Ne devrions-nous pas plutôt rester dans la voiture ? J'ai toujours entendu dire que c'était ce qu'il fallait faire. Et si quelqu'un vient à notre recherche...

— Il fera trop froid. Je ne peux pas laisser le moteur tourner toute la nuit. Et si des gens commencent à s'inquiéter de notre absence prolongée, ils chercheront à Fortuna ou Eureka. Ou tout au moins sur les itinéraires jusqu'à ces villes, puisque tu leur as dit que nous allions là-bas. Pourquoi as-tu dit un truc pareil, d'ailleurs ? s'étonna-t-il avec un haussement de sourcils.

Sunny fit une moue un peu embarrassée.

— Je ne voulais pas que Nate pense que nous cherchions un endroit où être tranquilles à deux. Pas futé. Pas futé du tout.

— Il nous faut un téléphone, une dépanneuse et un endroit chaud où attendre, alors voilà ce qu'on va faire. Donne-moi ta sacoche.

Elle ferma le zip, et Drew passa la bandoulière par-dessus la tête.

— Il y a une grosse lampe torche dans la boîte à gants. Prends-la. Je vais en avoir besoin pour éclairer le chemin, quand nous n'aurons plus les phares. Sors par le côté conducteur et, une fois dehors, évite de regarder le cerf, parce qu'avec la veine que j'ai ce soir, si tu vomis, ce sera sur moi.

Elle plissa le nez.

— Je le sens. Beurk !

— Ferme les yeux *et* bouche-toi le nez. Finissons-en, d'accord ?

Elle passa tant bien que mal par-dessus le levier de vitesse, s'assit au bord du siège conducteur et se laissa glisser. Les talons hauts de ses bottines se fichèrent jusqu'à la semelle dans la neige gelée.

— Mince, râla-t-elle.

— Pitié, pas ça, soupira-t-il. Et si je casse les talons, tu pourras quand même marcher avec ?

Elle en resta soufflée.

— Des bottines Stuart Weitzman à six cents dollars ? Tu rigoles !

Il la regarda longuement droit dans les yeux.

— Ça rapporte drôlement, la photographie, on dirait.

— Il fallait bien que je me console après ce que j'ai subi dans cette église. Y renoncer maintenant, ce serait comme une nouvelle... Oh, et puis, après tout, ce n'est pas grave...

— Non, c'est une idée idiote, se ravisa-t-il. Excuse-moi.

Il le souleva et la déposa sur le siège conducteur, jambes pendantes. Puis il positionna la bandoulière autour de son cou, afin que la lourde sacoche pende devant. Ensuite, il se retourna et se plia légèrement en avant, les mains calées sur les genoux.

— Grimpe sur mon dos, dit-il. Il faut qu'on y aille.

— Je suis trop lourde.

— Bien sûr que non.

— Si. Tu ne sais pas combien je pèse.

— Ça va, je te dis. Allez, grimpe.

— Je vais marcher en chaussettes. Il n'y a que deux kilomètres.

— Comme ça, tu attraperas des engelures et tu pourras toujours essayer d'enfiler tes prothèses dans tes Stuart Weitzman. Plus vite on partira d'ici, plus vite on aura chaud et on pourra appeler de l'aide, ajouta-t-il pardessus son épaule.

Sunny n'eut pas à peser longtemps le pour et le contre. Elle commençait déjà à avoir froid et elle tenait à ses pieds – pas question de les sacrifier aux engelures. Elle s'agrippa au dos de Drew en ronchonnant.

— Je voulais juste partir de chez Jack pour qu'on puisse bavarder tranquillement, sans tous ces regards braqués sur nous. Je n'ai pas vraiment parlé à un seul homme depuis un an.

— Ferme les yeux, lui rappela-t-il. Comment ça, tu n'as pas *vraiment* parlé à un homme ?

— Évidemment, j'en croise un de temps à autre, dans ma vie quotidienne. Livreurs, garagistes, réparateurs du câble, frères ou cousins des mariés que je photographie... Mais après le sale coup de Glen, je me suis juré de ne plus sortir avec des célibataires, ni même de chercher à faire de nouvelles connaissances. C'est juste que je n'ai pas la moindre envie de revivre un jour la même histoire, tu comprends ?

— Je comprends, répondit-il, un peu essoufflé.

Il interrompit son ascension un peu raide, à flanc de colline, pour reprendre sa respiration.

— Tu as de la chance avec moi, reprit-il. Il n'y a pas meilleure façon de découvrir la nature véritable de quelqu'un que dans une situation où tout part en vrille. Une voiture amochée, un cerf mort, des talons hauts dans la neige – on y est en plein.

Il la remonta un peu sur son dos et raffermit sa prise avant de reprendre sa marche.

— J'aimerais te poser une question personnelle, si tu n'y vois pas d'inconvénient.

Drew s'arrêta et la fit glisser de son dos. Il se tourna vers elle avec un sourire.

— Sunny, je ne peux pas te porter et parler en même temps – ton matériel de pro fait son poids. Raconte-moi plutôt des trucs, toi. Ce que tu veux – des histoires à propos d'une fille qui fait du shopping et achète des bottines à six cents dollars, des histoires de photographe ou des histoires qui font peur, à toi de voir. Et quand nous serons arrivés au chalet, tu pourras me poser toutes les questions que tu souhaites.

— Je suis trop lourde, répéta-t-elle pour la énième fois.

— Mais non, tout va bien. C'est juste que ce n'est pas évident de faire la conversation dans ces conditions. Si c'est toi qui parles, ça nous fera une distraction. Je t'écouterai en marchant.

Il lui présenta à nouveau son dos, afin qu'elle y remonte.

Sunny décida de lui parler de sa famille. De sa mère, et aussi ses deux tantes et son oncle Nate, qui avaient grandi dans ces montagnes. Plus tard, quand son grand-père avait pris sa retraite et cédé la clinique vétérinaire à Nate, la famille avait pris l'habitude d'y venir en visite. Ses grands-parents vivaient désormais dans l'Arizona, tout comme Patricia et ses deux fils. Sa tante Chris, elle, était installée dans le Nevada, avec deux fils et une fille. Elle-même, fille unique, vivait en Californie du Sud.

— Je suis plus lourde quand je parle ? s'inquiéta-t-elle.

— Non, la rassura-t-il en faisant une courte pause. Tu raccourcis le trajet.

Alors, elle continua. Elle lui raconta les retrouvailles familiales aux écuries Jensen, toutes ces sorties à cheval qui avaient rythmé son enfance, comme sa mère et ses tantes. Mais, à la différence de sa seule cousine et meilleure amie depuis toujours, Mary, qui avait choisi la compétition, Sunny, elle, s'était prise de passion pour la photographie. Elle évoqua les bons moments et les farces que ses cousins et elle avaient faites.

Elle lui parla ensuite de Nate et Annie, qui s'étaient rencontrés grâce à une portée de chiots abandonnés et se marieraient au printemps.

— Je serai demoiselle d'honneur, précisa-t-elle. Ce sera la troisième fois. J'ai des tas d'amies qui se marient. Jamais de ma vie je n'ai connu une seule fille qui se soit fait plaquer le jour de ses noces. Je n'arrête pas de me demander ce que j'ai fait de travers. Glen faisait du sport comme un malade et il voulait que j'en fasse autant. Mais tu n'imagines pas l'exercice physique que ça implique de trimballer une sacoche de dix kilos, de cavaler pendant des heures, de s'accroupir et se relever avec cet appareil super lourd dans les mains. À la fin de la journée, j'avais plus que ma dose de sport ; je ne me voyais pas, en prime, soulever de la fonte en salle. Il me disait aussi que j'aurais dû songer à des implants. Je déteste toute opération chirurgicale, quelle qu'elle soit. Bien sûr, j'ai toujours voulu avoir de plus gros seins, mais pas à ce point-là. Et oui, je sais : je suis petite, j'ai un derrière trop gros et un nez trop pointu... Il avait l'habitude de dire que les hanches larges, c'est bien pour le sexe, et rien d'autre. Sympa comme compliment, dit-elle d'un ton facétieux. J'essayais de me consoler en me convainquant qu'il ne me trouvait peut-être pas trop mal au lit. Enfin, bref. Ah oui, et j'ai aussi une tendance autoritaire, paraît-il. Je me plais à me croire efficace et capable, mais Glen me qualifiait de tyrannique et détestait l'idée de se faire mener à la baguette par une femme. Voilà, tu as la recette pour te faire plaquer le jour de ton mariage.

Sunny resta silencieuse un moment. Quand elle reprit la parole, sa voix était posée, empreinte d'une légère gravité. Drew ralentit le pas.

— Je tiens à ce que tu saches quelque chose. Quand tu m'as abordée pour la première fois, tout à l'heure, je me suis montrée arrogante et grossière. Je n'étais pas comme ça avant. C'est la pure vérité. J'étais plutôt d'un abord sympa. D'ailleurs, je considère que c'est en partie la clé de mon succès : être sympa, ponctuelle, toujours prête à bosser dur. Sérieusement, mon histoire avec Glen, je l'avoue... elle m'a changée. Je te présente mes excuses.

— Pas la peine de t'excuser, répondit-il, le souffle court. Je comprends.

Soudain, elle fut gênée de s'être autant livrée, d'avoir parlé de ses seins, de ses hanches et de sexe à un parfait inconnu. Fort heureusement, il eut la bonne idée de ne pas faire de commentaire.

Elle ne tarda pas à distinguer les contours d'une construction et quelques lumières dans la nuit, en retrait de la route.

Drew s'engagea dans une allée escarpée et, après avoir parcouru les dernières dizaines de mètres en ahanant, il déposa enfin son fardeau sur la terrasse qui longeait la façade d'un petit chalet.

Elle leva les yeux vers lui.

— C'est incroyable, que tu aies fait ça. À ta place, je me serais laissée en plan dans la voiture.

Il esquissa un petit sourire.

— Tu voulais voir le chalet. Ton vœu est exaucé. Nous allons appeler le bar, pour prévenir et rassurer tout le monde. Ensuite, j'allumerai un bon feu pour nous réchauffer. Puis ce sera à mon tour de te faire quelques confidences.

6

Drew commença par empiler plusieurs bûches dans le foyer de la cheminée, avec du petit bois et quelques très grosses pommes de pin dont il se servait pour l'allumage.

Sunny jeta un regard à la ronde. Drew n'avait pas exagéré : l'endroit était bel et bien un petit bijou. Elle aimait le somptueux canapé en cuir, le superbe tapis à motif géométrique, l'imposante cheminée en pierre, les volets teints, la spacieuse cuisine ouverte. Elle nota la présence de deux portes – sans doute des chambres, supposa-t-elle. Il n'y avait pas de désordre, à part les livres et feuilles empilés sur l'ottomane en velours prune, à côté d'un ordinateur portable, et sur le bout de table, près du long canapé au pied duquel se trouvait, en tas, un jeté qui avait tout l'air d'être en cachemire.

— Tu veux que j'appelle le bar ? demanda-t-elle.

Il lui jeta un regard par-dessus son épaule, avec un sourire.

— Rien ne presse. De toute façon, je ne trouverai pas de dépanneuse la nuit du réveillon – et je ne compterais pas trop non plus sur ça demain, le jour de l'An. Je vais sans doute être obligé de demander à mon beau-frère de venir me chercher dans son pick-up et de tracter le SUV d'Erin jusqu'à chez eux. Il n'est pas tard, personne ne s'inquiète encore.

Il enflamma les pommes de pin à l'aide d'une allumette et se redressa en s'essuyant les mains tandis que le feu prenait.

— Et puis, je déteste l'idée que tu sois sauvée trop tôt. Je crois que nous avons encore des choses à nous dire.

— Quoi donc ?

Il s'avança vers elle avec, au fond des yeux, une tendresse qui transparaissait aussi dans son sourire.

— Tu voulais me poser une question personnelle. Et j'ai quelques confidences à te faire.

Il avait posé les mains sur ses bras et se pencha pour lui effleurer le front d'un baiser.

— Tu n'es pas trop petite. Ta taille est juste comme il faut.

De l'index, il lui toucha le bout du nez, puis dut essuyer la trace de suie que son doigt y avait laissée.

— Je trouve ton nez parfait – un très joli nez. Et pour autant que je puisse en juger, tes seins sont très beaux, eux aussi. Tentants, pourrais-je ajouter, si tu acceptes qu'un quasi-inconnu te parle ainsi. Je n'ai jamais eu d'attirance particulière pour les seins volumineux. J'aime les corps féminins bien proportionnés. Plus encore, les corps féminins naturels – les implants assurent peut-être un maintien permanent, mais je ne trouve pas ça beau.

Il descendit les mains sous sa taille.

— Quant à ces hanches, continua-t-il, pressant légèrement, elles sont ravissantes, et je ne parle même pas de ta chute de reins tout bonnement ensorcelante. Mais le top du top, c'est ton rire. Je trouve que tu as le rire le plus merveilleux que j'aie entendu depuis longtemps, et ton sourire est contagieux – je parie que, grâce à lui, tu arrives à en soutirer de très convaincants à tes clients. En ce qui me concerne, quand tu me souris, j'ai l'impression d'être *quelqu'un*, voilà pourquoi. Et ton accueil un peu rugueux ? Je ne t'en tiens pas rigueur. Tu sais pourquoi ? Parce que, quand celui qui devait devenir ton mari te traite aussi mal qu'il l'a fait, il y a forcément des séquelles. C'est inconcevable qu'un type, même stupide, puisse se montrer aussi cruel. Je suis sincèrement désolé pour ce que tu as subi, Sunny. Et j'espère que tu réussiras à surmonter une épreuve aussi douloureuse.

Elle resta un instant stupéfaite. Personne ne lui avait jamais parlé ainsi – il faut dire que personne n'en avait vraiment eu l'occasion, étant donné la façon dont elle repoussait les gens. Mais lui était si gentil et adorable qu'elle en était subjuguée.

— Simple curiosité : qu'aurais-tu fait, toi ?

— Si je m'étais fait plaquer dans ma robe Vera Wang ? demanda-t-il avec de grands yeux sidérés.

Sunny fut obligée de rire.

— Non ! Si tu avais réalisé que tu n'avais pas vraiment envie d'épouser celle avec qui le mariage était prévu.

— Pour commencer, si je n'avais pas été sûr, les choses ne seraient jamais allées aussi loin. Les invitations n'auraient pas été envoyées. Un mariage, ce n'est pas juste une cérémonie romantique – cela implique beaucoup de choses, notamment une entente solide. On peut être différents, je pense, mais il faut quand même être à peu près sur la même longueur d'onde sur la plupart des sujets importants. Mes sœurs et leurs maris, par exemple. Jamais il ne me serait venu à l'idée de les associer l'une et l'autre avec ces hommes-là, tellement ils sont différents. Pourtant, ils forment deux couples parfaits, grâce au respect mutuel qu'ils éprouvent et leur aptitude à la négociation. Ils parviennent toujours à établir un équilibre harmonieux. Et cet amour complice qu'ils éprouvent ! Tu n'imagines pas. C'en est presque gênant.

— C'était comme ça pour toi aussi avec… Penny ? demanda-t-elle.

— Je croyais, oui. Et j'imaginais que c'était réciproque.

— Et si tu te trompes encore la prochaine fois ?

— C'est ce qui te fait peur ? s'enquit-il avec sollicitude.

— Évidemment ! Pas à toi ?

Drew la dévisagea un instant en silence, puis passa dans l'espace cuisine sans répondre.

— Espérons que cette bonne vieille Erin aura gardé en réserve quelque chose de décent pour une froide nuit d'hiver.

Il entreprit d'ouvrir les placards et finit par découvrir une bouteille à demi remplie d'un liquide ambré.

— Ah ! Du brandy ! s'exclama-t-il, brandissant la bouteille vers elle. Je parie qu'il n'appartient pas à Erin, mais à Aiden. Ce n'est pas du haut de gamme, mais quand même du Christian Brothers. Ça te dit ?

— Pourquoi pas ? À la guerre comme à la guerre.

Sunny alla s'asseoir sur le canapé, releva les jambes de son jean, dézippa ses bottines puis les ôta. Elle en prit une et l'observa. Pourquoi avait-elle pris ces chaussures pour aller à la campagne ? En suédine noire, avec leur forme pointue et des talons aiguilles, elles étaient faites à l'évidence pour L.A. Celles qu'elle emportait d'ordinaire quand elle venait aux écuries Jensen avaient des talons bas, style cow-boy, en cuir épais inusable.

Elle lâcha la bottine sur le tapis. Bon, d'accord, elle avait voulu frimer un peu et voir la tête que les gens d'ici feraient. Sa confiance en elle était plutôt chancelante : elle avait besoin de se sentir attirante. Elle voulait voir une lueur s'allumer dans les regards masculins, comme celle qu'elle avait vue au début dans celui de Glen – même si elle savait qu'à la moindre alerte elle prendrait ses jambes à son cou, mais bon...

Drew lui apporta un brandy dans un verre à cocktail, pas dans un verre à whisky, et s'assit à côté d'elle.

— Trinquons à notre survie face à une attaque de cerf ! lança-t-il, levant son verre vers elle.

— Tchin-tchin ! répondit Sunny, faisant tinter son verre contre le sien.

Ils burent une petite gorgée.

— Bon, maintenant que je peux à nouveau respirer et parler, pose-moi ta question personnelle.

— C'est sans doute une question bête. Impossible d'y répondre honnêtement sans mettre à mal ta virilité.

— Vas-y, tente le coup. Tu as peut-être raison. Ou pas.

— D'accord. Est-ce que tu as pleuré ? Je veux dire, quand elle t'a quitté ?

Il leva les yeux au plafond en quête d'une réponse, puis il secoua faiblement la tête, avec une moue.

— Non, je ne crois pas. Je n'ai pas pleuré, pas supplié.

Il la regarda à nouveau.

— Je n'ai pas beaucoup dormi non plus, je dois dire. Du coup, comme je n'arrivais pas à fermer l'œil, j'ai travaillé encore plus. J'essayais de comprendre où je m'étais planté. Pendant deux ans, il m'avait semblé que tout allait bien entre nous. Et à peine la bague de fiançailles à son doigt, tout est parti en vrille.

— Alors ? Qu'est-ce que tu as *fait de travers* ? voulut savoir Sunny.

— Aucune idée. Je m'appliquais de mon mieux à accomplir toutes ces tâches qui lui tenaient tant à cœur et la rendaient folle si je les oubliais. De petites choses, bien souvent. Du genre : le dernier levé fait le lit. Si on salit une assiette, on l'essuie et on la met dans le lave-vaisselle. Un vêtement sale ne doit pas traîner par terre, mais être mis dans le panier à linge. Même quand elle est partie, j'ai continué. Je me disais que, si elle revenait, elle serait touchée par ma bonne volonté.

Le cœur de Sunny se serra.

— Drew...

— En médecine, nous avons un dicton : si tu entends un bruit de sabots, ne va pas imaginer un zèbre[5]. Il est plutôt courant pour des chirurgiens d'avoir des problèmes de couple à cause de la pression, du stress, des absences répétées. Bref, j'étais loin de penser au pire : j'entendais de banals chevaux. En lui demandant de venir s'installer avec moi, je l'avais coupée de son environnement familier – son travail, ses copines, sa mère – et avec l'internat, j'avais encore moins de temps à lui consacrer que pendant la fac de médecine. Nous avons commencé

---

5. C'est, en effet, un vieil adage souvent entendu dans les écoles de médecine américaines. La version la plus courante en est : *When you hear hoof beats, think horses, not zebras* (« Lorsque vous entendez des bruits de sabots, pensez à des chevaux, pas à des zèbres »). Concrètement, cela signifie que les médecins doivent d'abord envisager l'éventualité la plus probable lorsqu'ils réfléchissent à un diagnostic, et non penser à des choses trop compliquées. *(N.d.T.)*

à nous disputer – au sujet de mes horaires, de sa solitude. Pourtant, quand elle m'a quitté, elle n'est pas rentrée chez elle, mais a déménagé seulement à quelques kilomètres. Il m'a fallu très longtemps pour comprendre. À mes yeux, idiot que j'étais, cela impliquait qu'elle n'avait pas définitivement renoncé à nous. Jamais je n'ai suspecté qu'il y avait quelqu'un d'autre. Les six premiers mois après notre rupture, je ne me doutais même pas de son existence. En réalité, depuis le début, c'était un zèbre.

— Aïe. Le choc a dû être rude.

Il se pencha vers elle.

— Elle me manquait, et j'ai détesté renoncer à l'idée de notre vie commune jusqu'à la fin de nos jours, mais au bout du compte, c'est surtout mon amour-propre qui en a pris un coup. Un sacré coup. Cependant, je suis vraiment reconnaissant à Penny d'être partie, alors que tout ce qui était en jeu, c'étaient quelques meubles bon marché ou de récupération à nous partager. Si notre relation n'était pas amenée à durer, si elle n'était pas heureuse avec moi, je suis content qu'elle m'ait quitté avant que nous ayons investi bien davantage l'un dans l'autre. Tu vois, poursuivit-il, prenant la main de Sunny dans la sienne, je crois que j'ai confié le commandement à Penny et que je me suis contenté de suivre. Ce n'était pas juste. Quand un homme éprouve des sentiments pour une femme, il lui doit d'être aux petits soins pour elle, de s'employer de son mieux à la *convaincre*. Cette rupture m'a appris une leçon capitale : on n'envisage pas une décision aussi sérieuse que le mariage sans que toutes tes émotions t'y engagent. Comme je l'ai dit, nous nous étions habitués l'un à l'autre. Souvent, je me suis demandé comment j'ai pu croire que c'était suffisant.

— Ce que j'aimerais savoir, c'est si tu seras prêt un jour à courir de nouveau ce risque.

— Oui, et j'attends ce moment avec impatience, répondit-il, sincère.

— Tu es dingue ! Complètement maso, même, je dirais !

— Ce n'est pas du tout mon genre – j'ai été élevé dans la foi baptiste. J'ai toujours entendu dire que c'était une bonne idée de tomber amoureux entre meilleurs amis et j'y ai cru. J'imaginais que, si on avait la chance de rencontrer quelqu'un avec qui on avait de véritables affinités, et qu'en prime il y avait une attirance physique, tous les mystères de l'existence seraient résolus d'un seul coup. Je persiste à penser qu'il faut un solide lien d'amitié et de confiance avec la personne qu'on épouse, mais, désormais, je sais qu'il faut aussi une bonne dose de passion étourdissante. Pas comme à seize ans, quand on a le cerveau au-dessous de la ceinture… Enfin, tu comprends. Bref, la prochaine fois, car il y en aura une, je veux la totale : quelqu'un pour qui j'éprouve un amour, une confiance et un respect absolus – et que je désire au point d'en perdre presque la raison.

— Et tu espères trouver cette pépite un jour ? demanda Sunny, sceptique.

— Je ne me contenterai pas de moins, affirma Drew. Et toi ? Tu as eu un an pour y penser. À ton avis, que s'est-il passé entre vous ?

Elle pinça les lèvres et réfléchit un instant, les yeux baissés, puis releva la tête.

— J'ai failli épouser quelqu'un qui ne me convenait pas, et il s'est débiné avant de commettre la plus grosse bourde de sa vie. Mais ne va pas imaginer que je vais le remercier pour autant – il a laissé dans son sillage un chaos incommensurable. Il a fallu rendre plus d'une centaine de cadeaux, mes parents avaient payé les invitations, une robe de grand couturier, les fleurs, plusieurs réceptions, dont celle du grand soir. Les fleurs ont été distribuées aux invités, sinon elles auraient été tout bonnement perdues... Quel gâchis épouvantable, un vrai cauchemar.

— T'es-tu déjà demandé si quelque chose de positif pouvait, en fin de compte, émerger de ce cauchemar ?

— Jamais ! Je ne peux pas le concevoir !

« Le plus drôle, c'est que moi non plus, songea Drew. Jusqu'à ce soir. »

Il se rapprocha doucement de Sunny, lui prit son verre de brandy et le posa avec le sien sur la table basse. Il prit sa taille entre ses mains et l'attira à lui, abaissant son visage vers le sien. Il s'immobilisa un instant, sa bouche à quelques centimètres de la sienne, attendant un signe qu'elle aussi ressentait quelque chose, ne fût-ce qu'un frémissement, une curiosité, cela lui suffirait pour l'instant. Timidement – peut-être à contrecœur, il n'aurait su le dire –, elle remonta les mains le long de ses bras jusqu'à ses épaules. Il n'en fallut pas davantage à Drew qui captura ses lèvres en un fougueux baiser. Il aurait voulu voir le visage de Sunny tandis qu'il l'embrassait, mais ses paupières se fermèrent d'elles-mêmes avec abandon. Il autorisa ses mains à s'aventurer sur le dos de la jeune femme et l'attira tendrement contre son torse, son esprit s'enhardissant à imaginer les ébats auxquels pourrait mener ce délicieux prélude.

Sous l'effet de l'étreinte langoureuse, son cœur s'était emballé et cognait sourdement dans sa poitrine. Il avait déjà eu quelques brefs fantasmes, liés au désir brûlant que lui inspirait Sunny. Plus tôt, devant le sapin de Noël à Virgin River, il avait été pris au dépourvu par la vision de la belle photographe, alanguie sur un lit en désordre, accueillant des caresses bien plus audacieuses et intimes avec une fièvre débordante de sensualité. Il ne désirait rien tant que d'explorer chaque courbe, chaque repli secret de son corps nu lové contre le sien.

Mais rien de tel ne se produirait pour l'instant. Pas ce soir. Et pas davantage demain.

Il mit fin à contrecœur à l'ensorcelant intermède.

— C'est mon premier baiser depuis un an, murmura-t-elle. J'avais pris la décision de m'en passer pour toujours. Beaucoup trop dangereux.

— Aucun danger avec moi, la rassura-t-il. Et tu seras heureuse d'apprendre que tu n'as pas perdu la main, semble-t-il. Tu embrasses divinement.

Incapable de détacher son regard des yeux bleus hypnotiques de Sunny, il coinça une mèche égarée derrière son oreille.

— Si j'avais épousé Penny, et si Glen s'était présenté le jour dit à l'église, je ne t'embrasserais pas en ce moment même. Et je dois t'avouer que jamais un baiser ne m'a fait autant de bien.

Sunny ferma les yeux avec un soupir.

— Si tu veux mon avis, nous sommes très mal assortis, murmura-t-elle d'un ton fataliste.

— Je n'en crois pas un mot...

Elle rouvrit les yeux.

— Oh si, crois-moi. De ton côté, tu t'es laissé mener par le bout du nez par ton ex que tu laissais tout décider, et moi, sans franchement me poser de questions, j'allais imposer un grand mariage à un homme qui n'en voulait pas.

Elle déglutit, les yeux brillants.

— Je déteste l'admettre, mais Glen ne cessait de me répéter certaines choses – comme le fait que l'ampleur de ce mariage le mettait mal à l'aise et qu'il n'était pas certain que nos emplois du temps professionnels étaient compatibles. Entre autres. Je lui disais de ne pas se prendre la tête, mais je n'ai jamais rien changé d'un iota. Je lui affirmais encore et encore que je n'y pouvais rien – que les photographes travaillent le week-end, point final. Mais ce n'est pas entièrement vrai : un photographe n'est pas obligé de travailler *tous* les week-ends. Les portraits pour les anniversaires de mariage ou les fiançailles peuvent se faire à l'avance, en semaine, tout comme ceux de bébés ou de femmes enceintes. Mais la révélation la plus importante que je viens d'avoir, c'est qu'il y a cinq minutes, jamais je n'aurais admis que notre rupture avait un quelconque rapport avec moi. Et si je te raconte tout ça, c'est parce que je ne te reverrai probablement jamais.

— Écoute, j'ai peut-être été un peu suiveur dans ma relation avec Penny, mais je ne manque pas non plus de caractère à ce point-là. Glen, lui, a laissé les choses aller beaucoup trop loin. Il ne peut pas s'en tirer aussi facilement.

Sunny lui adressa un pâle sourire.

— Je suis contente de t'avoir rencontré. Je ne voulais plus rien avoir à faire avec un homme, et certainement pas le trouver sympa, mais... eh bien, je ne regrette pas.

— Tu sais ce que cela signifie, n'est-ce pas ?

Elle fit non de la tête.

— Après une rupture douloureuse, quand tu rencontres quelqu'un de nouveau, tu fais un genre d'étude comparative : soit la personne est mieux pour toi, soit tu reconnais d'emblée que tu n'as pas encore trouvé la bonne. Mais au moins, tu continues à aller de l'avant jusqu'à ce que tu rencontres le grand amour de ta vie. Et en attendant, on continue de s'embrasser tranquillement.

— Tu n'es qu'un opportuniste. Je l'ai flairé à la seconde où je t'ai rencontré.

— Et maintenant, tu vas prévenir ton oncle, lui dire qu'on est en sécurité et au chaud, et que je m'occuperai de trouver une dépanneuse demain matin. Si tu veux, tu peux lui demander de venir te sauver. Maintenant ou plus tard. Un peu ou beaucoup, beaucoup plus tard. Tu peux même passer la nuit ici, si ça te dit.

— Non, je ne pourrais pas, déclina-t-elle en riant.

— Alors, demande-lui au moins d'attendre après minuit ? Ce n'est plus si loin.

— Je crois que je vais attendre un peu pour lui téléphoner. Tel que je connais Nate, il se mettra en route dès qu'il aura mon appel.

La remarque fit sourire Drew.

— J'ai conscience de n'être qu'un piètre substitut du beau gosse que tu voulais embrasser à minuit, mais...

— En fait, docteur Foley, il se peut au contraire que je vous considère comme un grand progrès. Et j'aurais pu mettre un sacré bout de temps à m'en rendre compte.

Sunny attendit un peu avant de contacter son oncle. Elle l'informa de l'incident et lui assura que tout allait bien. Pendant qu'elle était au téléphone, Drew en profita pour télécharger les clichés du pauvre cerf sur son ordinateur portable et les effaça de l'appareil photo. Puis ils s'installèrent sur le canapé, très près l'un de l'autre, et profitèrent de la belle flambée qui crépitait dans le foyer. Les pieds calés sur l'ottomane, les jambes parfois entrecroisées, ils alternaient baisers enflammés et conversation à bâtons rompus. Sunny ne dit plus grand-chose de plus sur Glen et ne souhaitait pas davantage entendre parler de Penny.

Elle ne révéla pas à Drew que Glen ne se montrait pas toujours gentil envers elle. À dire vrai, cela allait un peu plus loin que le commentaire peu flatteur sur ses hanches trop larges. Glen était le genre de garçon qui sortait tard pour « décompresser » après le travail. Il n'était pas rare qu'il critique son apparence, pas assez sexy à son goût, et quand ils passaient du temps ensemble, il n'était jamais content de la façon dont ils l'occupaient – presque comme s'il eût préféré qu'elle travaille. Elle avait envisagé de lui piquer son téléphone en douce pour jeter un coup d'œil à ses textos et écouter ses messages vocaux, mais elle avait un peu peur de ce qu'elle pourrait découvrir, alors elle se convainquait d'être parano. À l'époque où elle avait réalisé que leur couple n'était pas aussi parfait qu'elle l'avait imaginé, elle avait une bague de fiançailles au doigt et versait des acomptes pour l'organisation du mariage.

Il était trop tard.

Mais elle avait une question pour Drew :

— Qu'est-ce qui te fait croire que tu feras mieux, la prochaine fois que tu seras en couple ?

Il se tourna vers elle avec un sourire.

— Bonne question ! Je mourais d'envie que tu me la poses, dit-il, passant le dos de son index le long de sa joue. As-tu idée de l'origine de l'attirance entre hommes et femmes ?

Sunny afficha une moue perplexe.

— Je pensais que c'était une histoire de comportement acquis...

— Peut-être, mais pas seulement. Je suis prêt à parier qu'il y a aussi une grande part d'attraction vraiment primitive, sans aucune explication logique. Comme lorsque tu aperçois une personne pour la première fois et que, tout de suite, *boum*, tu veux être en sa compagnie. Et parfois, tous les autres éléments s'emboîtent, et parfois, non. Un genre de phénomène inexplicable : tu vois une fille à l'autre bout de la pièce, et ton cœur fait un bond dans ta poitrine. Brusquement, tu te retrouves avec un encéphalogramme plat et tu navigues en pilote automatique. Sans trop savoir pourquoi, tu avances vers elle. Tu as juste conscience de vouloir être auprès de cette fille. Tout chez elle t'attire comme un aimant. Tu te sens un peu stupide, mais tu te plantes devant elle en lui sortant un truc bêta, du genre « salut, je m'appelle Drew », et tu croises très fort les doigts, même si elle te regarde comme si tu étais l'idiot du village.

— Très affûté, comme technique de drague, ironisa Sunny. Tu l'utilises souvent ?

— Je n'avais jamais eu envie d'essayer avant, je te jure. Écoute, c'est un peu embarrassant à admettre, mais ça ne m'est jamais arrivé avec Penny. Notre relation était confortable et sympa, c'est tout. Pas de feu d'artifice, pas de passion débridée...

— Pourtant, tu disais que c'était bien avec elle ! Tu disais qu'au lit aussi, c'était bien !

— Il se peut que je sois facile à satisfaire dans ce domaine. Le pire que j'ai connu, je le trouvais plutôt pas mal, figure-toi. Je veux *tout le reste* ! Comment Machin Chose t'a-t-il emballée ?

Toi et moi, c'est de la bombe, bébé.

— Pour être franche, sa technique à lui n'était pas très affûtée, même s'il en était persuadé. Je ne lui ai jamais avoué qu'elle ne m'avait pas franchement impressionnée. Son atout majeur, c'est son physique. Et je travaillais tout le temps. Je n'avais pas eu de rencard depuis belle lurette, et il était vraiment... mignon et intéressé, termina-t-elle avec un haussement d'épaules penaud. Je crois que si je te fais toutes ces confidences, c'est parce que je n'ai pas l'impression de craindre grand-chose avec toi. Je me sens en sécurité.

La grande paume de Drew se referma sur son épaule.

— Je ne veux pas jouer le rôle du bon gars fiable, bougonna-t-il. Par contre, j'ai envie de te revoir.

— Qu'est-ce que tu proposes ? Qu'on mène nos vies solitaires, chacun de son côté, et qu'on se retrouve une fois par an pour le réveillon ? Un genre de remake de *Même heure l'année prochaine*[6] ?

— Tu sais ce que Jack a prévu pour les douze coups de minuit ? demanda Drew. Tu as écrit ta résolution ?

Dans un premier temps, elle voulut nier, puis hocha la tête.

— *Se tenir à l'écart des hommes*, voilà ce que j'ai écrit. Il a mis le papier dans le bocal.

— À minuit, tout le monde est censé en piocher une au hasard. Délicieusement ringard, tu ne trouves pas ? Heureusement, c'est pour rire. Une maigrichonne

---

6. Célèbre pièce de théâtre américaine, dont un film a été tiré en 1978. Le synopsis : en 1951, dans une petite auberge de Californie, un homme et une femme, mariés chacun de leur côté, tombent amoureux et ont une liaison. Au lieu de s'arrêter là, à une aventure d'un soir, ils décident de se retrouver chaque année à l'auberge, pour une retraite romantique. *(N.d.T.)*

pourrait se retrouver avec la résolution de perdre dix kilos. Moi, j'ai écrit celle-ci juste après notre tout premier échange. Regarde, Sunny – il est minuit.

— Pas tout à fait, le corrigea-t-elle. Il reste trois minutes.

Il lui tendit le papier qu'il avait sorti de sa poche.

— On ne va pas mégoter pour trois minutes. Je ne sais pas pourquoi j'ai gardé ce papier. J'en ai mis un autre dans le bocal.

Elle le déplia et lut à voix haute.

— *Donner sa chance à un autre.*

Elle rougit un peu, à la fois flattée et un peu gênée du trouble qu'il lui inspirait.

— Mais... après ce soir, on ne se reverra plus.

— Si tu en as envie, tout est possible.

— Tu cherches juste une remplaçante à ton ex, insista-t-elle. Et les relations à distance sont encore plus difficiles à faire durer que les autres.

— On pourrait commencer par le foot demain. J'ai de la bière et des ailes de poulet au frigo. Malheureusement, je n'ai plus de voiture, mais je parie que tu réussirais à convaincre ton oncle...

— C'est gentil, mais...

— Voilà, il est minuit pile, l'interrompit-il, l'attirant dans ses bras, ses lèvres tout près des siennes. Sunny, si tu savais... Tu n'imagines pas l'effet que tu me fais.

— Merci, bredouilla-t-elle, confuse. J'avais vraiment besoin de penser que quelqu'un pouvait me trouver attirante.

— Attirante ? Tu es très loin du compte.

Comme pour lui en donner la preuve, il la gratifia d'un baiser ardent, qu'il n'interrompit pas lorsqu'il enroula les bras autour de sa taille et la souleva pour la déposer à califourchon sur ses genoux. La tête penchée sur le côté, ils s'embrassèrent avec une fièvre redoublée, mêlant leurs langues en une langoureuse chorégraphie, tandis qu'elle plongeait les doigts avec délice dans son épaisse chevelure. Quand, au bout d'un long, très long moment, leurs lèvres se séparèrent presque à regret, ils se sourirent avec tendresse.

— On pourrait juste essayer, suggéra Drew. On verrait bien où cela nous mène.

— Ça ne marchera pas. Je vis en Californie du Sud. Dans la région de L.A.

— Moi aussi.

Sunny se redressa, surprise.

— Tu m'avais dit Chico...

— Non, non, je n'ai rien dit de tel. Ma famille vit à Chico. Je vivais là-bas quand j'étais en fac de médecine, mais j'ai déménagé depuis que j'ai commencé mon internat. Maintenant, je suis à UCLA.

Elle se laissa glisser de ses genoux.

— Mince alors...

— Je te propose juste d'apprendre à nous connaître un peu mieux, tous les deux. Rien de plus. Ni l'un ni l'autre n'a envie de s'engager dans une relation qui ne lui conviendra pas. Avec l'expérience que nous avons maintenant, nous ne tomberions plus dans ce panneau-là. Mais imagine que ça marche entre nous, Sunny. Tu accepterais de passer à côté d'une belle histoire, peut-être même de l'amour de ta vie ?

— Je refuse de prendre le moindre risque !

— Je ne t'en blâme pas, tu sais. Voilà, cette fois, il est minuit pile. Embrasse-moi pour fêter la nouvelle année. Et promets-moi juste d'y réfléchir, d'accord ?

Sunny le regarda dans les yeux un long moment, puis finit par capituler avec un grognement : elle prit ses joues rugueuses entre ses paumes et plaqua sur sa bouche un baiser passionné auquel Drew s'abandonna avec un « ouais » approbateur contre ses lèvres ouvertes. Il resserra tendrement son étreinte, inspirant à s'en étourdir les effluves sucrés de son parfum, mémorisant chaque délicieuse sensation pour plus tard.

Soudain, un coup de klaxon déchira la nuit.

— Déjà ? grommela Drew. Ton oncle a dû exploser toutes les limitations de vitesse des comtés de Humboldt et Trinity.

— Je lui avais dit d'attendre au bar jusqu'à minuit, mais je savais qu'il ne m'écouterait pas.

Sunny se libéra de ses bras et ramassa ses bottines au pied du canapé.

— Merci, dit-elle sans le regarder. Sincèrement. J'avais besoin de laisser retomber ma colère un moment, d'avoir une vraie conversation avec quelqu'un du sexe opposé. Ces baisers m'ont fait du bien, je l'avoue. Ils vont m'aider à reprendre un peu confiance en moi, et ce n'est pas du luxe.

Elle tira la fermeture Éclair de la première bottine, puis tourna les yeux vers lui.

— Mais, pour l'instant, je ne suis pas prête à aller plus loin.

— Ça viendra. Je peux attendre jusqu'à ce que tu te sentes plus à l'aise avec cette idée.

— J'y réfléchirai, répondit-elle sans conviction, ramassant la deuxième bottine.

Nouveau coup de klaxon.

— Il ne va pas tarder à venir tambouriner à la porte, prévint Sunny qui finit de se chausser en hâte.

— Tu reviendras demain ?

Elle fit signe que non.

— J'ai besoin de réfléchir. S'il te plaît, essaie de me comprendre.

— On se retrouvera comment ? s'inquiéta-t-il, comme elle se levait du canapé.

— Tu n'as pas dit que Jack connaissait ta sœur et ton beau-frère ? Ils savent où te joindre, j'imagine.

Il la rattrapa à la seconde où un troisième coup de klaxon impatient se faisait entendre. Il la tint fermement par les bras, veillant à ne pas lui faire mal, et plongea son regard droit dans le sien.

— À la seconde où je t'ai vue, j'ai perdu la tête. Je n'avais plus qu'une envie : m'asseoir à côté de toi et te parler. Je brûlais de désirs bien plus inavouables, évidemment, mais je ne suis pas un homme des cavernes. Sunny, tout ce qui m'importe, c'est d'apprendre à mieux te connaître, découvrir si nos erreurs passées ne pourraient pas avoir une issue positive, au bout du compte – après tout, nous n'étions peut-être pas destinés à rencontrer *tout de suite* le grand amour. Je détesterais écraser d'un coup de talon une étincelle promise à devenir une belle et puissante flamme. Je...

On frappa avec insistance à la porte.

Sunny se libéra avec un soupir.

— Tu voulais une issue positive ? En voilà une, ironisa-t-elle. Je vais étriper mon oncle.

7

Sunny ouvrit la porte à la volée et gratifia son oncle Nathaniel d'un regard furibond.

— Tu ne brilles pas par ta patience, hein ?

Nate gardait les mains enfoncées dans les poches de sa veste à cause du froid. Il lui fit les yeux noirs en retour.

— Primo, tu n'étais pas où tu m'avais dit que tu allais. Deuzio, tu n'es pas sortie quand j'ai klaxonné. Quelque chose pouvait mal se passer !

— Primo, j'ai vingt-cinq ans et je peux changer mes plans à ma guise, rétorqua Sunny du tac au tac. Deuzio, il se pouvait aussi que le quelque chose en question se passe tout à fait *bien* !

Elle se tourna vers Drew.

— Merci pour tout. J'embarque ce grand malade loin d'ici.

— Internat de chirurgie orthopédique du CHU de UCLA. N'oublie pas, surtout. Tu me trouveras facilement. Il te suffit de demander le souffre-douleur du service.

Elle lui sourit.

— Je n'oublierai pas. Promis.

Sunny attrapa sa veste, sa sacoche de photographe et referma la porte derrière elle. Nathaniel la laissa passer devant lui sur la terrasse. Elle se dirigea vers le pick-up d'un pas exagérément furibond jusqu'à ce que ses talons s'enfoncent dans la neige de l'allée, l'obligeant à s'arrêter pour les dégager d'un geste rageur.

— Ça n'a pas dû être facile de crapahuter du SUV jusqu'ici avec ces bottines, fit remarquer Nate d'un ton vaguement moqueur.

Elle lui lança un regard mauvais par-dessus l'épaule.

— Drew m'a portée.

— Tu rigoles ? Il y a plus de deux kilomètres !

— Il m'a portée tout le chemin, je te dis. Sur son dos, précisa-t-elle, tout en s'efforçant péniblement de progresser sur la pointe du pied sans perdre l'équilibre jusqu'à ce qu'elle parvienne enfin à la voiture.

Elle monta à l'arrière avec un grognement agacé.

Annie était assise à l'avant, les bras croisés sur la poitrine. Elle se retourna vers la banquette arrière, la mine peu engageante.

— Tout va bien ? s'enquit-elle d'un ton bougon.

— Bien sûr que tout va bien. Tu es fâchée contre moi, toi aussi ?

— Pas du tout ! C'est Nathaniel qui m'énerve !

— Parce que... ?

— Parce que tu semblais passer un bon moment avec Drew Foley et je ne voulais pas jouer les trouble-fêtes !

Sunny fut obligée de rire.

— Vous faites vraiment la paire, tous les deux... Ça n'avait rien d'une fête, expliqua-t-elle au moment où son oncle montait au volant. Il voulait juste me faire visiter le chalet de sa sœur qui a été rénové. Puis il y a eu cet accident avec le cerf, et il a fallu faire tout ce chemin à pied. Pauvre Drew, il a été obligé de me porter à cause de mes stupides bottines.

— Tu étais prête à partir, au moins ? voulut savoir Annie tandis que Nate démarrait.

« Non, pensa Sunny. Pas du tout. »

Elle aimait tout chez Drew – sa voix, la douceur de ses gestes, son empathie pour les enfants et les animaux, son odeur... Oh oui, son odeur, ses lèvres, le goût de ses baisers...

— Oui, pas de problème, mentit-elle. Merci d'être venus me chercher. Désolée pour le dérangement.

— Excuse-moi d'avoir pété un câble, dit Nate qui fit demi-tour. J'ai l'impression que si nous avons des filles, Annie sera obligée de gérer.

— La première chose raisonnable que tu sors depuis une heure, maugréa l'intéressée.

— C'est une responsabilité ! Je dois être à la hauteur ! argumenta Nate.

Sunny se pencha et passa la tête entre les deux sièges.

— Dites donc, vous êtes drôlement à cran, tous les deux. Vous avez dû oublier de vous embrasser à minuit. J'en connais certains qui vont avoir de bonnes résolutions à prendre !

— Et moi, j'en connais un qui n'écoute jamais ce que je dis, bougonna Annie qui plissa les yeux en fixant le coupable.

Les matins d'hiver étaient très sombres dans ces montagnes : l'aube ne commençait pas à pointer avant sept heures. Sunny, elle, était déjà debout. En fait, elle avait à peine dormi, incapable de chasser Drew de ses pensées.

Elle avait fait deux incursions dans la cuisine, espérant trouver le sommeil ensuite. Peine perdue, elle avait à peine somnolé. À cinq heures et demie, elle avait fini par jeter l'éponge et était allée préparer le café.

Pendant qu'il passait, Annie s'était levée à son tour. Avant d'entrer dans la cuisine, elle alluma le feu dans la cheminée de la vaste salle familiale. Elle frissonna un peu malgré sa robe de chambre molletonnée et ses grosses pantoufles fourrées.

— Que fais-tu debout si tôt ? s'étonna Sunny qui lui passa un mug de café par-dessus le comptoir du coin-repas.

— Moi ? Je me lève toujours tôt. Nous avons des horaires très stricts pour l'alimentation des chevaux.

— Si tôt ?

— À vrai dire, il m'a semblé entendre une petite souris dans la cuisine, concéda Annie avec un petit sourire. Allons nous asseoir près du feu, et tu me raconteras pourquoi tu es debout, *toi*.

— Oh, Annie, dit Sunny un peu tristement en se dirigeant vers la salle familiale. Qu'est-ce qui cloche chez moi ?

— Qui *cloche* ? s'étonna Annie qui s'assit sur le grand canapé en cuir devant la cheminée et tapota le coussin auprès d'elle. Moi, je trouve que tu frôles la perfection !

— Tu rigoles, soupira Sunny qui prit place à ses côtés et replia les jambes sous elle. Après le sale coup de Glen, j'avais décidé de ne plus me laisser embobiner. Et voilà que je rencontre ce garçon adorable que je n'arrive plus à me sortir de la tête.

— Oh ? Le type du bar ?

Sunny but une gorgée de café.

— Présenté comme ça, ce n'est pas très engageant. Drew est médecin – pas juste un type croisé dans un bar. Il s'est installé dans le chalet de sa sœur pour étudier pendant les vacances, et est descendu en ville boire une bière, histoire de fêter le réveillon. Jamais nos chemins n'auraient dû se croiser. Et même s'il est hyper craquant et très sympa, je lui ai dit que je m'étais juré de ne plus jamais sortir avec personne, lui ou un autre. Je ne suis pas prête, et puis c'est tout.

— Saine réaction, si tu veux mon avis, répondit Annie qui sirotait lentement sa tasse fumante.

— Vraiment ? s'étonna Sunny.

N'était-ce pas cette même Annie qui lui avait fait un sermon, lui conseillant d'oublier sa colère et d'aller de l'avant ?

Annie laissa échapper un petit rire.

— Après ce qui t'est arrivé ? Pourquoi accepterais-tu de courir à nouveau un risque pareil ? Trop dangereux. Et puis, tu as une belle vie ! Un travail que tu adores et des parents qui te sont entièrement dévoués.

— Ils sont merveilleux, et je les adore, mais ce sont mes parents, objecta Sunny. Ils ne comblent pas vraiment tous mes désirs, si tu vois ce que je veux dire.

Annie lui tapota le genou.

— Quand l'eau aura coulé sous les ponts, quand tu auras repris un peu d'assurance, il se peut que tu rencontres quelqu'un qui cochera quelques cases – sans forcément que tu aies besoin de t'engager. Tu me suis ?

Sunny baissa les yeux.

— Oui. Le problème, c'est que ce genre de relation ne m'a jamais tellement emballée.

— Avec le temps, tu verras... Si ça se trouve, tu y prendras goût. Tu es jeune et tu t'es pris un sacré coup dans les gencives. Je comprends que tu te sentes fragilisée.

Sunny ne put s'empêcher de rire.

— Je ne réalisais pas à quel point j'étais forte, en réalité. J'ai survécu au pire jour de mon existence. J'ai aidé ma mère à rendre plus d'une centaine de cadeaux de mariage... Avec, en prime, un mot d'excuse pour chacun, ajouta-t-elle, la gorge nouée.

— Tu as raison – cela exige une force exceptionnelle. Mais tu m'as aussi confié que tu doutais de ta capacité à juger si un garçon est sérieux, si tu peux vraiment lui accorder ta confiance, ajouta Annie.

Sunny soupira.

— Ça me fiche la frousse, c'est vrai, avoua-t-elle, relevant la tête avec un petit sourire. Pourtant, certaines choses sont tout simplement évidentes. Tu sais ce que Drew m'a dit sur ce qu'il aimait le plus dans son travail, comme interne en chirurgie orthopédique, et aussi ce qui le touchait le plus ? Les enfants. Il adore les faire rire, les aider à aller mieux, mais c'est vraiment dur pour lui de les voir *cassés*. C'est le mot qu'il a employé. Bizarre, non ? C'est pourtant sa vocation : il répare les corps cassés.

— Ça ne signifie pas pour autant que tu pourras compter sur lui le grand jour pour ouvrir le bal, fit remarquer Annie.

Mais Sunny ne l'écoutait pas vraiment.

— Quand le cerf s'est retrouvé mort sur le capot du SUV, j'essayais de ne pas regarder, mais Drew est sorti prendre des photos pour l'assurance, et j'ai jeté un œil. Par le pare-brise, je l'ai vu faire une caresse sur l'encolure de cette pauvre bête. Il avait l'air si triste. Il m'a dit qu'il se sentait mal et espérait que cet animal n'avait pas une famille quelque part. Annie, toi qui as grandi à la campagne, dans une ferme... Les cerfs ont-ils une famille ?

— Dans un sens, oui, répondit Annie avec douceur. Les cerfs dominants se reproduisent en général avec plusieurs biches, puis vivent en harde. Ils...

— C'est un cœur tendre, la coupa Sunny, rêveuse. Si je devais laisser sa chance à un nouveau copain, ce serait quelqu'un de sensible, qui aime les enfants et les animaux...

— Mais tu ne le feras pas, l'interrompit Annie, secouant la tête. Tu as pris la bonne décision – pas d'homme, pas de mariage, pas d'enfants.

Sunny la fixa avec stupéfaction.

— Peut-être plus tard, se tempéra Annie, quand beaucoup d'eau aura coulé sous les ponts. Disons, dans dix ans. Rassure-toi – même si tu rencontrais dans dix ans quelqu'un en qui tu pourrais avoir une totale confiance, il serait encore tout à fait envisageable de sortir un an avec lui, de vous fiancer au bout d'une année de plus, de vous marier, puis de songer à avoir des enfants... Je veux dire, maintenant, il y a des femmes qui ont des enfants après quarante ans ! Aucune crainte, tu as toute la vie devant toi !

Sunny se pencha vers elle.

— Tu m'écoutes ? Il a caressé le cerf mort ! Il adore aider les enfants. Il m'a portée sur son dos jusqu'au chalet – plus de deux kilomètres. Il voulait casser les talons de mes bottines Stuart Weitzman pour que je puisse marcher avec dans la neige, mais il a accepté de me porter parce que je ne pouvais accepter de m'en séparer...

Le regard de la jeune femme se fit presque implorant.

— Et si c'est l'homme idéal ? Aimant, merveilleux, parfait en tous points ? Et si je refuse de mieux le connaître juste parce que je suis furax contre Glen ?

Annie lui tapota la main.

— Mieux le connaître ? Pourquoi en aurais-tu envie ? Non. Contente-toi de t'occuper de toi-même. Ta confiance en toi est bien ébranlée, pour l'instant. Tu disais toi-même craindre de ne pas être capable de reconnaître l'amour de ta vie, même s'il te prenait en traître et t'embrassait à t'en faire perdre la raison.

D'instinct, Sunny porta le bout de ses doigts à ses lèvres.

— Il embrasse divinement.

— Sunny ! Tu l'as laissé *t'embrasser* ?

Celle-ci se releva avec tant d'énergie qu'elle renversa un peu de café sur son pyjama.

— De la confiance, j'en ai plein. J'en ai toujours eu. J'ai créé ma propre entreprise à vingt ans, et ça marche bien. Mon père m'aide, je sais, mais je n'ai jamais douté de mes capacités. Et je n'imagine pas une seule seconde rester seule encore dix ans ! Ou enchaîner les coups d'un soir avec des types dont je me fiche, juste pour satisfaire ma libido qui me démange – beurk !

Annie haussa les épaules avec un sourire.

— Tu cherches juste à te protéger contre toute nouvelle souffrance. Qui pourrait te donner tort ? Je veux dire, et si tu te trompes ? Ça fiche la frousse, hein ?

— N'importe quoi ! Une heure avec Drew, et j'avais compris ce qui n'allait pas avec Glen ! C'est juste que, à l'époque, il m'était impossible...

Elle se tut brusquement, honteuse de ne pas avoir trouvé le courage d'annuler ce maudit mariage.

— Tu l'as dit toi-même, lui rappela Annie avec sollicitude. Il est plus raisonnable d'éviter de t'embarquer dans une nouvelle relation. Tu ne voudrais pas courir le risque de souffrir à nouveau.

Elle se leva et plongea son regard dans celui de Sunny.

— Mieux vaut prendre ton temps, crois-moi. Quand tu seras prête, d'ici huit ou dix ans, je suis certaine que l'homme de ta vie t'attendra.

Sunny se redressa de toute sa hauteur, si brusquement qu'elle en gagna presque cinq centimètres. Elle agrippa l'avant-bras d'Annie.

— Je peux emprunter le pick-up ? J'ai quelque chose d'important à faire.

— En pyjama ?

— Je file enfiler un jean pendant que tu vas chercher les clés, répondit Sunny.

Elle se précipita à la cuisine et posa sa tasse sur le comptoir. Lorsqu'elle traversa la salle familiale, Annie l'interpella. Elle s'arrêta net et pivota vers elle. Annie sortit un jeu de clés de la poche de sa robe de chambre et le lui lança.

Surprise, Sunny les attrapa, puis un sourire s'épanouit avec lenteur sur son visage. *Qui trimballait ses clés de voiture dans la poche de sa robe de chambre* ?

— Espèce de roublarde, tu m'as bien eue, lança-t-elle avec affection à Annie.

Celle-ci haussa les épaules.

— Il y a deux choses que tu ne dois pas oublier. Fais confiance à ton instinct et prends un jour après l'autre. Un jour après l'autre, répéta-t-elle doctement, l'index levé.

— Tu diras à oncle Nate que je suis sortie faire une course, d'accord ?

— Oncle Nate, je m'en charge, tu peux compter sur moi, assura Annie.

Lorsque Sunny se retrouva devant la porte du chalet, le jour n'était pas encore levé, même si, à l'orient, les premières lueurs annonçaient l'imminence de l'aube. Il n'était que six heures et demie, mais il y avait de la lumière à l'intérieur. Drew vint ouvrir aussitôt.

— Nous ne répondons jamais aussi vite à L.A., fit-elle remarquer.

— Dans le coin, le nombre des visiteurs possibles est très limité, surtout à une heure aussi matinale. Je suis plutôt surpris de te voir, dit-il avec un sourire. Tu entres ?

— Dans une minute, si tu veux encore de moi. J'ai d'abord une ou deux choses à te dire.

Il haussa un sourcil étonné.

— À quel sujet ? Mon nez ? Mes hanches ?

— À propos de moi. Pour commencer, je ne mens jamais. Ni à moi-même ni à quiconque. Mais je vais t'avouer une chose que je n'ai jamais dite à personne : toute ma relation avec Glen n'était qu'en enchaînement de mensonges. J'avais conscience que ça n'allait pas bien entre nous. Je savais que nous aurions dû mettre un sérieux coup de frein et procéder à une analyse complète et honnête de notre couple. Mais j'en étais incapable, confessa-t-elle, les yeux baissés.

Elle releva la tête, plongeant son regard dans ses yeux bruns chaleureux.

— Je n'ai pas pu annuler le mariage. C'était comme s'il avait acquis une existence propre.

— Je comprends.

— Non, tu ne peux pas. Ce mariage était devenu un monstre – une année entière de préparatifs. D'accord, Glen porte une part de responsabilité pour avoir accepté la chose au début, mais c'est entièrement ma faute si je me suis bouché les yeux, les oreilles, et déconnecté le cerveau, plus la date fatidique approchait. Je me suis investie à fond – j'y ai mis toute ma passion, mon énergie, sans parler des sommes folles dépensées ! Mes parents avaient versé des acomptes pour tout, des invitations à la robe en passant par les traiteurs ! Et il y avait aussi l'investissement émotionnel. Mes amis et ma famille étaient impliqués ; ils ne cessaient de se répandre en compliments sur mon sens de l'organisation, tout excités par le grand événement qui se préparait ! Si j'avais renoncé, j'aurais eu l'impression de laisser tomber tout le monde ; mais, déjà pour moi-même, j'en étais incapable.

— Je comprends, répéta-t-il.

— Non, tu ne peux pas ! Ce mariage était devenu plus important que notre couple ! Je savais que j'aurais dû fourrer mon nez dans ses textos et ses messages vocaux, parce qu'il y avait des tas de trucs qui auraient dû me mettre la puce à l'oreille. Pourquoi je ne l'ai pas fait ? Parce que cela aurait gâché le mariage ! Il aurait sans doute fallu faire appel à un professionnel qui nous aurait aidés à aplanir nos difficultés, mais je n'en ai rien fait, parce que la conséquence logique aurait été de repousser le mariage. Le mariage du siècle !

Une larme coula le long de sa joue, et Drew l'essuya de son pouce.

— Je savais que c'était une erreur de bout en bout, mais jamais je n'aurais imaginé que Glen me fasse faux bond au dernier moment, alors je n'ai eu aucun mal à mentir quand tout le monde me demandait s'il y avait eu des signes avant-coureurs. Sincèrement, je n'ai rien vu venir et je suis complètement tombée des nues. J'ai fermé les yeux sur le fait que nous n'étions pas faits l'un pour l'autre, parce que j'étais très occupée. Et engagée à fond. Voilà la triste vérité. J'ai troqué mon intégrité contre la promesse du plus beau mariage auquel les gens auraient assisté de leur vie ! C'est une confidence que je n'ai jamais faite à personne, jamais !

— Je vois, dit Drew. Tu ne veux pas entrer, maintenant ? Il ne fait pas très chaud.

— Que fais-tu debout si tôt ? demanda Sunny en reniflant.

— Apparemment, je n'ai pas besoin de beaucoup de sommeil. J'imagine que c'était un vrai problème quand j'étais gamin. Sunny, je suis désolé que tout soit parti en vrille. Sache cependant que je ne me sens pas du tout menacé. Je dois, moi aussi, tirer les leçons de mes propres erreurs, mais je ne suis pas Glen, et le coup du mariage du siècle ne marcherait pas avec moi. Et rassure-toi, je suis sûr que, de ton côté, tu n'es pas près de t'y laisser prendre une deuxième fois. Alors, nous n'avons à nous soucier que d'une seule chose...

— Quoi donc ?

— Le petit-déjeuner. Je m'apprêtais à me faire chauffer des haricots en conserve quand tu as frappé. C'est tout ce que j'ai trouvé, et je n'ai pas de voiture. Maintenant, tu vas pouvoir m'emmener déjeuner quelque part. Je meurs de faim, ajouta-t-il avec un grand sourire.

— J'ai apporté de quoi manger. J'ai piqué quelques bricoles dans les placards de Nate, expliqua-t-elle, montrant le sac qu'elle tenait. À cette heure-ci, je n'aurais rien trouvé d'ouvert sur le chemin.

— Belle comme un cœur et prévoyante, en prime. Du coup, il ne nous reste plus qu'un dernier petit problème à régler.

— Lequel ?

— Où allons-nous faire des câlins comme des ados bourrés d'hormones, après le petit-déjeuner ? Sur le canapé, le tapis devant la cheminée ou au lit ?

Sunny noua les bras autour de son cou.

— Tu devrais me chasser d'ici. Je suis pleine de contradictions et de défauts. Je te jure, je ne suis pas un cadeau !

— Tu es le plus merveilleux des cadeaux dont j'aurais pu rêver, répondit-il avec un sourire langoureux.

Et il le lui prouva avec un long baiser passionné.

— Regarde, murmura-t-il contre ses lèvres brûlantes lorsqu'ils reprirent leurs esprits, le soleil se lève sur une nouvelle année. Une nouvelle vie. Mangeons vite quelque chose avant de fêter ça dignement.

— Tu ne crains pas les risques que tu prends avec moi ? demanda Sunny.

— Pour conquérir ton cœur, je suis prêt à prendre tous les risques, même celui de tomber éperdument amoureux. Et toi ? Tu as la frousse ?

Elle lui sourit avec émotion.

— Pas du tout.

— Alors, viens par ici, et voyons si nous pouvons transformer la pire journée de ton ancienne vie en la plus belle de la nouvelle.

13935

Composition
NORD COMPO

Achevé d'imprimer à Barcelone
par CPI BLACK PRINT
le 4 septembre 2023

Dépot légal : octobre 2023
EAN 9782290394144
OTP L21EPLN003570-611705

ÉDITIONS J'AI LU
82, rue Saint-Lazare, 75009 Paris

Diffusion France et étranger : Flammarion